パオロ・ジョルダーノ
Paolo Giordano

TASMANIA

# タスマニア

飯田亮介 訳
早川書房

# タスマニア

TASMANIA
by
Paolo Giordano

Translated by
Ryosuke Iida
First published 2024 in Japan by
Hayakawa Publishing, Inc.
This book is published in Japan by
arrangement with
MalaTesta Literary Agency, Milan
in association with Tuttle-Mori Agency, Inc., Tokyo.

Would you agree times have changed?
（時代は変わったっていうけど、君はどう思う？）
ブライト・アイズ「*Clairaudients (Kill or Be Killed)*」

目次

# 第一部

# 世界の終わり《アポカリプス》が来たならば

二〇一五年十一月、僕はパリで国連の気候危機に関する会議を見物することになった。ことになった、と言っても、自分の意思に反してそこにいたという意味ではない。むしろその逆で、環境問題についてはかなり前から考え、いろいろと読んでいた。でも仮にその気候問題の会議が予定されていなかったとしても、僕はたぶん別の言い訳を作って旅立っていたはずだ。紛争とか、人道危機とか、とにかく自分の抱えている懸念とは別種の、それだけで頭をいっぱいにできる、ずっと大きな問題を言い訳にして。もしかしたら、差し迫ったさまざまな災難に僕らの一部がやたらとこだわるのも、もろもろの悲劇に強い関心を持つのも――僕らがよく高貴な精神と取り違えるそうした傾向が、おそらく、この物語の核となるはずだ――みんなそこに原因があるのかもしれない。つまりすべては、人生において何かひどく複雑な局面に出くわすたび、もっと複雑で、もっと恐ろしげな別の脅威を見つけて、自分の苦しみをごまかそうとする欲求のせいなのではないか。下手をすると、高貴な精神なんてものは、本当にこれっぽっちも関係がないのかもしれない。

あれは奇妙な時期だった。妻と僕はその直前まで子どもを授かろうと幾度も試み、三年ばかり粘ったが、受ける治療の内容は時とともに屈辱的なものとなった。ただし、正確を期せば、治療を受けていたのは主に彼女で、僕のほうは、ある段階から先は、いわば悲嘆に暮れる傍観者の役を演じていただけだった。そんな僕らの一途な努力と相当な額の出費にもかかわらず、計画は実を結ばなかった。ゴナドトロピン注射も、体外受精も、誰にも打ち明けずに行った三度にわたる絶望的な海外旅行すら無意味だった。たび重なる失敗に神がこめたメッセージは明らかだった。あなたたちの場合はどうしたって無理ですよ、だ。僕がその事実を認めまいとしていたので、こちらの分もロレンツァが決断してくれた。ある夜、彼女は涙も涸れはてたか、あるいは涙などまるでこぼさずに（僕が正解を知ることはけっしてないだろう）僕にこう告げたのだ。もうわたし嫌だから、と。何が嫌かは告げず、単に、もうわたし嫌だから、だった。僕は横向きになり、こちらも彼女に背を向けて、彼女の選択に対して膨らみつつあった怒りをこらえた。不当で身勝手な選択にしか思えなかったのだ。

あのころはそんな自分の些細な個人的災難が地球規模のそれよりもずっと切実だった。大気中の温室効果ガスの蓄積や、氷河の後退や、海面の上昇よりもずっと。とにかくどこかに行きたくて、僕は『コリエレ・デッラ・セーラ』紙に、パリでの気候危機に関する会議に特派員として派遣してほしいと頼んだ。ただし会議への記者の登録期間は過ぎていたから、コリエレの関係者に懸命に頼み、自分にとっては極めて重要なイベントであるふりをせねばならなかった。フライトの料金と記事の稿料だけ払ってくれればいいからさ。夜は友だちの家で厄介になるし。

ジュリオは十四区のゲテ通りにふた間の暗いアパートメントを借りていた。陽気《ゲテ》通りだって？彼の家に入るなり、僕は言った。君にはあんまり似合わないな。

確かに。余計な期待はしないほうがいいぞ。

幾年も前に僕らはトリノで部屋をシェアして暮らしたことがあった。ジュリオは遠くの町からトリノに学びに来た学生として、僕は実家がバスで三十分の場所にあるのに、生まれて初めて家を出てみたくなった贅沢な学生として。僕とは違い、ジュリオは大学を卒業したあとも物理畑に残った。そして何度も引っ越しをしたが、行き先はいつもヨーロッパだった。米国に対し、彼自身どうにもできない政治的嫌悪感を抱いていたためだ。そのうち彼は一度結婚をして離婚し、息子がひとり出来、やがてフランスにたどり着いた。パリの理工科学校《エコール・ポリテクニーク》で研究員のポストを得たためで、当時はそこでカオス理論の金融への応用を研究していた。

その晩、僕らは二十代の若者ばりに大量のパスタを茹でて、テーブルも整えずに夕食にした。僕はパリに来た理由をジュリオに説明した。表向きの理由のほうだ。すると彼は棚の本を一冊選んだ。これ、読んだか。

僕はぱらぱらとページをめくりながら、いいやと答えた。『文明崩壊』か。僕はつぶやいた。うん、使えそうだな。

絶滅を興味深い観点から語った本だ。貸すよ。

彼の使った「絶滅」という言葉が僕個人の運命に貼りつけられたレッテルみたいに思えて、それからしばらく頭を離れなかった。僕が皿を片づけている横で、ジュリオは手短にアドリアーノの近況を教えてくれた。男の子はもう四歳になるという。炭水化物をたっぷりとったせいで僕は少し眠かったが、ワインが切れてしまったので、どこかの店で飲み直すことにした。

外に出ると、パリの町は厳戒態勢にあり、陰鬱だった。数日前、イーグルス・オブ・デス・メタルが公演中の劇場にテロリストの一団が突入し、密集した観客に向かっておよそ十分間にわたって銃撃を加えたばかりだったのだ。犯行グループは複数のビストロも襲い、スタッド・ド・フランスの場外で自爆した者も二名いた。テロのあった晩、ロレンツァと僕は夕食に招いた友人夫婦と家にいて、事件のことは彼女の母親からの電話で知った。ロレンツァは最初の電話にも二本目の電話にも出なかったが、母親がそれでもかけてきたので、あきらめて出た。すると母親はただ、テレビを点けて、とだけ言った。そのころにはみんなの携帯電話にもメッセージが次々に届きだしていた。それからは四人とも押し黙って、事件の展開を生中継で一時間以上は追った。やがて友人夫婦は帰っていった。家に残してきた息子が心配だからという故なき懸念にかられたらしい。ロレンツァと僕はそのあともまだしばらくテレビを点けっぱなしにしておいた。画面下の赤い帯の上をニュースのテロップが絶え間なく流れていたが、もう同じ文面が繰り返されるばかりだった。テーブルの上にはすっかり冷めた料理がそのままになっていた。一方、僕と妻の狼狽には別の何かが重なりつつあった。ふたりだけの個人的な恐怖、もう何日も前から我が家の上に重くのしかかっていた喪失なき哀悼の感覚だ。正確を期せば、ロレンツァが、もうわたし嫌だから、と言い、僕がそっぽを向いたあの夜から服喪は続いていた。

ジュリオと僕は少し歩いた。なかの見えないスモークガラス張りのマッサージパーラー、アダルトショップ、アジア食材店の前を通った。それから適当に選んだ店の、表に向けて並べられた椅子に座り、ビールを二杯頼んだ。彼は最近読んだという本の話をまた始めた。ネット監視システム論、そしてアラブの春と新ポピュリズムについての論評。ジュリオは、とにかく膨大な量の本を読んだ。僕よりずっと複雑な見方で現実をとらえて、ずっと積極的に問題に取り組む男で、それは初めて会った時から変わらなかった。大学時代のジュリオは二年連続でB1教室の政治集団を統率した。B1教室は半地下にあって、壁にはNO NUKEのポスターと一緒に、名前がORIANA（オリアーナ）からORINA（小便しろ）と書き換えられた作家オリアーナ・ファッラーチの写真が貼ってあった。僕はと言えば、B1まで下りるのは昼休み限りで、それも目的は彼と過ごすことだけだった。あたかもジュリオの横にいるだけで自分まで少しは意識が高まり、倫理的に正しくなれるとでもいうかのように。

ゲテ通りで僕はビールをちびちび飲みながら、彼の話に耳を傾けた。正確無比な彼の論述も、行き交う自動車の騒音も、人々のブラウン運動も、僕の心をすっきりさせてくれた。時々ちょっと会話が途切れれば、僕らはふたりともあたりに目を走らせた。そのたびに僕は思った。ジュリオの目にも同じ光景が見えているのではないか。ひとりの黒い亡霊が群衆のなかから姿を現し、両腕を天に向かって突き上げたかと思うと、僕らのいるこの店をマシンガンで掃射する光景だ。心の奥で自分に――子どもができず、未来をもぎ取られた自分に――絶望していた僕は、本当にそうなってしまえばいいとどこかで期待していた。愚かしく、ひとの道にもとり、自己憐憫極まりない妄想だが、構わなかった。ただしジュリオには黙っていた。子どもができないという悩みを彼に打ち明けたことはなかった。昔から僕らの友情は、できるだけ自分の話は避けて、外の世界についてばかり語りあうタイプのそれだった。だからこそ長続きしたのかもしれない。

翌朝、僕はRERのB線に乗り、バスに乗り換えて、COP21の会場があるル・ブルジェに向かった。入口での保安検査にはうんざりさせられたが、いったんなかに入ってしまえば自由に行動ができた。パビリオンがいくつもあり、中・小ホールがあって、全体会議と小会議が色分けされていた。会場スタッフの女性に連れられてプレスルームに行くと、僕専用のブースがひとつ用意されていて、光回線のネット環境をはじめ、取材に必要なものがすべて揃っていた。僕は慣れているふうを装った。

そうして数日間、プログラムからなかば適当に選んだいろいろな種類の会議を覗いてみたけれど、報じるべきことはたいしてない、そう結論せざるを得なかった。どの会議も特定の項目や節について議論をしていて、下手をすると、協定で最終的に使用すべき何かの用語ひとつが議題ということもあり、その上、どの発言もやけに形式的で、ひどく具体性に欠けていた。環境問題は退屈な話題なのだ。緩慢で、行動もなければ、今後起こり得るとみなされているものを除けば、悲劇もない。そのかわり、善意だけは掃いて捨てるほどある。そう、気候危機の隠れた問題がここにある。それが死ぬほど退屈だという事実だ。ある国際的な合意を煮詰める作業など聞いていて眠くなってしまった。本来ならば、ごく些細な進展を革命的進歩ででもあるかのように書き立てて、逐一報告すべきところだったが、そんなものに誰が興味を持つというのか。そもそも僕自身が薄暗いホールの片隅でうとうとしていたというのに？　暇さえあればぱくついていたサンドイッチのせいで腹は重く、セネガル代表にキューバ代表、あるいは伝統衣装をまとってチベットからやってきた代表の単調な演説が子守歌のように響いた。

五日経っても記事は一本も書けていなかった。コリエレの編集者からもこちらの意図を確認する声が届きだした。アイデアはあるんだよ、と僕は保証した。そろそろきっと書けるから。

夕食の時、僕はジュリオに相談してみた。会場でいちばんおもしろいと思ったのは、このインスタレーションなんだ。椅子を組みあわせて作ったミニ・エッフェル塔さ。でも、それだけじゃ一本記事を書くには足りない気がして。

ミニってどのくらいミニ？

高さはこの程度だった。

ああ、確かにそれじゃ足りないな。

その晩は僕がビーフステーキを焼いた。自然食品のスーパーマーケットで買った真空パック入りの肉で、彼への感謝の印のつもりだった。いざ焼いてみるともうもうと煙が立ったけれど、帰ってきたジュリオは文句ひとつ言わなかった。

確かに気候問題ってやつはとことん退屈だよ。彼は同意してくれた。

話はそこで終わりかと思ったら、彼はちょっと考えてから、こう続けた。ノヴェッリに会ってみるといい。何か変わった話が聞けるかもしれない。

それ、誰？

俺たちと同じ物理学者だ。

年は？

五十は行ってないはずだ。ローマにいたころは数学演習を教えていた。授業中はやたらと愛想がいいくせに、口頭試問は鬼でね。当時は猛烈な反資本主義者だったよ。

君の同類ってこと？

ジュリオはにやりとした。俺どころじゃないさ。パリで再会したんだ。今は気象モデルの研究をしていて、雲がどうこう言ってたな。よかったら紹介するぞ。

僕は肩をすくめて、考えておくよ、というそぶりをしたはずだ。でも実際はとっくにジュリオの提案に賭けていた。また一日、地球の病に関するありきたりな文句を頭のなかでこね繰り回しながら、反響が耳障りなル・ブルジェのパビリオンを渡り歩いて過ごすことだけはなんとしてでも避けたかった。

驚いたことに、その晩のうちにノヴェッリに呼び出された。場所はモンジュ通りのパブで、三キロほど離れていたが歩いていくことにした。目的地に着くまで僕は携帯電話の画面から目を離さず、ヤコポ・ノヴェッリ博士についての情報を手当たり次第に収集していった。とは言っても、ネットに情報はたいしてなかった。そのころはまだノヴェッリも、ウィキペディアにページができるほど著名でもなければ、悪名高くもなかったのだ。ただし、いかにも独学で作ったらしい、ワードプレスを利用したおおざっぱなホームページはあった。彼はそこに最近発表した論文の一覧を載せ、複雑系物理学を教える自らの講座を紹介していた。雲の写真が並ぶギャラリーもあって、高層雲、巻雲、積乱雲というふうに種類を記した短いキャプションがそれぞれついていた。僕は昔、気象学の試験勉強で、そうした用語の暗記をあきらめたことがあった。三単位にしかならなかったからだ。

失敬してお先に注文しましたよ、とノヴェッリは言った。ただし悪びれた色はみじんもなかった。もっと早くいらっしゃるかと思ったんですが。

歩いてきたんです。

十四区から？

ノヴェッリは当惑顔をしたが、それ以上は追及してこなかった。そのかわりに僕の視線を追い、その先に自分の皿があるのに気づいた。皿には料理が山盛りになっていた。

凄いでしょう？　わたしはこいつのためにこの店に来るんです。本当はこんなに大きなハンバーガーは食べちゃまずいんですけどね。無論、CO2排出量を考えれば、という意味です。ただ、それ以上に動脈硬化のリスクがありますな。でもね、こいつが実にうまいんです。だってご覧なさい。

彼はハンバーガーを持ち上げて横の断面を見せた。各層がきちんと分離しています。レタス、チーズ、肉、玉ねぎ、と。普通の店ならもっとごちゃ混ぜの塊ですからね。お勧めですよ。

せっかくですが、食べてきましたので。

それは残念。

ハンバーガーにかぶりつく彼を僕はじっくり観察させてもらった。少しくたびれた感じが、いかにもキャリアの頂点にいる科学者らしかった。若いころは、物理学を学ぶ多くの学生と同じく服装には無頓着だったのかもしれないが（僕もそうだった）、今はかなりこだわっているらしい。

ケスラー・シンドロームはご存じかな？　彼に尋ねられ、僕は首を横に振った。

ジュリオ君から世界の終わりについてご関心があるとうかがっています。まあ、昨今では珍しいことではありませんが。ただ、あらかじめご理解いただきたいのは、我々が関心を持っているのは世界の終わりではなく、人類の文明の終わりであって、両者は大きく異なるという点です。ともあれ、お待ちしているあいだに、ケスラー・シンドロームを思い出したんですよ。

ノヴェッリは人差し指についたマヨネーズを吸ってから、携帯電話を手に取り、一枚の写真を見せてくれた。これ、なんだと思います？

ＵＦＯの一群ですか。僕は適当に答えた。冗談のつもりだった。

ＵＦＯね、ええ、みなさんそうおっしゃいます。残念ながらＵＦＯは存在しませんし、合成写真でもありません。中国の新興インターネットプロバイダーが連続で打ち上げた衛星の写真なんです。どれだけ多くの金属の塊が我々の頭の上を回っているかを知ったら、きっと驚かれますよ。低軌道なんてもういっぱいなんですから。

彼はハンバーガーを回し、また端にかぶりついた。肉汁たっぷりの中心のほうは最後に残しておくつもりなのだろう。

ボルトが一本、この手の衛星から抜けるところを想像してごらんなさい。きっとよくあることですよね？　ボルトってやつは抜けるものですから。さて、問題のボルトは時速三万キロで移動します。れっきとした弾丸です。それだけ高速だと鋼板だって簡単に打ち抜きます。今度はそのボルトがほかの衛星に命中する場面を想像してごらんなさい。衛星は木っ端微塵となり、おびただしい数の新しい金属の弾丸がまた別の衛星に命中します。

連鎖反応。

そのとおり、連鎖反応です。そんなスクラップの嵐が最後にはどうなると思いますか。誰にもわかりません。でもその一部は地球に向かって落下してくるかもしれません。流星群のように。これがケスラー・シンドロームです。しかも、これは現実の脅威です。世間が心配していないのは単に知らないからです。知っているのは、そうした衛星を打ち上げている連中だけで、実際、やつらは稼いだ金で自家用核シェルターを作っています。しかし、たとえば、我々のまわりの席に座っている人々はそんなことは知らない。みんなイスラム国とか地球温暖化のことで頭がいっぱいですよね。でも実は、もっと前からの脅威がほかにもいくらだってあるんです。干魃《かんばつ》もそうなら水資源の汚染もそう、感染爆発《パンデミック》――あの時、彼は確かにそう言った！――もそうだし、人工知能の反乱だってそうです。さらには、言うまでもありませんが、とうに流行遅れのような扱いを受けている脅威だってたくさんあります。昔懐かしの核の冬とかね。

彼の話を聞きながら、僕はちらりと父さんを思った。日曜のたびに母さんを家じゅう追い掛け回し、洗濯部屋だろうが、バルコニーだろうが、キッチンだろうが、ドローンみたいにぴったりくっついて離れず、石油危機やら大気汚染やら光害やらについて延々としゃべり続ける父さん。話題の災厄は月替わりだった。僕は疑問に思った。ノヴェッリも家ではそんな夫なのだろうか。

つまるところ僕もやっぱりそんな夫なのだろうか。

　では、雲はどうですか。僕は尋ねた。

　ノヴェッリは顔をしかめた。雲は複雑ですよ。高い雲は水分を保持するので、地球を余計に加熱します。低い雲は太陽光を反射するので、地球を冷やします。つまり雲は善もなせば悪もなすわけで、非常にややこしいんです。気候変動によってそのうち雲のない世界がやってくるなんて主張をする者もいます。昼も夜も、三百六十五日、快晴だそうです。喜ぶ人間もおるのでしょう。わたしは嫌ですが。

　ホームページを拝見しました。雲の写真を集めてるんですね。

　学生のためのコンテストです。最も興味深い雲を撮った者が勝ちです。でも一般の方も参加できますよ。よかったらどうぞ。

　僕は写真を撮らないので。

　そうですか。

　あの晩、ほかに僕らがどんな話をしたのかうまく思い出せない。かなり長い時間をともにしたためもある。まずはパブの外席で、パラソル型ガスヒーターが発する異様な高熱を頭に浴びながら。それから通りで、植物園《ジャルダン・デ・プラント》に沿って歩きながら。国連の会議の話は間違いなくした。ノヴェッリはあの会議にたいして期待していなかった。世間に束縛されぬかつての物理学への郷愁も話題に上った。それはふたりとも感じている郷愁だった。はっきりと覚えているのは、しばらくして彼に、もしかしてこれはインタビューなのかと確認されたことだ。

いいえ、正確に言えば違います。

必要ならお受けしますよ、と彼は言った。ずっと世界の終わりについて話していたのに、虚栄心がひょっこり顔を出した瞬間だった。

散歩の途中で、子どもはいるのかと尋ねられた。僕は即座に同じ質問を返した。教授は？　ふたりいます。ふたり目は男の子なんですが、長女とは少し年が離れていて、生まれた時、娘はもう七歳でした。それを聞いて僕は、危機的な未来を予想しておきながら矛盾してはいないかと批判めいたことを言った。ついかちんときてしまったのだ。するとノヴェッリはこう答えた。ではこの先、どうやって危機をすべて乗りきるというんです？　子どもたちの世代に期待するほかないじゃありませんか。

彼のアパートメントの入口に着く前に会話も絶え、最後の十分間はただ黙って歩いた。通りに人影は既になかった。静けさのせいでテロに対する不安が甦り、帰りは地下鉄はやめようと決めた。だが、ほぼ無意味な判断だった。自爆テロリストはひとが大勢いる場所を選び、劇的な効果を狙うのが常なのだから。

要するにあなたはどんなお仕事をされているのですか。ノヴェッリは僕に尋ねた。今までそれが気になって仕方なかった、という口調だった。

僕は作家です。

ジュリオ君は、どこかの新聞の記者さんだと言ってましたが。

記者もやりますが、作家なんです。

僕はなんだかがっかりしてしまった。こちらがその晩の意味を取り違えたせいでノヴェッリもありきたりな対応をし、ケスラー・シンドロームから何から、講座の学生にするような派手な話題ばかり選んだのではないかと思ったのだ。

彼は鍵の束から入口の鍵を選ぶと、大扉を開けた。では、いい記事が書けるといいですね。電話番号もお伝えしましたし、何かまだあればご遠慮なく。

ロレンツァは僕がパリにいるあいだにあの島でのバカンス計画を練った。彼女にとってそれは極めて現代的な夫婦関係改善策だった。西洋の知恵によれば、熱帯で過ごす一週間に解決できぬ苦しみなど存在しないのだ。気候変動を論じる重要な国際会議の直後に飛行機で真冬にカリブ海を目指すのは、首尾一貫しているとはとても言えぬ行為かもしれない。片道ひとり当たりの二酸化炭素排出量を約一トンとすれば、ふたりの結婚生活に巣くった悲しみを乗り越えるために僕らが大気中に解き放つCO2は合計約四トンにもなるはずだった。しかし、試す価値はあった。環境に対する良心の咎めを僕は一時、忘れねばならなかった。

グアドループ島は蝶の形をしているとよく言われる。そのたとえに従えば、僕らのリゾートは蝶の右の翅の上の、小さな入り江の中央にあった。到着するなり、よい香りのする顔拭き用のおしぼりをふたつ渡された。ロビーの床には大きな生け簀があって、たくさんのイセエビが長い触角をのんびりと動かしていた。真っ白なソファーに腰かけ、旅の疲れでまだぼんやりしたまま、僕とロレンツァは、利用可能な数えきれないほどのリラックス・オプションとその料金支払い方法の説明を受けた。あらかじめ追加料金をお支払いいただいておりますので、おふたりにはオーシャンルームをご用意しております、きっとお気に召されるはずです――その言葉に嘘はなかった。

スーツケースを空にすると、僕らは日が暮れる前にビーチに向かった。ロレンツァは水着の上に着ていた幾何学模様の新しいワンピースを脱ぎ、波で自然に運ばれてきたとは信じがたいほど絶妙な位置にある丸太の上に置いた。ふたり並んで海に入ると、足元から二メートルほど離れた場所を一匹のエイが通り過ぎた。幸先よさそうだった。波は穏やかで、さざ波程度だった。ロレンツァが両脚をこちらの腰にからめて抱きついてきたので、彼女を抱えたまま、浅い水辺を飛び跳ねるようにして進んだ。こんなふうにただのカップルに戻るのも悪くないわね。耳元で彼女の声がした。家にいると何かと邪魔が入るもの。仕事とか、エウジェニオとか、電話とか。彼女は太ももの筋肉に全力をこめて、僕を締め上げた。若返ったような彼女を見ていたら、何週間も抱えてきた無念さ、彼女に対する静かな恨みが初めて揺らいだ。ロレンツァが濡れた手で僕の顔を拭った。こちらの胸のなかの独り言を、それがどんな内容であれ、終わらせようとするように。僕らはキスをし、唇を離したあとも、蝶の形の島がどんなに素敵な場所で、このまま永遠にいられたらどんなにいいかと言いあった。

そんな完璧なムードも夕方にはもう壊れてしまった。ビュッフェ方式のレストランで彼女について歩きながら僕が、三種類もメニューがあるなんて馬鹿げていると文句を言いだしたせいだ。日本の肉を使ったメニューまであるじゃないか。こんな熱帯の島で、新鮮なイチゴなんて本当に必要かい？　サン・ペッレグリーノのミネラルウォーターまであるぞ？　地元の水を出せとまでは言わないけれど、六千キロ離れたイタリアのペットボトル入りの水はさすがにないだろう？やがてロレンツァは振り向き、手にした皿を床に落としたものか、僕の顔に叩きつけたものか迷っているような顔で言った。あなたが浪費に反対なのはわかるし、尊重する。でもわたしは不幸せな時間に反対なの。だからお願い。

だからリラックスしてちょうだい、ということだ。リラックスはそのホテルの標語みたいなものだった。リラックスしましょう、リラックスですよ、リラックス、リラックス。

水温のぬるい海水浴と午後四時に飲むピニャコラーダからなるケアが効を奏し、ふたりは久しぶりにセックスをするようになった。遠路はるばるグアドループまで来た本当の目的だ。ことが済めば、ロレンツァはいつもベッドの上に腹ばいになって、ショーツは脱いだまま、穏やかな顔で本を読んだ。僕のほうは彼女にもう一度アプローチしてみることもできれば、そのかたわらに留まり、ジュリオに借りた本の説得力のあるくだりに次々に下線を引きつつ、欲望を先延ばしにすることもできた。そして思うのだった。結婚生活というものはこうでなくっちゃいけない。こんな官能的なムードがずっと続くべきなんだ。きっとロレンツァの言い分が正しいのだろう。父親になりたいという僕の期待は度を越していた。僕はある種の理想に執着し過ぎていたのだ。子どものいない夫婦はいくらでもいるけれど、彼らがほかの夫婦より不完全で、不幸だという根拠なんてどこにもないじゃないか。にもかかわらず、オーシャンルームでも僕らのあいだには相変わらず疲弊した空気が漂い、会話にそれは特に顕著で、そんな享楽のメッカにすら早くも亀裂がひとつ開いてしまったらしかった。ふたりだけのオゾン層に開いたオゾンホールだ。

ダイアモンドの『文明崩壊』は一種のパラドックスを説いていた。文明は常に豊かな暮らしに向かって進歩するものと我々は勝手に思いこんでいるが、時には逆方向に向かって変化し、自らの終焉へといいたる条件を無意識のうちに積み重ねていくことがある。著者はそう説明していた。彼の挙げる最も劇的な例がイースター島のそれだ。かの島の原住民の人口が激減した原因は、ヨーロッパ人がもたらした梅毒と天然痘をはじめとする疫病であると長いこと信じられてきたが、最近の研究に、人口の減少と彼らが遺した石の巨像群、どれも海に背を向けて立つミステリアスな角張ったあの胸像、モアイとの関連を示唆するものがあるというのだ。モアイを運ぶ時、原住民は地面に丸太を並べてその上を滑らせたのだが、その丸太を用意するために島じゅうの木々を切り倒した。丸裸になった島は生態系が狂い、地崩れが多発し、飢饉が続き、紛争が繰り返された。最終的には島の住民が互いを食らう食人《カニバリズム》さえ発生したそうだ。カニバリズムだってさ。恐ろしいね。僕はロレンツァに言った。

するると彼女は自分の本に目を落としたまま、僕の太ももを人差し指でそっと撫でた。そして、膝を折った両脚を宙で開いたり閉じたりしながら――その動作はロビーのイセエビの触角の動きに驚くほどよく似ていた――こう答えた。ねえ、何か別の本は持ってこなかったの？

一週間の休暇のなかほどで僕らは島の内陸部を訪れるツアーに参加した。実はふたりとも乗り気ではなかったが、ホテルのビーチからほとんど動かずにいる後ろめたさから解放されたかったのだ。

午前九時にワンボックスカーで出発した。ひと組のオランダ人夫婦と一緒だった。アップダウンを繰り返す、なだらかな小道を僕らは進んだ。そこは熱帯雨林のなかで、鳥の鳴き声がにぎやかに響いていた。低緯度の森は何もかもが生命力にあふれ、じめじめしていて、刺激的だった。来る日も来る日も直射日光を浴びていたせいか、意外なくらい日陰に気持ちが安らいだ。

僕はガイドの説明に夢中になった。現地の植生を急速に侵しつつあるアフリカ東部原産の木についての話だった。学名はディクロスタキス・シネレア、ただしアフリカでは「クリスマスツリー」と呼ばれているそうだ。四月には黄色と紫色の可憐な花が咲き、その時だけは有害な植物であることをつい忘れてしまうという。僕がなかなか質問をやめなかったせいだろう、オランダ人夫婦はいらいらしだし、ロレンツァもため息をついた。僕が優等生っぽい行動を取ると、時おり彼女はそんなため息をつく。

それから一行は海辺に戻った。昼食はマングローブの木陰に用意されていた。そこには違うホテルやツアーオペレーターが送り出したほかのグループもたくさんいて混んでおり、予約時に約束されたプライベートツアーの特別感が台無しだった。オランダ人夫婦と僕らは木のテーブルをひとつ占拠すると、必要以上に幅を空けて座り、誰も来ないようにした。

僕はオットーと会話を始めた。リゾートの質はどうだとか、パリのテロのあとは旅行が今まで以上に面倒くさくなったとか、そういう話だ。彼はエンジニアで、自動車業界で働いているが、主な業務はマーケティング関連とのことだった。彼は持続可能性《サステナビリティ》についてずいぶんと真剣に考えていた。僕らはティー・パンチを一杯ずつ頼み、同じカクテルを二杯、三杯とおかわりした。もちろんクレオール料理も話題に上り、クレオールもそればかり食べているとワンパターンで困ると愚痴を言いあった。

帰路、僕は車の中で眠った。ぐっすり寝ていたものだから、最後の見学先に着いたことにも気づかなかった。車に戻ってきた三人はやけに興奮していた。ロレンツァもだ。そして、あの植民地時代の豪邸は本当に一見の価値があったと口々に言い、僕が来なかったのを残念がった。


最終日の前日、僕とロレンツァは車を借り、オランダ人夫婦に教えてもらったビーチに向かった。あの手のリゾートではそんなふうに始終お勧めのビーチ情報を交換しあうものだ。小道を進み、茂みを抜けてから、そこがヌーディストビーチであることに僕らはやっと気づいた。どうしようか。僕はロレンツァに尋ねた。すると彼女は肩をすくめて答えた。せっかく来たんだし。

僕らは服を脱ぎ、水着はバッグにしまって、タオルを地面に広げた。でもそうして横になっていてもなんだか居心地が悪かったので、海に入った。なかなか愉快な体験だった。岸から三十メートルほどの場所でふたりで浮かんでいたら、オランダ人夫婦が近づいてきた。彼らも来るなんて聞いていなかった。あらかじめ知っていたら、こちらはたぶん行き先を変更していただろう。

いい所だろう？　オットーが言った。

ロレンツァは彼の妻とおしゃべりを始めた。女性はひどい日焼けをしており、赤い斑だらけで、ビキニの上下の跡が白く浮き上がっていた。水中にある彼女の両脚は光の屈折で実際よりも膨らんで見えた。

オットーに対する気まずさをどうにかしたくて、僕はとりあえず彼の泳ぎを褒めた。実際はそこまでほんのちょっと泳いでくるのを見ただけだった。するとオットーは、オランダの子どもたちが義務づけられているという水泳検定の話をしだした。レベルは三つあって、試験は靴を履き、服も着たままで泳ぎ、水中のトンネルを素潜りで通過せねばならないそうだ。

それはつまり、海面の上昇でオランダが洪水に見舞われた場合に備えてのことだよね？

オットーはいぶかしげな顔をした。海面の上昇？　そうじゃないさ。アムステルダムの運河に落ちても溺れないようにしてるんだ。

会話は全裸の四人のあいだで進行したが、僕はその意識から完全には自由になれなかった。やがてオットーが尋ねてきた。あれ見たかい？　ビーチに向けられた指を目で追うと、少年たちの黒い影が茂みのなかにあった。暗がりに身をかがめ、瞑想か何かしているみたいにリズミカルに股間をこすっている。ただ距離があったので、水着を着ているのかどうかまではわからなかった。あの子たち、何をしているんだい？　素直に訊き返すと、オットーはにやりとした。僕の言葉を質問ではなく、ほのめかしだと思ったらしい。

そのあとオットーたちから夕食に招待された。僕とロレンツァは馬鹿みたいにおしゃれな格好をして、僕なんてきちんと靴まで履いていったけれど、普段どおりに一階に降り、テラスのレストランに行って、もうそらで覚えてしまったビュッフェの料理を交代で取りに向かい、ボトルのキャップがねじこみ式のチリの赤ワインを注文するだけの話だった。ちなみにワインは最後に別料金で清算されることになっていた。

普段と違っていたのは、あの晩はそうしたことを全部、我らが急ごしらえの友人たち、オットーとマイケのテーブルでしたという点だった。ふたりはハーグに住んでいた。うん、アムステルダムじゃない、ハーグだよ、正確には町から二十キロほど離れたところで、ほら、オランダと言えば、君たちが思い浮かべるような家だ。そう、そんな家さ……ハーグなら僕らも行ったことがあるよ。それも何度も。マウリッツハイスにも行った。ああ、本当はそういう発音なんだね。もちろん、『デルフト眺望』には感動したよ。あの光ときたら、絵を照らすんじゃなくて、キャンバスのなかから発せられているみたいで……

ふたりの名前はオットーとマイケじゃなかった。本当の名前はさっぱり思い出せない。あの夫婦の名前を覚えておくべき理由が僕にはまったくなかったからだ。ロレンツァの片手をテーブルの下で握ると、彼女の親指が僕の手のひらの中央を優しく撫で、了解の合図を送ってきた。

それから何時間かして、目を覚ますと、オランダ人夫婦はもう僕らの部屋にはいなかった。ロレンツァは眠っていた。ベッドにはすかいに横たわる彼女の寝姿が、それがどんなに奇妙な夜だったかをよく示していた。彼女の下半身をシーツの角で覆うと、僕は起き上がった。窓が開けっぱなしになっていて、そこからテラスに出た。桃色のとても細い帯が一本、水平線に沿って延びていた。その上は、空が水色から濃い青までグラデーションを描いていた。僕は思った。いつかきっとこの島はなくなってしまうのだろう。このテラスもなくなり、僕らもいなくなる。ロレンツァも僕も跡形もなく消える。海に沈んだ環礁みたいに。

海の上に円盤状の雲がひとつ浮かんでいた。厚みのある雲で、じっと動かず、表面がやけにつるりとしていた。気体でできた空飛ぶ円盤は、下のほうが渦を巻くようにほんの少しだけすぼんでいた。僕は部屋から携帯電話を持ってくると、雲の写真を撮ってノヴェッリに送った。キャプションはひと言、グアドループ、とだけ記した。

返事はすぐに来た。レンズ雲です。強い気流が障害物にぶつかってできる雲です。そう珍しい雲ではありませんが、その地域では滅多に見られません。お写真はホームページに載せてもいいですか。

少しして二通目のメッセージが届いた。雲の縁をよくご覧なさい。彩雲が出ています。光が水滴で回折して起きる現象です。またパリにいらっしゃる時は是非会いましょう。

七月、『ネイチャー』に雲と気候変動の関係を論じた論文が掲載された。研究者チームは衛星写真の検証を通じて、温暖化により雲が徐々に北と南の両極に向かって移動していることに気づいた。雲の覆いが、太陽光をさえぎるために都合のいい地帯――赤道直下と熱帯――から、ずっと有用性の低い極地へと拠点を移し続けており、この傾向はそのうちいわゆる「ポジティブ・フィードバック」をもたらすだろう、というのだった。ただしポジティブとは言っても肯定的《ポジティブ》な要素などまるでない、純粋に数学的な意味での正の変化《ポジティブ・フィードバック》、つまり、＋の記号がつく変化で、気温が上がれば上がるほど、雲がさらに移動して温暖化を促進するだろう、という意味だ。

九月、トリエステで開講した自分の講座の最初の授業で僕はまず、ノリス他が記したその論文を読み上げた。僕はコミュニケーション学マスターコースで科学ジャーナリズムを教えていて、その年はテーマを気候変動一本に絞ろうと決めたのだ。雲の移動問題はこの上なく恐ろしくもあれば詩的でもあり、講座の起点にぴったりだと思った。講座の期間は四週間だった。僕はエアビーアンドビーでカヴァナ地区に部屋を借りた。個人的にはそこまで活気のあるエリアでなくても、三十八番線の停留所に近い、大学の特約ホテルのどれかでいいと思っていたのだけれど、ロレンツァにもっといい部屋にしろと説得されたのだ。流罪なら流罪で、せめて楽しい場所で過ごしなさいよ、と彼女は言った。とりあえず、あなたにはあがなうべき罪なんてないんだから。でも、本当だろうか。僕と彼女の関係は春以来、相当に悪化していた。特に夏はほとんど別居状態だった。電話も滅多にしなかった。夫婦のベッドに他人を招き入れるなんてやっぱり無謀だったのだ。

トリエステでは新しい生活習慣を身につけた。授業がない日は寝坊をしたが、それでもアラームは朝の七時にセットしておき、携帯電話のスリープを解除し、自分が怠け者ではないことをメッセンジャーアプリのワッツアップの最終アクセス時刻をもって世に知らしめるようにした。起床後は、学生の課題の添削を除けばほとんどやることもなかったので、いつも歩くことにしていた。ミラマーレまで歩けばそれでほぼ一日つぶせたけれど、リルケの小道でもよかったし、荒涼とした暗い雰囲気が独特なカルスト台地に行ってもよかった。こうして僕がひたすらに歩くのは、これから書く本のアイデアを探すためなんだ、そう自分に言い聞かせ、ロレンツァにも同じように説明した。彼女はそれを信じるか、信じるふりをした。でもたいていの場合、僕は歩いていただけで、頭のなかは空っぽだった。まるでティーンエイジャーみたいに、耳にはいつもイヤホンがあった。スポティファイの履歴機能によれば、あの年、僕がいちばんよく聞いていたのはマジカル・クラウズの歌で、タイトルの最後に疑問符が来る『アー・ユー・アローン？』だった。

講座の学生の大半は理系のポスドクで、物理学か数学かバイオテクノロジーの研究者だった。ごくたまに言語学や歴史学の研究者もいたが、肩身が狭そうにしていた。みんな学びの道のどこかで失望したか、単純に疲れてしまったかで、そこにいた。難解な分野を追求し過ぎたか、長く学び過ぎたかした彼らは、コミュニケーション学という、いかにもやさしげな領域にしばしの休息を求めてやってきたのだ。僕は毎年、まずはそうした彼らの思いこみを打ち破ることに専念した。科学に身を捧げてきた自分たちは最も複雑な世界を探索してきたのだ、学生たちがそう信じているとしたら、僕の講座では別の種類の複雑さと遭遇させ、彼らという人間を丸ごと揺さぶることを目指していた。動揺させるのは簡単だった。自分の文章を書くという作業と彼らは少なくとも十年は縁がなく、論文や専門書、理路整然とした数式やグラフとばかりつきあううちに書けなくなってしまっていたからだ。白いページを前にすると落ちつかない気分になるのだ。

その年の学生にひとり、宇宙物理学の研究者がいた。名前はクリスティアン。いつも教室のなかほどの列で、左の壁にもたれかかって座る彼は、舞台の上と外の狭間にいるようだった。クリスティアンは出身地のよくわからない不思議な抑揚で話した。だから僕は彼に興味を覚えたのかもしれない。あるいは雲の消失を語る僕を見つめる彼の、異様に目をみはったあの表情のせいだったのかもしれない。

自己紹介の番が回ってくるとクリスティアンは、自分は重力波とブラックホールを長いこと研究してきたと言った。でもその手の勉強のせいで、と彼は前髪をいじりながら続けた。僕は健康を損ねてしまいました。だからある研究の途中で、論文がもうすぐ書き上がるところだったんですが、宇宙物理学を捨てて、地球に帰ることにしたんです。彼は本当に「地球に帰る」という表現を使った。ブラックホールの研究のせいで健康を損ねたというのはどういう意味かと訊いてみると、彼は僕の視線を慎重に避けつつ、こう答えた。先生、研究者が自分の研究テーマに圧倒されるなんてことがあっていいものでしょうか。

食堂で僕はマリーナの前に座った。彼女はマスターコース教授会の議長だ。クリスティアンについてどう思うかと訊くと、こちらの質問の意図をただちに察したらしく、とても繊細なひとだから、手加減してあげてね、という答えが返ってきた。

マリーナは何か大切な情報を僕に隠しているのではないか。そんな気がした。学生の個人情報と入学面接試験のデリケートな詳細は僕ら非常勤の講師には提供されない。

才能ありそうな学生に見えるんだけどな。僕は言った。

ふーん。どうしてそう思うの？　まだ二時間、会っただけなのに。

勘さ。

勘ね、と彼女はおうむ返しに言った。トレーから目を上げ、こちらを見る顔にはひきつった笑みがあった。

その前の年の講座終了時の講師に対する評価で、数名の受講生から僕が「不公平」であるという不満の声が上がっていた。彼らに言わせれば、僕は一部の学生の課題は熱心に見るくせに、ほかの学生のそれにはあまり時間を割かず、授業中もいつも同じ学生ばかりに発言させ、しかもそれがほぼ例外なく男子だというのだった。マリーナは問題のアンケート結果を、表題の書類を添付ファイルにてお送りいたします、という極めて事務的な文面のメールで転送してきた。僕から最終評価を見せられたロレンツァは（個別のコメントは見せなかった）少しためらってから、十点満点で七・五点ならそう悪くないと思う、と言った。でも僕がほしかったのは九点か十点で、評価委員会の賛辞と特別賞の授与だった。そこでジュリオに慰めてもらうことにした。今じゃ学生のほうが教師を評価するけど、それって変だと思わないか。すると彼は僕の言葉を訂正した。ただの学生じゃなくて、お客様なんだよ。腹を立てるだけ損だぞ、それが教育界の新しいトレンドなんだから。僕は彼が大学教員として受けた最近の評価を尋ねたい気持ちをなんとかこらえた。

それでも、クリスティアンに対する僕の見込みは間違っていなかった。授業では優れた意見を述べ、態度もいつも積極的で、非常に熱心と言ってもよかった。たとえばある朝、僕が『文明崩壊』の一節を読み上げると、次の日には彼の机の上にも同じ本があった。

やがて各自が製作するルポルタージュの計画を発表する番が回ってくると、彼は立ち上がり、教室の前に進み出た。彼の言葉は混乱気味で、手は最初から最後まで前髪をいじりっぱなしで、発表の内容も厳密にはひとつの構想というより、なんらかの不安に彩られた意見の陳列に近かった。彼は帰還不能点について語った。ブラックホールを長年研究していた者にとってはなじみのある概念だ。ある物体が事象の地平面を越えると、その物体は消失し、行方不明となり、それから先、物体に何が起こるのかはまったくわからなくなってしまいます。その物体は変形するか、ばらばらになって、事象の地平面の向こうにあるのかもしれませんし、何か別のもの、たとえば純粋な光に変わるのかもしれません。そこでクリスティアンは疑念を呈した。僕たちの惑星にも似たような瞬間が存在するのではないでしょうか。そこから先は全人類が転落の一途をたどるしかない、特定の一点が。もしそうなら、それは今朝、僕がこうして話している今この瞬間から、どのくらい先のことなのでしょう？　もしかして、僕たちは気づいていないだけで、とっくにその点を越えてしまったのかもしれません。もし、本当にそうなら……。しかし彼はそこで不意に言葉を切り、こう結んだ。僕はそんなことを書きたいんです。

彼は精根尽きはて、全身の細胞がひとつ残らず震えているみたいなありさまだった。教室を気まずい空気が覆った。発表についてコメントをうながすと、クラスメイトたちはもごもごと彼を褒め称えたが、戸惑っていた。そこでまた僕が口を開き、彼に向かって、間違いなく魅力的なテーマだけど、漠然とし過ぎてはいないだろうか、と言った。このままだとどこにもたどり着けなくなる可能性があるね。もっと何か具体的なもの、君の言う変化が既に目に見える場所に集中すべきだ。

何も思いつきません。やはりこちらの顔は見ず、彼は硬い声で答えた。

たとえば生態系の変化なんてどうだろう。

僕はグアドループの生態系を脅かすアフリカ原産の植物、ディクロスタキス・シネレアの話をした。でも君は身近な状況を見つけるべきだ、と僕は続けた。自分の目で観察できる状況がいい。なぜならそれこそこの講座の目的だからね。現実を見つめ、ルポルタージュを書くんだ。

僕は無意識のうちに彼に歩み寄っていた。静寂のなか、彼の呼吸が聞こえるほど近くに。僕は優秀な教師だ、七・五点程度なものか。学生を導き、やる気にさせる力もあれば、想像力だってあるし、しかも寛容だ。

クリスティアンはわかったとも嫌だとも言わず、考えてみますとさえ言わなかった。彼の目は窓の外のどこかを凝視していた。何かから目が離せないみたいに。誰もが近づきつつあるのに、彼にしか見えない事象の地平面がそこに見えるみたいに。やがて彼は僕に尋ねた。席に戻ってもいいですか。

あの年の学生たちが書いたルポルタージュのテーマには、絶滅の危機に瀕したアカガエル、肉の缶詰めの製造が温暖化に与える影響、気候変動には強いはずが劇的かつ取り返しのつかぬかたちで変化を遂げつつあるスロベニアの洞窟の探検などがあった。

クリスティアンは結局、僕のアドバイスに従い、ニワウルシを調査対象に選んだ。イタリアの植生を驚くべき早さで圧倒しつつあるアジア原産の木だ。彼が自分で読み上げた冒頭部分によると、実家に帰る列車に乗っていた時、線路沿いの木々にニワウルシがまぎれているのに彼は気づいた。それも一箇所や二箇所ではなく、トリエステから実家の最寄駅まで途切れることがなかったという。クリスティアンの文章は非常にイメージ豊かだった。たとえば木々の枝葉は「わたしに何かを伝えようとして」揺れた。途中からニワウルシは単一の巨大な植物として描写され、一本の根茎が地面のすぐ下で伸び広がり、地球を丸ごと覆う様子が描かれていた。

やがて彼が息を切らして読み終えると、クラスのみんなが拍手をした。「不公平」だとみなされやしないかと不安に思いつつ、僕も最後には拍手に加わった。でもそのすぐあとで、自分の偏りを正すべく、彼のルポルタージュの冒頭部分を厳しめに批評した。重要な情報の詳しい説明はいつ始まるのかな？　客観的なデータはどうした？　主観的で、感覚的な情報ばかりではまずいね。二人称単数形の使い方も気になった。それに君の読み方を聞いた限りだが、句読点の打ち方も見直した方がよさそうだ。

僕の言葉にクリスティアンは顔色を変えた。クラス全員がぴりぴりしていたが、そのうちグレタという娘が雷を落とした。わたしはそのままでいいと思います。先生だって、個人の視点で書けっておっしゃったじゃないですか。

翌週、クリスティアンは授業に来なかった。訳を知らないかとみんなに尋ねると、数人、グレタを見やる者があった。いや、もしかすると、今の僕はそのあと何が起きたかを知っているから、彼らはそうしたはずだと思いこんでいるだけなのかもしれない。実際はそんなことはまるでなくて、彼らは知らないと（嘘を）答えたのかもしれない。とにかく授業が終わると、ひとりの学生が僕を廊下でつかまえて、こんなことを言った。先生、ちょっとお話があるんですが。ひょっとすると、どうでもいいことなのかもしれないし、言わないほうがいいかな、とも思うんですけど。

いったいなんだい？

夜になると、クリスティアンはミローという店にいつもいるんです。ミローはパブで、場所はミローなら僕も知ってるよ。

あ、そうですか。

彼、あの店で何してるんだい？

学生はさあというふうに肩をすくめて、こう続けた。本当は毎晩は行ってないのかもしれませんが、仲間がふたり、それぞれ違う日にミローで彼を見かけたので。

見かけたのに、声はかけなかったのかい？

学生はすまなそうにうつむいた。クリスティアンと話すのってなかなか難しくて。ご存じかわかりませんけど、彼、ちょっと変わってますし。

僕はまるで気づかなかったと答え、おかしいのは君たちの彼に対する不信感のほうだと言外に諭した。

その晩、僕はミローに行った。店のなかはいかにも大学生のパーティーらしい盛り上がり方をしていた。講座の学生に出くわさぬことを僕は望んだ。小さなテーブルを前にひとり飲んでいる姿を見られたら、きっと不気味がられる。壁際のコンソールテーブルの脇の、人目につかぬ席を選んだのはそのためもあった。夜の一時、やや酔っぱらって、そろそろ帰ろうかと思っていたら、彼が来た。パジャマにビーチサンダルという格好で入ってくる彼を見て、はたして自分ががっかりしたのか、ほっとしたのかはよく覚えていない。

クリスティアンはノートパソコンを脇に抱えていた。彼がカウンター席に座ると、バーテンダーの女性が身を乗り出し、その両頬にキスをした。どうもそれはふたりの習慣で、同じ場面が毎晩繰り返されている気配だった。画面を開き、何か入力しだしたクリスティアンの前に彼女はビールを一杯置いた。そこまで大きな店ではなかったから、直線距離で言えばこちらに背を向けた彼までは五メートルと離れておらず、僕には彼の裸足のかかとも見えれば、姿勢のせいでパジャマの上着の裾がずり上がって、腰の隙間から顔を覗かせた肌も見えた。ノートパソコンの画面はこちらを向いており、文字は識別できなくても、それがワードの編集画面であることはわかった。DJがセットリストを変更し、おなじみの九十年代リバイバルが急に流れ出すと、ダンスフロアはひとでいっぱいになった。そしてクリスティアンの姿は、スツールの足掛けを曲のテンポに合わせて蹴る青白いかかとしか見えなくなった。僕は勇気を出して、彼に接近した。クリスティアンがこちらの存在に気づき、先生、と声に出してその事実を示すまで数秒かかった。驚きのかけらもない声だった。

何を書いているんだい？

クリスティアンは画面に向かってうなずいた。例のルポです。

集中するには妙な場所だね。

彼は肩をすくめた。怒らせてしまったかと思い、僕は言い直した。実は僕もざわざわしたところで作業するのが好きなんだ。かえって落ちつくんだよね。

僕の部屋はこの真上なんです。契約書にサインする前にあらかじめ教えてもらえなかったんですよ。特に低音が厄介で、ベッドが揺れて、位置まで変わっちゃうくらいなんです。それでラモーナと話しあって決めたんです。彼女は僕がここで作業することを認め、ただで飲ませる。そのかわりこっちも二度と苦情は言わないって。

彼がバーテンダーの女性に向かってにやりとすると、向こうもいたずらっぽく舌を出した。ラモーナは僕にもビールを出し、クリスティアンと僕はしばらく黙って一緒に飲んだ。彼は作業に戻りたそうだったが、僕が横にいるので遠慮しているようだった。

授業に来なかったね。やがて僕は言った。

遅れてますから。

何が遅れてるんだい？

ルポですよ、先生。

期限はまだ先なんだから、そう思い詰めないほうがいい。それに結構いいところまで書けている感じだったじゃないか。

あれこれ詰めこみ過ぎだ、そうおっしゃったのは先生じゃないですか。

一瞬、彼がこの上なく無防備に見えた。客の肘が次々に僕らをかすめるパブで、宇宙船のプリントが入った綿のパジャマを着た彼が。いったい何日前から寝ていないのだろう？　僕は心配になった。また沈黙が続いたが、そのうちクリスティアンが言った。先生、僕ちょっとお腹が空きました。

でもこんな遅くに食事のできる店の当てなんてあるのかい？

ええ、でもまずは着替えてこなきゃ。

僕らは店を出て、すぐ隣の入口からまた同じ建物に入った。ドアを出る時、学生たちの視線を感じた。パジャマ姿のずっと若い青年と出ていくのが妙だったのだろう。でも、それは数学者と物理学者だらけの夕べだった。ありとあらゆるタイプの奇行に慣れっこの種族だ。

二階に上がると、音楽の重低音が軽い地鳴りのように轟いていた。ベッドは相当前から整えられていないようだった。ありふれた大学生の下宿といった感じの部屋で、ごく普通の乱れ具合だったが、物の配置に得体のしれないエネルギーを僕は感じた。しかしこれも偽の記憶なのかもしれない。実はまったく何ひとつ気づいていなかった可能性もある。クリスティアンはジーンズを穿き、パジャマの上からパーカーをかぶった。僕は場違いな父性愛を覚え、冷たい風が吹きだしたから、厚着をするように言った。

彼が知っていたのは駅のそばでやっている売店で、僕らはビールの大瓶を一本ずつ買い、彼はいかにもまずそうな大量生産のパニーノをあっという間に平らげた。それからふたりで散歩をした。

あの夜、僕らが語りあった話題を列挙してみよう。ヒッグス粒子を「神の粒子」と呼ぶ馬鹿らしさ。どちらも『才能ある子のドラマ──真の自己を求めて』を内緒で読み、それが自分の話ではないかと期待したこと。観測衛星による最新の宇宙背景放射マッピング。高校時代は自分がダサいやつに思えてずっと悩んでいたのに、そのうち急にどうでもよくなったこと。量子色力学。早漏。

クリスティアンは何を論じさせても独特な意見を持っていた。まさに二十五歳の時の僕がそうありたいと願っていたように。でもかつての僕が独特であるためには継続的な努力が欠かせなかったけれど、彼の場合はどうやらそれが生来の性格のようだった。講座が終わって、立場の違いから生まれる上下関係がなくなったら、ひょっとすると彼とは友だちになれるかもしれない。そう思った。あのころの僕は常に新しい友だちを探していた。

僕らは突堤の先端まで行き、並んで小便をした。輝く町は全部ふたりの後ろにあったから、真っ黒な海の上に突き出したコンクリートの突堤は暗い宇宙空間に浮かんでいるみたいだった。どちらもへべれけに酔っており、そこで気持ちよくふらついていたら、そのうちクリスティアンが言った。先生、ルポはほとんど書き終わってるんです。完成したらすぐにまた学校に戻りますから。

ちょっと間を空けて、彼はこうつけ足した。僕にとってはとても大事な課題なんですよ、先生。

彼が病院に担ぎこまれたのは、それから四日後、土曜深夜から日曜にかけての夜だった。異変に気づいたのはミローのバーテンダー、ラモーナだ。仕事のシフトが終わると、いつものように彼女はクリスティアンの部屋の明かりに目をやった。するとひとのものとは思われぬ奇妙な声がした。ラモーナは窓ガラスに黒い筋が幾本も入っているのに気づいた。

自分の両腕をずたずたにするために彼が使ったのは一本のフォークだった。その事実に僕はそれから長いこと苦しめられた。しかしフォークであったからこそ、どの傷口もそこまで深くならずに済んだのだ。もしもナイフだったら、出血多量で確実に死んでいました。マリーナは月曜の朝に緊急で招集された教授会でそう言った。情報はすべてまだ未確認ですが、どうもクリスティアンは何日も寝ていなかったようです。妙な時間に町を歩く彼の姿を目撃した者も大勢いて、同じコースのグレタという学生からは、彼女の家のまわりをよくうろついていたという報告も受けています。そのたびグレタは窓から様子をうかがっていましたが、一度、外に出て彼と向きあったそうです。クリスティアンの態度は攻撃的ではなく、ただ錯乱気味だったとか。僕は君を守るためにここにいると彼は言ったそうです。グレタが、何から守ってくれているのかと訊き返すと、枝の話をされたそうです。

枝ってなんの枝ですか。講師のひとりが質問したが、マリーナは無視し、こう続けた。クリスティアンは誰にも断らずに持病の薬の服用をやめていました。両親もすっかりだまされ、気づかなかったそうです。緊急入院のあとで、彼は以前にも一度入ったことのある施設に移送されました。もちろんマスターコースは修了できないでしょう。

それは十一月のよく晴れた明るい一日で、僕らが集まった教室の窓の向こうでは入り江がきらめいていた。我々の側になんらかの落ち度があったのではないかという疑念が、そんな美しい朝の空気の上に重くのしかかっていた。だが何が足りなかったというのだ？　注意？　配慮？　それとも勘？

いくつかの発言があり、パラノイアとか、統合失調症とか、措置入院といった言葉が口に上った。ソーシャルメディア論を教えるニコが、学生は年々傷つきやすくなっているようだとおおざっぱな意見を述べた。

僕は自分が数日前の夜にクリスティアンとミローで会い、ほとんど夜どおしでともに町を歩いたことはもちろん、その会議に集まった関係者のなかでまさに自分だけが、彼がグレタに話したという枝の正体を知っていることも打ち明けなかった。ムクロジ目ニガキ科アイランサス・アルティシマ、通称ニワウルシ。十九世紀なかばに養蚕のためにイタリアにもたらされた。今日問題となっている侵略的外来種のなかでも特にたちの悪い種のひとつだ。先生、研究者が自分の研究テーマに圧倒されるなんてことがあっていいものでしょうか。

　透明なガラス窓の向こうにクリスティアンの部屋が見えた。ニワウルシの根が床の下から何本も忍び寄り、頑丈な節であちこちのタイルを割り、そこから次々に芽が出て背を伸ばし、しなやかな若木となったかと思うと今度はベッドのマットレスを貫き、どんどん硬くなる。ベッドはもはや生い茂る葉に隠れて見えない。今やニワウルシは壁と天井をも覆い、部屋は森となりはて、枝葉が下のミローから聞こえる音楽でリズミカルに揺れ、クリスティアンはそのただなかで、無数の枝の、無数の侵略的外来種の、無数の侵略的思考のとらわれの身となっている。もはや除草のすべはなく、根こそぎにするしかない。いちばん近くにあったものをつかむ彼を僕は目撃した。そこに出しっぱなしになっていたフォークだ。彼はそのフォークで身を守ろうとする。

　先生、そんなことってあっていいものでしょうか。

　クリスティアンは枝を引きはがす。いや、引きちぎるが、枝は腕に巻きつき、足首に巻きつき、首に巻きついて、増え続ける。彼はフォークを猛烈な勢いでめちゃくちゃに振り回す。ニワウルシの枝は鼻の穴から、指の腱と腱のあいだから、肋骨の隙間から、尻の穴から体内へと侵入し、ますます葉を生い茂らせるものだから、彼はフォークの先で肉のなかまで葉を探し回らなければならない。

　マリーナが質問はないかと一同に尋ねた。ありませんね？　では、教室で今回の出来事とどう向きあうか、その方法についてみなさんの意見を募りたいと思います。心理カウンセラーの窓口がありますので、学生には利用を勧めましょう。この時も僕は発言をしなかった。透明なガラス窓の向こう、クリスティアンの部屋のなかで、たった今、自分が目の当たりにしたことは一切報告しなかった。そこにいる僕らは全員科学者だった。今は科学者でなくても、少なくとも元科学者だった。そして僕が空想した内容はこれっぽっちも客観的ではなく、検証のしようもなかった。だからそのまま黙って、みんなの意見に耳を傾けた。

講座が終わると僕はローマに帰った。侵略的外来種のことで頭がいっぱいだったので、ローマの町までが前とは違って見え、外来の動植物がやたらとはびこっているように思えてならなかった。五月には甘ったるいにおいで空気を満たすスタージャスミンも(中国原産)、ナツィオナーレ通りのヤシの並木に群れるインコも(インド)、そのヤシの木自体も(カナリア諸島)、ヤシを枯らしつつあった寄生虫も(中国)外来種だ。ロレンツァと一緒に出かけるたび、そうした不安を口にせぬように気をつけた。父さんだったら絶対にそうするとわかっていたから。

十二月十九日、僕は三十四歳になった。でもその日のことは何も覚えていない。携帯にはその日付の写真が二枚だけ残っている。どちらも静物画めいた料理の写真だ。一枚目は縦長に切ったいろいろな生野菜の載った大皿で、皿の中央にはマヨネーズの小鉢がある。二枚目は瓶詰めの保存食を握る僕の片手のアップで、手の構えがどことなく挑発的なのは、誰かに向かって「ほら準備中だぞ」と伝えようとしていたのかもしれない。きっと友人を夕食に招いたのだろうけれど、それが何人だったのか、誰だったのかはさっぱり思い出せない。とにかく皿の上の生野菜の量は相当なものだ。

八時を少し回ったところで僕は誕生日のパーティーを中断したはずだが、その点にいたっては完全に記憶がない。スカニアのトレーラートラックが一台、ベルリンでクリスマスの市に突っこみ、数十名を轢いた時刻だ。実際、今となっては自分がどうやってそのニュースを知ったのかも、詳細を知りたくてテレビを点けたのかどうかもわからない。間違いなく点けたはずだが。同様に、続く日々、僕は容疑者アニス・アムリの捜索の展開を追ったはずで、ミラノのセスト・サン・ジョヴァンニで銃撃戦の末にアムリが射殺された顛末はもちろん、ヨーロッパ一のお尋ね者となったテロリストが悠々とドイツからフランスに移動し、ついにはイタリアにたどり着いたという事実に対する世間の怒りも目の当たりにしたはずだ。

僕はその後、殺人トラックが事件の何日か前によりによって僕の故郷のトリノからミュンヘンに向かったらしいことも、積み荷の二十五トンの鉄鋼材を積みこんだのがやはりトリノであったことも知ったはずだ。僕らの日常と新しい形態の絶対悪——手垢のついた表現だが、そうとしか定義のしようがない悪——がそこまで接近したのは初めての体験だった。その悪は呪われた花のように大陸のあちこちでつぼみを開いた。それでもロレンツァと僕は今までどおりの生活を続け、誕生日パーティーだってまた開いたし、出席もした。

このところ斬首動画をよく観ているとジュリオが僕に打ち明けたのは、そのころだった。匿名通信システムのトーアでノーカット版のそうした動画を見つけるのだそうだ。あれはもう、ひとつの作品ジャンルとして確立しているよ。そう彼は言うのだった。独自の美学まであるんだから。

たとえば色だ。死刑執行人の黒と囚人服の派手なオレンジ。よく見ると、あの囚人服はいつも清潔でアイロンがかかっている。まるでセロハンの包装から出したばかりみたいにな。

動画の死刑囚はみんな行儀がよくて、わめき散らすこともなければ、芝居を厭う様子もなく、まるで撮影の成功を妨げまいと努力しているみたいだった。だってあのカメラワークを見ろよ、とジュリオは書いてよこした。編集だって本格的だ。あれはただ見せるために作った動画じゃない、楽しませるための動画だ。テレビの連続ドラマみたいに嘘臭い演出までしてさ。

僕が一本目に選んだ動画はある日本人ジャーナリストの斬首だった。犠牲者の男性はうつろな目をしていた。次はイギリス人男性で、何かの団体の職員だった。そして最後に、二十一人のエジプト人が列をなして海辺をゆっくりと引き立てられ、幾何学的に完璧な配置でひと息に処刑される動画を観た。

そんな動画を観ては、ジュリオとメールで感想のやりとりをした。気になる要素がたくさんあったからだ。たとえば、執行人は動画で見事な手際を披露するが、習得するのはどれだけ大変かという疑問。普段から練習しているのだろうか。練習量はどのくらいで、そもそもどう練習する？　マネキンでも使っているのか、それとも動物を練習台にしているのか。もしかしたら死体を使うのだろうか。それから神秘の七秒間の問題があった。神経生物学の専門家の一部に、首を斬られた人間は長くても七秒以内に意識を失うと主張する者がいる。だから斬首は見た目こそ派手だが、非常に情け深い殺害方法でもあるというのだ。でも本当のところはどうかなんて誰にわかる？　七秒間。それが自我がかき消えるまでにかかる時間？　科学にはけっして解けない謎のひとつだった。

たった五年前の、二〇一六年から二〇一七年にかけてのあの時期を振り返りながら、今の僕は思う。異なる出来事のあいだの因果関係を特定するのはどんなに難しいことか。僕がＩＳＩＳの斬首刑の動画を観ていたのは、今の世界は子どもを持つにはあまりにも過酷な場所だと自分を説得するためだったのか、それとも順序は逆だったのだろうか。もしくはふたつの行為はまったく無関係だったのかもしれない。あるいは単に、多くの者がそうであったように、僕は新しい恐怖に魅了されていただけなのかもしれない。いずれにせよ、この、既にひどく遠く感じられる近年の記録を綴るに当たり、僕は一連の事実を並べるに留め、複数の事実のあいだの符合をこじつけず、せいぜい偶然の一致とみなすよう自戒せねばならない。倫理的な結論をいたずらに求めてもいけない。

米国心理学会の『アメリカン・サイコロジスト』誌に発表された研究論文に、米国人三千人を調査して、何百万という人間が僕やジュリオのように斬首動画を観るようになった動機を探ったものがある。その論文によれば、当時、調査対象者の二十パーセントがそうした動画を部分的に鑑賞し、五パーセントが最初から最後まで鑑賞した。大半はキリスト教徒の男性で、誰もが当初は僕らと似たような感じで、とりあえず悪気はなかった。論文は、失業中か、暴力の被害者になった過去を持つ対象者に強い相関関係が見られるとしていた。ジュリオと僕はそうではなかった。少なくとも僕の知る限り、彼も違うはずだ。ひょっとすると統計の規模が小さ過ぎて、父親になりたくてもなれなかった体験の影響も、またジュリオのように、父親であることが長年のあいだに極めて辛い体験となってしまった場合の影響も見落とされたのかもしれない。

あのころはジュリオの親権争いの関係で彼とは普段よりもよく会っていた。彼から初めてその悩みを打ち明けられたのはローマでのことだった。一月六日の主顕節のころだ。ちょうどローマが異常な寒波に襲われていたからよく覚えている。気温が零度を下回る、風の強い日が続いていた。セルペンティ通りの噴水が凍結したのを見たのはあれが初めてだった。ある朝、僕らは噴水の前で足を止めた。アドリアーノは手袋もせずに小さな手で水盤の縁にできたつららを次々に折り、衝動に負けてとうとう一本舐めた。その横で僕はジュリオから、裁判官の前で証言をしてくれないかと頼まれたのだった。

証言ってなんの?

俺とアドリアーノについてさ。俺とあいつが一緒にいる時どんなふうか、つまり、虐待とか、その手のことがないと証言してほしいんだ。

そういうことがあると思っているひとがいるの?

ジュリオは肩をすくめた。協力してくれるなら、しばらく俺たちと暮らしてもらわないといけないんだが。

君たちの家には前にも厄介になったけど。

ああ、ただ詳しい証言が必要なんだ。

つまり、僕に君たちの監視役になれって言うのかい?

ジュリオも小さなつららを一本折ってもてあそんだ。監視されるのは嫌いだよ、と彼は答えた。

でもお前がやってくれるなら我慢できると思うんだ。

そこまで友だちらしい言葉が過去にふたりのあいだでかわされたことはなかったので、僕らはちょっと黙った。それからジュリオがまた口を開いた。うちの両親も証言はする。ただ親の証言はそこまで重視してもらえないんだ。まあ当然だな。お前は違う。お前の場合、職業の影響もあって、証言がもっと重視されるはずなんだ。

わかった、と僕は言った。

断られても仕方ないと思ってる。なんたって面倒くさいし、それにだからやるって。

外は寒くてたまらず、僕らは共和国広場のファストフードに逃げこんだ。アドリアーノはホットドッグを食べたがった。前に食べさせた時は腹痛に襲われたからとジュリオは反対した。でもアドリアーノに膝をぐいぐい引っ張られて、ついには降参した。

甘やかされて、どんどんわがままになるよ。ジュリオは申し訳なさそうに言ったが、すぐに自分の言葉を訂正した。甘やかしているのは俺も一緒だな。

僕は既にふたりをそれまでとは違う目で見ていた。そう、まるで評価をするように。トレーを受け取ると、僕らは窓際のテーブルに着いた。アドリアーノはホットドッグにかぶりつきながら、得意げに父親を幾度も見やった。実はホットドッグなんてほしくなくて、ジュリオをやりこめたかっただけなのかもしれない。

ジュリオとコバルトの関係がどうしてそこまで悪化したのか、僕はほとんど知らなかった。打ち明け話を滅多にしない彼の性格のせいで、こちらはわずかな手がかりをちらほら与えられていただけだったからだ。一方、コバルトは当初、僕に連絡を、いや、ロレンツァに長い鬱憤晴らしの電話を何度もかけてきたが、そのうちそれも途絶えた。知人の離婚話に出くわせば、どちらかに肩入れしてしまうのはほぼ不可避だ。

僕はふたりの出会いの場面に居あわせた。ジュリオと僕が修士課程の二年目で、欧州原子核研究機構《セルン》の高エネルギー物理学サマースクールに参加した時のことだった。カリキュラムではユヴァル・グロスマンやエドワード・ウィッテンといった有名な学者による授業が予定されていた。ヨーロッパじゅうの大学から若い物理学研究者が百人ばかり集まっていて、僕らは名前入りのバッジを着けて、休憩時間にはさまざまなテーマの議論に生半可な知識で口を挟んだりした。

コバルトはパーカーにポニーテールというありふれた格好の女子のひとりだった。食堂でジュリオと僕のそばに座ると、彼女はなんの前置きもなく微分可能多様体について話しだした。まるで自分の昼休みの思索に僕らを招くみたいに。ジュリオと僕は少々怖じ気づいて黙っていた。そんなこちらの躊躇を察し、彼女は尋ねてきた。あなたたち、専門は理論物理学じゃないの？　理論的にはそうだな、とジュリオが答えると、彼女は笑った。理論的理論物理学者ってわけね。久しぶりに気のきいた冗談を聞いたというふうに彼女は繰り返すと、自己紹介をした。父親が化学者で、コバルトなんて奇抜な名前をつけられたとのことだが、弟の名はそれどころでは済まず、地球《テッラ》の古語のテッルーレだという。ううん、嘘じゃないわ。ジュリオは彼女がしているブレスレットに気づき、それがどこのものだかを言い当てた。そしてふたりは旅談義を始めた。

将来有望なカップルだった。四人全員で会っていた一時期、ロレンツァともよく話した。あれは僕らの友人たちのなかでもいちばん将来有望なカップルだね、と。にもかかわらず。

アドリアーノと一緒でなければ、共和国広場のファストフードでジュリオと僕は斬首動画について語りあっていただろう。ところが、彼はそのうち、まるでそうすることが義務であるかのように、僕のプロジェクトの近況報告を求めてきた。その時まで自分と息子の話ばかりだったからバランスを取ろうとしたのかもしれない。どのプロジェクトのことかと聞くと、原爆の本に決まってるだろうという答えが返ってきた。

ああ、あれね。進んでないよ。というか、あきらめたんだ。

悪くないアイデアだったけどな。

君は物理学者だもの、気に入って当然だよ。でも、誓ってもいいけど、世間じゃ原子爆弾についての新刊なんて誰も期待していないよ。

世間が何を期待しているかなんてお前にわかるのか？

無聊をごまかすためにジュリオと僕はフライドポテトをひとり分だけ頼み、代わる代わる味の違うソースに突っこんだ。ジュリオがソースを混ぜてもいいかと尋ねてきた。

俺、前から気になっていたことがあるんだ。彼は言った。大学時代、授業で原爆の話が一度も出なかったってことだ。原子物理学の試験を俺たち何回受けたと思う？　核分裂だって、連鎖反応だって学んだ。どんな証明の計算も再現する力だってあったのに、誰ひとり原爆の話はしなかった。あのフェッローネでさえな。あの教授の噂を知らぬ学生はいなかったのに。フェッローネ教授の噂とは、モスクワでのポスドク時代に、かの有名なレフ・ランダウと出会い、核技術関連のスパイとなったというものだった。とは言っても教授の東側での暮らしの痕跡は、尋常ではなく年下のロシアの恋人にかける電話くらいなもので、事実、授業は毎回、プリヴェート・ガルプカ！　という彼の甲高い声で中断された。「おはよう、僕の小鳩ちゃん！」という意味だ。

エンジニア向けの話題だと思っていたのかもよ、僕は適当に言ってみた。

たぶん違うな。物理学者はみんな本能的にあの話から距離を置くんだよ。まるで自分には関係がないみたいに。ところが、当時の歴史をちょっと調べてみれば、マンハッタン計画でも、ほかの国々で行われていた研究でも、俺たちが学んだ定理の名前が続々出てくるじゃないか。フェルミも、ハイゼンベルクも、オッペンハイマーも、ウィグナーもそうだ。誰も彼もが関係していたし、意見の相違はあったとしても、開発をこのまま進めるべきだという一点では合意していた。あとになってから、原爆は作るほかなかった、軍拡も仕方なかった、なんて口々に言い訳をしているがな。でも本当はそれどころか、みんな興奮していたはずだよ。少なくともしばらくのあいだは。ところが、事態が本当に深刻で、世界を終わらせてしまうかもしれない物を自分たちが研究室で作っていると気づいて、一部の学者は手を引いたんだ。

でも仮に君の言うとおりだとしても結論はなんだい？　僕は尋ねた。

わからない。もしかすると、地球上でいちばん賢い人間さえ——だって彼らは間違いなくそういう物理学者だからな――実は現在についてはは何もわかっちゃいない、ということかな。現在という時間に対しては誰もが無力で……押し流されるほかないのかもしれない。

ジュリオは僕と落ちついて話ができるように、アドリアーノに携帯電話を渡したが、ふたりの会話はそこからたいして続かなかった。僕は少し落ちこんでいた。自分が最近いろいろな計画を途中で投げ出してばかりいるようで情けなかったせいもあれば、ジュリオがややこしい回り道の末に、彼自身とアドリアーノとコバルトの話をまた始めた、そんな気がしたせいなのかもしれなかった。つまり、現在というのは彼ら親子三人の今のことらしかったが、それがどのような状態なのかを解読する力は僕になかった。

家に戻る途中、僕は遠回りしてパニスペルナ通りに寄った。そして、かつて王立物理学研究所のあった広場の前で足を止めた。今もそこに見える建物のなかで、エンリコ・フェルミは、減速させた中性子をある種の原子核にぶつけると新しい元素が生じることを発見した。その発見から原爆が生まれたわけではないが、きっかけのひとつではあった。同じ建物に今はフェルミの研究所にかわり中央官庁が入っていて、立ち入りが認められないこと自体は初期の取材をしたころから知っていた。あのころはよく研究所のなかにいる自分を空想し、そこでフェルミが腹に放射性物質を抱えて部屋から部屋へと走る姿を思い描いた。そのせいで変異が起き、後年、彼は胃癌になってしまうのだった。

家ではロレンツァが電話中だった。通話を終えるまで僕は彼女にずっとつきまとった。それからジュリオのことを話し、彼に頼まれたことを説明した。あいつのために何度かパリに行くことになりそうだよ。するとロレンツァは、そこまで巻きこまれるのもどうかと思うと言った。そこをあえて巻きこまれるのが僕の職業の基本みたいなものだからね。それにジュリオが飛行機のお金は払ってくれるってさ。もしも君がその辺のことを気にしているのなら。

それを聞いて彼女はいぶかしげにこちらを見た。

違う違う、そんなお金をあいつに出させるわけがないだろう！　ただ、そういうこともできるって話さ。

パリ、行ってくればいいじゃない、と彼女は答え、携帯の画面をまた指で叩きだした。僕に邪魔された作業を早く続けたくて仕方ない様子だった。

僕はバスルームに入った。何分かそこに留まってから、居間に戻り、自分が何を書きたいのかようやくわかったと彼女に報告した。原爆の話にまた挑戦するよ。今度は本気だ。手がかりもつかんだ。というか、話の途中で悪いけど、今から取りかかろうと思う。

ヒロシマとナガサキの被爆者の多くは原子爆弾の爆発を静かな出来事として描写する。日本語で原爆はピカドンとも言う。光を指すピカ、爆発音を指すドンを組みあわせた名称だ。しかしながら、ジョン・ハーシーが書いているように、被爆者の大半は爆発音を耳にした記憶がない。一方、閃光については全員が記憶している。

閃光とその次にやってきた衝撃波のあいだには、人々が前者を観察できる程度には長い間があった。一瞬、あたりの光景がかつて見たことがないような色に染まったそうだ。多くの者はそれを白であったと言う。だが赤だったと言う者もあれば、黄色だったと言う者もあり、オレンジだ、青だと言う者もいる。実際、原爆実験の記録映像を見ると、まるでフィルムがどうかしてしまったみたいに、閃光は次々に色合いを変える。そしてついに衝撃波がヒロシマとナガサキを襲った時、その威力のあまりの凄まじさゆえ、人々には何かを理解する間などもうなかった。

「(一九四五年八月六日の) 八時十五分、わたしは窓から青白い閃光を見ました」とサーロー・セツコはノーベル平和賞の受賞スピーチで述べている。「体が宙に浮く感じがしたのを覚えています」。彼女の記憶は物理学の見地から言っても筋が通っている。足元の床がそれほど瞬時に崩落したために、体が惰性で宙に浮き、その直後に墜落したのだろう。
　当時二十八歳だったサワチカ・ヒロシも閃光のあとで急に「体が浮いた」感じがしたと書き残している。さらにヒダ・シュンタロウはその回顧録で、自分は飛んだと証言している。一九四五年八月六日、ヒダはヒロシマ市内にはいなかった。爆心地から六キロほど離れたヘサカ村の少女の往診に出かけていたのだ。患者に注射をしようとしたところで、閃光に目がくらんだそうだ。前の晩にかなりの酒を飲んだというから、彼はその奇妙な光を最初は幻覚だと考えたのかもしれない。サーロー・セツコとは異なり、ヒダは自分を包みこんだ熱波についても言及している。学校の屋根が吹き飛ぶのを目撃した直後、今度は彼自身が宙に浮き、ふた部屋向こうまで吹き飛ばされ、仏壇にぶつかって止まった。彼はそれ以来、はたして自分はあの少女にきちんと注射をしたのだろうかという疑問を抱えて生きることになる。

　エンリコ・フェルミは彼らよりも前に閃光を見た。正確には二十日前、トリニティ実験の際に。それこそは史上初の原子爆弾による爆発だった。フェルミは当時、四十四歳になろうとしており、既にノーベル賞を受賞し、妻ラウラに不利となる反ユダヤ主義的な人種法がイタリアで施行されたのを受け、米国に逃げてきたのだった。新天地でも彼はウランと遅い中性子と放射性崩壊の研究を続けることになったが、今度は、誰も想像したことのないほど強力な兵器の建造が目標だった。そして一九四五年七月十六日、ニューメキシコ州の「死者の旅《ホルナダ・デル・ムエルト》」という不吉な名の砂漠で計画は完遂されたのだった。

実のところ、フェルミは爆発をまともには見ていない。なぜなら爆発の瞬間、砂漠と彼を隔てていた遮光ガラスから目をそらしたからだ。「周囲の赤い荒野が真昼よりも明るく照らし出されたような印象を受けた」。のちに彼はそう記している。残念ながら日はまだ昇っていなかった。早朝の五時半だったのだ。

フェルミが爆発を直視するかわりに取った行為は割とよく知られている。彼は計測を行った。一枚の紙を細かく千切ると、衝撃波が来るのを待ってそれを落とし、爆風が紙きれを彼の手元からどこまで運ぶか、その距離を計ったのだ。大学一年生でもわかるベクトル解析により、実験で使用された試験爆弾、ザ・ガジェットの威力はTNT火薬換算でおよそ十キロトン相当だろうと彼は推測した。いかにもフェルミらしく、その推測はたいして間違っていなかった。

彼が遮光ガラスに視線を戻した時、核爆発はもはや、我々がよく知っている状態になっていた。つまり、灰色の雲がひとつ、幅を広げながら、天に向かって非常な速度で昇っていき、そのあとを追うようにして一本の砂埃の柱が立ち昇る、という図だ。ホルナダ・デル・ムエルト砂漠のきのこ雲は傘も脚もとりわけ見事だった。ガンマ線で熱せられた地表の砂が噴き上がり、砂埃が余計に増えたためだ。それは科学者たちが「ポップコーン効果」と呼ぶ現象だった。

トリニティ実験のあと、マンハッタン計画に携わった物理学者の多くは原爆が実際に使用されることはないものと信じ、ましてや一般市民に対して用いられることなどないと信じた。示威的な目的以外で使用するにはあまりにも破壊的な兵器だったからだ。ロス・アラモス研究所の所長だったロバート・オッペンハイマーは、実験で使用されたような原爆がどこかの都市に投下された場合、およそ二万人の死者が出るだろうと予測した。彼の計算は科学者の隠語で封筒の裏《バック・オブ・ザ・エンヴェロープ》と呼ばれるそれ、つまり適当な紙きれの上でおおざっぱにやっつけた計算だった。フェルミの推測とは異なり、オッペンハイマーの予測は外れた。ヒロシマだけでも、それも直接の死者だけでも、現実には十万人を超えたのだから。でも当時、仮に誰かがそこまで大きな数字に言及したとしても、それがオッペンハイマーであれ、ほかの物理学者の誰であれ、信じる者はなかったはずだ。

原爆の歴史をさかのぼると、この「信じられない」という感情が常にあることに気づく。アルベルト・アインシュタインとニールス・ボーアを含む、世界で最も尊敬されている科学者たちの大半が原爆実現の可能性を疑い、少なくとも第二次大戦が終わる前に完成することはないだろうと考えていた。ところが、一九四五年の夏には使用可能な爆弾がふたつも完成していた。それぞれ核分裂させる物質が異なり、構造も異なる爆弾だった。

しかし、もはや科学者たちが何を考えていたとしてもどうでもよいことだった。今日に伝わる記録を総合するに、その段階まで来るとロス・アラモスでは万事が非常に事務的かつ急ぎ足に、実に軍隊らしいやり方で進められた。ひとつの計画が発動され、その計画の目的は原子爆弾を完成させることで、爆弾がいよいよ完成したのならば、今度はそれをどこかに落とさねばならなかったのだ。今日では、原爆を示威目的で使用するという案が真剣に検討されたことは一度もなかったと判明している。むしろ逆に、経済的にも知的にも甚大な努力を重ねてきたのだから、最初のふたつの原爆投下は最大限の破壊をもたらし、世界を仰天させねばならなかった。

派手な破壊を演出するためには、無傷の標的が必要だった。科学者と軍人からなる委員会が、攻撃目標として検討すべき日本の都市の最終候補リストを作成した。ヒロシマは当初、その二番目に名を連ねていた。かの町はまだその時点ではB29による爆撃を免れ、トウキョウとは異なり無傷だった。トウキョウのほうがずっと自然な選択のはずだが、既に廃虚と化していたのだ。

いにしえの皇都、キョウトが最も目的にかないそうだった。文化的価値から見ても、象徴的な意味でも、木製の家屋と寺院ばかりで派手に燃えるだろうという理由からも。しかし、委員会の会合に参加を重ねていたヘンリー・スティムソン陸軍長官が二十年ほど前に新婚旅行でキョウトを訪れたことがあり、思い出の町を候補から外すよう、繰り返し要求した。

それでヒロシマが第二候補から第一候補になった。そのあとはコクラ、ニイガタ、ナガサキの順に並んでいた。実際にそのどれを攻撃するかは天気予報頼みで、肝心なのは最初の晴れの日を見逃さぬことだった。


一九四五年八月六日の八時十五分、リトル・ボーイがヒロシマ上空でB29から投下された。

その三日後の八月九日の十一時二分、ファット・マンがナガサキ上空で爆発した。


閃光のあと、サーロー・セツコは瓦礫の下で目を覚ました。あちこちからほかの少女たちの声が聞こえ、みんな助けを求めていたが、どの声も弱々しかった。それから男性の声がして、瓦礫をかき分けて、隙間を這い出てこいと彼女に言った。

彼女は脱出に成功した。しかし三百名を超える学校の仲間たちは助からず、それからまもなく生きたまま炎に呑みこまれてしまった。建物の外に出て、消滅した町でサーローが見たものは、骨から肉と皮膚の垂れた生存者たちだった。なかには自分の眼球を手に載せている者までいた。

体から垂れる皮膚というのは、被爆者の証言によく出てくる視覚的な記憶のひとつだ。八月六日の晩、帰宅途中にサワチカ・ヒロシは、鉄道のレール沿いを歩く負傷者たちの行列に遭遇した。「よく見たら、わたしが紐か何かと思っていたのは、実は火傷で腕から剝がれた皮膚が垂れ下がったものだったんです」。サワチカは二十八歳の新婚の医師で、ウジナマチの陸軍病院に勤めていた。意識が戻ると彼はただちにひとりの負傷者の治療に当たったが、ぼろぼろの診察室にはほどなくして、ほかにも怪我人が続々押しかけるようになる。サワチカは彼らのことをまるで幽霊のようだったと説明している。怪我人はみな奇妙な音を立て、うめき、泣いていたが、きちんと列を作って自分の番を待った。やがて腕に子どもを抱いたひとりの女性が押し入ってきた。彼女は爆発で視力を失い、我が子が死んでいるのに気づいていなかった。サワチカは母親の気持ちを思いやり、何も言わずに子どもを受け取った。すると彼女は「ほっとした」顔になって、そのまま床にくずおれ、絶命した。

医師と看護師も残りの者たち同様に原爆の被害にあった。のちの推測では市内にいた医療従事者のうち九十一パーセントが被爆したとされている。つまり自らも負傷し、死の淵にあった人間が、他の負傷者と瀕死の者たちの治療を試みていたのだ。それも道ばたや崩れかかった病院のなかで、薬も器具も皆無という状態で。彼らには、見るも恐ろしげな傷口にマーキュロクロムを塗ることくらいしかできなかった。

そうした医師のなかに三十三歳の耳鼻咽喉科医、タニ・ユタカの姿もあった。重傷者たちは赤十字病院のホールに集められ、ござの上に寝かされて、「魚市場のマグロのように並んでいました」と彼は証言している。包帯の下の傷口はどれも蛆でいっぱいで、すべてを取り除くことはとてもできなかったため、蠅が大群をなしてあたりを飛び回っていた。

しかしそうしたことは――つまり火傷も、化膿した傷も、突然の視力喪失も、おびただしい数のガラス片が突き刺さった顔も、剝き出しになった脳も、蠅さえも――どのつまり、どんなに恐ろしくても、ヒロシマで生き残った医師たちにとって少なくとも理解可能な事象だった。一方、火傷の色が通常のそれと異なり、赤ではなく白いという事実のほうはずっと理解しがたかった。そして、もっと不可解だったのが、それから徐々に、場合によっては何日も過ぎてから現れるようになった一連の症状だった。肌の斑点、絶え間なく襲う吐き気、そして、あまりに多くの者を苦しめたがために当初はなんらかの集団感染症と取り違えられた下痢。これらの症状は黒い雨に身をさらした者ほど重かった。

原爆によるきのこ雲が立ち昇ったあと、異常な気象現象がいくつも発生したが、特に恐ろしかったのがこの黒い雨だった。まずは空一面を真っ黒な雲が覆った。その黒い雲のなかにはあらゆる種類の塵《ちり》が混じっていて、大半が放射能を帯びており、それが核となって水蒸気が凝結した。そして、粒の大きな黒い雨が降りだしたのだ。

しかし、三週間前にニューメキシコ州の砂漠で完全に秘密裏に起爆されたものを除けば、過去に原子爆弾が投下されたことは一度もなく、この世に原爆など存在しなかったから、ヒロシマの空で何が爆発したのかを知る者は皆無であり、放射能のことも、黒い雨のことも、汚染のことも、死の灰のことも誰も知らなかった。

いや、ごく一部の者だけは知っていた。八月八日、原爆投下から二日後に、物理学者のニシナ・ヨシオがヒロシマに派遣され、それが核攻撃であったことを日本政府に対して認めたのだ。どうして彼にそんなことが断言できたかと言えば、ニシナ自身、もう何年も前から祖国日本のために原爆の開発に専念していたからだ。しかしこの時、彼は自らの努力が遅きに失したことを知ったのだった。

ふたつの原爆投下から数週間が過ぎ、八月の末ごろになると、被爆者の髪が抜けだし、体重が落ちるようになった。多くの者に吐血があったため、当初は結核が疑われた。

それが十月になると、みんな回復した。奇妙な原爆病の正体がなんであれ、長続きはしないようだった。

しかし年の瀬が来ると、ケロイドが出るようになった。火傷の痕が盛り上がるその症状自体はたいして珍しくもないが、被爆者たちのそれは過去に例のないほど大きく膨れ上がり、醜悪だった。三年が過ぎるころには貧血性と白血病、そして一種の若年性白内障の患者が目立って増えた。しかし時はもはや戦後の復興期であり、核軍拡競争が始まっており、原爆の長期的な後遺症に関する研究結果が世に広まることを誰も喜ばなかった。被爆者はたいてい日陰者扱いされ、彼らの苦しみは看過された。

オオタ・ハギエは自分の病状をイタイイタイ病と呼んでいた。痛みに非常に苦しみ、絶えず悩まされていたためだ。被爆体験を語る一九七八年の座談会で彼女はこう述べている。「体じゅうがだるいんです。体が重くて、まるで鎧でも着ているみたいなんです」。

一九四五年八月六日に彼女が死なずに済んだのは、命令に背いたおかげだった。空襲の際に目立たぬよう黒い服を着ろという当局の指示に背き、オオタはあの日、白い服を着ていた。電磁放射線を吸収せずに反射する白い色のおかげで火傷をそれほど負わずに済んだのだ。ただし、そうした事実を彼女が知るのは相当あとになってからだ。同様に、生活に必要な物を拾い集めるために毎日のように爆心地を横切り、そこで水を飲むという行為がどんなに不用心であったかを彼女が知るのも後年のことだった。

一方、科学者のあいだでも放射線による大量殺人が遅ればせながら進行していた。ロス・アラモスの研究室のひとつで、一九四六年、ルイス・スローティンは未臨界量のプルトニウムの塊を使った実験を行っていた。プルトニウムはベリリウム製の半球ふたつに囲まれていた。俗に「悪《デー》魔の核《モン・コア》」と呼ばれる技術だ。所定の手順ではふたつの半球のあいだにスペーサーを噛ませて隙間を設けることになっていたが、スローティンは手を抜き、スペーサーのかわりに一本のドライバーを使った。そしてドライバーにはつきものの事故だが、ある日、彼は手を滑らせてしまった。

ベリリウムのふたつの半球が互いに接触した途端、プルトニウムは臨界超過し、青い閃光を発した。ガンマ線と中性子線が大量に放出されたのだ。数分後、スローティンは嘔吐を始め、九日後に死亡した。

放射線との共棲はイレーヌ・キュリーとその夫フレデリック・ジョリオに死をもたらした。エンリコ・フェルミもそうだ。彼が死んだのはヒロシマの原爆投下から九年後で、既に世界にはおよそ二千五百発の核弾頭があった。

放射能の名付け親、マリー・キュリー・スクロドフスカはどうだったかと言えば、彼女は以上の出来事をひとつとして目にする間もなくこの世を去った。死の床にあった彼女の両手はひどい火傷のせいでほとんど蛍光のピンク色になっていたが、それでも自分が防護策を取ることもなく長年扱ってきた放射性物質やポロニウムが原因だとは認めまいとした。イオン化放射線が生物の線維に及ぼす影響についての研究論文はとっくに何本も発表されていたが、マリー・キュリー・スクロドフスカは、ノーベル賞を二度受賞した科学者でありながら、否定論者として死んだ。自分の名付けた放射能が人類に悪をなすはずがないと固く信じたまま、彼女は逝った。

終戦直後、自らの仕事の結果（何十万という人々の大量殺戮とふたつの都市の消滅）に激しく動揺して、マンハッタン計画の物理学者の一部が『原子力科学者会報』という科学誌を発行する非営利組織を作った。任務は核リスクの進行状況を監視することとし、その手段としてある簡潔な道具を彼らは発明した。ドゥームズデイ・クロック、「終末時計」だ。この時計の針が真夜中を指せば、世界の終わりが到来したという意味になる。

原子力科学者会報の科学者たちによれば、二〇一七年の初め、世界の状況はあまりよくなかった。あの年の年間報告にはこうある。委員会は「終末時計の長針を三十秒、世界の終わりに近づけることに決めた。これで真夜中まで残り二分半となった」。

理由はさまざまだった。米国とロシアがシリアとウクライナをはじめ、いくつもの前線で互いを挑発し、軍備のハイテク化を進めており、しかも北朝鮮が核実験を継続していた。核兵器の脅威について語られることがなくなったのは、脅威が消滅したからではなく、そこから大衆の関心のレーダーが逸れたからに過ぎない。参考のために言えば、一九九〇年、時計の針は終末の十分前を指していた。

科学者会報の分析とは異なり、二〇一七年の初め、僕の気分はそう悪くなかった。少なくとも、会報の数え上げた理由が原因で思い悩むということはなかった。ロレンツァにやや大げさな宣言をしたあの日以来、僕は珍しく着実なペースで原爆の本の仕事を進め、既に七十ページ分は原稿を書き上げていた。午前はいつもローマの町で長い散歩をし、テヴェレ川沿いの歩道をチェスティオ橋からサンタンジェロ城まで歩きながら、午後の執筆の構想を練った。原爆を開発した物理学者たちの頭のなかで何が起きていたのか、僕は想像を試みていた。発見の興奮と最も極端な結果への懸念は彼らのなかでどう混じりあったのか、どこに短慮があったのか、どこで、どの程度、目をつぶったのか。自分が彼らの立場だったらどうしたかも想像してみた。やはり前進しただろうか、それとも途中でやめたろうか。僕に未来を見通すだけの力があったろうか。そして仮に未来が見えたとしても、その予測にふさわしい行動がはたして取れただろうか。

執筆の休憩時間にはよくNUKEMAPをいじっていた。ニュークマップ、すなわち「核兵器地図」は、核弾頭を世界じゅうどこでも起爆させることのできるオンラインのシミュレーターで、威力をあれこれ変えて、破壊範囲、犠牲者数、死の灰の降る範囲を計算できる。僕はリトル・ボーイを爆発させ、次にファット・マンを爆発させた。まずは地上で起爆し、次に五百メートル上空で起爆させた。上空だと犠牲者数は倍増した。

僕は次々に違う爆弾を試し、最後はどれよりも強力な五十メガトン相当のツァーリ・ボンバを試した。標的にはたいてい、我が家の屋根を選んだ。ニュークマップの計算によれば、ツァーリは深さ四百メートルのクレーターをローマの中心部に残し、衝撃波は五十キロ以上離れたアンツィオとチヴィタヴェッキアの家々の窓ガラスを粉砕し、きのこ雲は四十三キロ上空まで立ち昇るとのことだった。

そんなことをして遊んでいたのは僕ひとりではなかった。ニュークマップのサイトはユーザーによる起爆回数の合計を記録していて、それがもう二百万回を超えていたのだ。世間には世界の破壊者になりたい人間が何千何万といるようだった。人類の最期が新しい暇つぶしとなっていた。

僕自身はどんな状態だったかと言えば、原爆のことばかり考えるようになり、ロレンツァと自分が授かることはないだろう子どものことは考えなくなった。それが損なすり替えであることくらいは気づいていたが、ほかにどうすればよかったというのだ？

おかしな法律のニュースが流れたのはそのころだった。スウェーデンのペルエリック・ムスコスという政治家の出した法案で、公務員がセックスに励めるよう、週に一度、彼らに昼休みを一時間多めに与えようというのだった。そうすれば公務員の精神的健康の増進はもちろん、出生率が急降下中の我が国で子作りを奨励する効果もあるはずだ、と。ラジオのＤＪなら少なくとも十五分は話を引っ張りたくなるような類いのニュースで、実際、僕もラジオで聞いた。そしてロレンツァと僕だったらその一時間をどう使うだろうと考えた。セックスに使うことはないだろう。でもそれだと僕らは異常な夫婦ということになるのだろうか。そもそも異常な夫婦＝間違った夫婦なのか。答えがなんであるにせよ、イタリアで似たような法案が可決されぬことを僕は祈った。

何年も前、結婚準備講座（カトリック教会で宗教婚をする信者が事前に受ける講座。司祭が講師を務める）で、ロレンツァと僕はカロルにひとつ頭の体操をさせられた。五感のうち四つをいっぺんに失うとしたら、どの感覚を残すか選びなさいというものだった。予想どおり参加者のほぼ全員が視覚を選び、あとはひとりの女性が嗅覚を選び、僕を含む三人が聴覚を選んだ。みんなで結果を共有してから、今度はカップルで話しあうようにうながされた。すると驚いたことにロレンツァは傷ついていた。彼女は僕の選択を個人的に受け止め、彼女を見つめることに僕はたいして関心がないというふうに解釈してしまったのだ。カロルは僕らのそばに座って問題を一緒に議論し、彼女の不満をすべて吐き出させると、最後に僕らふたりをまとめてハグした。ひどく大げさで馴れ馴れしいふるまいだった。帰りの車のなかでロレンツァも、何考えてんの、あの司祭？　と言ったほどだ。でもその晩、僕らがいつになく陽気に愛を交わしたのも事実で、どういう仕組みなのかは謎だが、彼のおかげだと僕にはわかった。

その時のことを僕は時おり思い出した。特に僕とロレンツァの性生活が断片的になり、ぎくしゃくしだしてからは。あの日、急にふたりの心が通いあったのは何がよかったのだろう？　まず誤解が生じ、そして理解にいたるというあの流れか。車のなかで一緒に笑ったのがよかった？　それともカロルのあのハグか。理由さえわかれば、ひょっとすると、同じパターンを何度でも応用できるかもしれない。

僕らが彼の結婚準備講座を選んだ基準は単純だった。進歩的な教区司祭が担当する講座であること、で、カロルがまさにそんな司祭だと評判だったのだ。彼がミサを司り、結婚式が済んだあとも、僕とカロルはつきあいを絶やさず、一時期などサン・ロレンツォ地区で、フィットネス・

ボクシングのコースにも一緒に通った。

そして今、カロルはオランダ人夫婦との一件を知る唯一の人間だった。彼に打ち明ける前に僕はしばらく迷った。やっぱり軽蔑されるんじゃないかという不安もあったが、ロレンツァのことまで軽蔑されると思うとたまらなかった。カロルが彼女をとても尊敬していたからだ。立場的に彼は結婚のエキスパートということにはなっていたが、僕ら夫婦がおちいった状況は極めて例外的で、そう簡単にはわかってもらえそうになかった。そこはある種の死角だった。あまりに多くの相反する感情がなだれ落ちてきて、どれも形を失い、なんとも呼びようのなくなる場所だった。

だが僕は間違っていた。いざ話してみたら、カロルは僕の言葉がぽつりぽつりと、いかにも彼らしい深い沈黙のなかに落ちていくのを見守っていてくれた。その沈黙には非難の色などみじんもなかった。そして最後に、事件のあった夜と比べて今の君は幸せか、と尋ねてきた。僕は正直に、前より幸せかどうかはわからないけれど、元気がないのは確かだ、と答えた。

二月、彼から海水浴に誘われた。教区の信者から冬用のウエットスーツをプレゼントされたので試してみたいというのだった。執筆のペースが狂うのは嫌だったけれど、結局、僕は承知した。僕と彼の互いへの思いやりの決算表はいつだって彼の貸し分が超過していて、こちらは誘いを断れる状況になかったのだ。午前七時、僕は教会の前で彼を拾った。彼は手袋をし、帽子までかぶり、厚着で待っていた。何もそんなに早く、まだ暗いうちから出かけることはなかったのだが、カロルの一日は僕のそれよりも多忙で、教会関係の仕事が次々にあり、始まるのもずっと早かった。

車のなかで彼は紙ナプキンに包んで持ってきたタルトをくれた。そのころにはこちらも眠気が覚めていて、無理やり早起きさせられたことに感謝さえしていた。普段は見ることのない早朝の時間がすがすがしく、元気が湧いてくる気さえした。カロルにそう言うと、彼は窓の外を見つめたまま、僕はいつも見てるから、と淡々と答えた。

浜辺ではふたりともウエットスーツを着るのに苦労した。端から見ればどちらも素人っぽく、ぎこちなく映ったろうが、誰も見ちゃいなかった。

カロルは波に動揺していた。予報よりも高かったのだ。僕にはどうってことのない波に思えた。彼はウエットスーツを肌の上でうまく滑らせて着るコツを教えてくれた。僕のやつは借り物で、彼にスーツをプレゼントしたのと同じ人物の持ち物だったが、きれいに洗ってあるから心配いらないと言われた。

最初に水に触れた時、剝き出しの足以外は冷たいと思わなかったが、体を沈めた途端、凍るような水が肩甲骨のあいだに流れこみ、背中を腰まで下りていった。

僕らはまず沖に向かって泳ぎ、浜を離れてから、今度は陸と平行に泳いだ。波に逆らって泳ぐのは思っていたより大変だったけれど、波と平行に泳ぐのはもっと大変だった。進行方向をひっきりなしに修正せねばならないからだ。しかも水が濁っていて、水中の視界はほぼゼロな上、カロルは僕よりも泳ぐのが速かったから、しょっちゅう顔を上げて彼の居場所を確認する必要があった。

やっと休憩となった時、岸からずいぶん離れているのに驚いて、僕は尋ねた。どのくらい泳いだ？

一キロ半くらいかな。

僕はもっとだな。だってそっちのあとを追ってジグザグに泳いだから。

しばらくふたりで仰向けになっていた。ウエットスーツのおかげで浮いているのにほとんど苦労しなかった。ネオプレーンで覆われたカロルの腹が水棲哺乳類の背のように水面から現れたり隠れたりする様子を僕は眺めていた。気持ちいいだろう？　と訊かれて、うん、と答えると、彼が言った。ひとつ質問があるんだけど、突拍子もないことを訊くと思われるかもしれない。

拝聴しようか。

カップルの生活ってどんな感じか教えてほしいんだ。

僕はカロルの顔に水をかけた。彼は起き上がり、目をしばたたいた。

わざわざこんなところまで来ることなかったのに。僕は言った。ロレンツァに頼まれたんだろう？　僕は元気だってはっきり伝えてやってくれ。いつもうわの空に見えるとしたら、それは仕事に集中しているからだ、って。

例の爆弾の話か。

そう、例の爆弾の話だ。

カロルは僕のまわりをぐるりと泳ぎ、海水を何度か口に含んで吐いた。今にして思えば、僕が無意識のうちに与えた逃げ道をどうしようかと考えていたのだろう。だが彼はやがて泳ぐのをやめ、ローマの海沿いの、背の低い町並みの上に昇ったばかりの太陽に顔を向けた。そして、腰に紐で結んだ膨張式の浮標《ブイ》を抱きかかえると、こちらの顔は見ずにこんなことを言った。実はロレンツァは関係ないんだ。個人的に関心があるんだよ。

僕は平静を保とうとしながら、彼に何をどう尋ねるべきか考えていた。そして最終的に選んだのはこんな質問だった。相手は男？　それとも女？

女の子だよ。

カロルはかなり長い間を空けてからこう続けた。僕より若い子なんだ。

若いってどのくらい？

二十二歳だ。

波がふたりを遠ざけた。足がまた冷えてきたが、こちらからその会話を中断するわけにはいかなかった。痙攣を避けるために、僕は足の指の屈伸を始めた。

彼女とはメッセージのやりとりをしているだけなんだ、カロルは言った。映画の話とか、おもしろかった本の話とか。とても繊細な子でね。年の割には大人だ。

僕は彼の恋愛感情については何も知らなかった。いまだに童貞なのか否かも。神学校に入ったのは二十二の時だから、その前にすべて経験済みということは十分にあり得たけれど、誰にわかる？　僕は彼の浮標につかまった。そうすることで僕らは、ある意味、つながった。

何も言わないんだな。彼は短く笑った。困らせちゃったね。

そうじゃないさ、いや、本当に。

でも僕は言葉を継ぐことができなかった。するとカロルがもう少し泳ごうかと言ってくれた。

彼は前よりも速いペースで泳ぎだした。僕は腕が痺れて、呼吸と腕かきのタイミングをうまく合わせられなかった。それに岸から離れ過ぎではないかという不安もあった。

やがて視界の片隅に何かが見えた。慌てて避けると、それは一匹の大きな白いくらげだった。傘の縁が紫色のやつだ。僕はくらげからできるだけ遠ざかり、カロルを何度も呼ぶと、やっと振り返った彼に向かって、海からすぐに上がりたいと手振りで伝えた。

僕らはウエットスーツから海水を滴らせながら浜辺を横切った。車の横でスーツを脱ぎ、身震いしながらざっと体を拭き、互いに背を向けて服を着た。一瞬、彼の真っ白な体が見えた。体毛らしい体毛のないその体は、立派な彫刻のような筋肉をしているのに、やけに無防備だった。

それから低い壁に腰かけ、僕らは魔法瓶のコーヒーを飲んだ。カロルは元どおり彼一流の落ちついたオーラを放っていた。つまり、彼がその朝、僕をそこに連れてきたのは明確な目的があってのことで、よくよく考えた末のことなのだった。僕と一緒に陸を離れ、海の完全な静寂のまっただなかで、誰にも聞かれたくないことを告白したかったのだ。十分に陸から遠ざかる必要があったんだな。僕は思った。それこそ神様にも聞こえないくらい遠くまで。

僕だったら慎重にいくけどな、と僕は言った。自分でもどうしてそんな台詞が口をついたのかわからなかった。様子を見たほうがいいよ。とりあえずは何も決めずにさ。

カロルは海を見つめたまま、コーヒーをすすり続けた。何か答える気配はなかった。こちらの反応が期待外れだったのだろう。でも、たぶん、彼の僕に対する期待のほうが大き過ぎたのだ。

彼女、エリーザっていうんだ。彼は言った。

帰りの車のなかで、彼はタルトを包んでいた紙ナプキンをずっといじっていた。細かな紙くずがシートに降り積もるのを見て、洗車場の掃除機できれいになるだろうかと僕は考えていた。

やがてカロルはちょっとした広場を指差し、そこで降ろすように言った。

まだ二キロはあるぞ。

歩きたいんだ。時間もあるし。

僕が車を路肩に寄せても、彼はすぐに降りなかった。何かを確かめるように口元を歪めると、彼は言った。お金を貸してくれないか。少しでいい。君以外に頼めそうな当てがなくてね。

僕はほんの少し長めに躊躇してしまったらしい。自分の発するひとつひとつの言葉のみならず、言葉と言葉のあいだの間まで探られているのがわかった。もちろん、いいよ。いくらいるの？

すると初めてカロルは笑顔になり、肩をすくめた。さてね。そこそこいいホテルっていくらするのかな。彼は緊張でひきつった笑い声を上げた。ホテル代と、夕食代もいるかも。

ほんの一瞬、彼はこちらの目を見た。その表情は実際よりもずっと若く見えた。

その口ぶりじゃ、実戦はずいぶん久しぶりらしいね。二百ユーロもあればどうにかなるはずだよ。口座を教えてくれれば振りこもう。

振りこみはまずい。

そうか、もっともだ。

僕は財布を取り出し、なかを覗いた。それはもの凄く奇妙な場面だった。ただ今、手持ちが——

——百二十しかないや。ＡＴＭを探そう。

大丈夫。きっとそれで足りるよ。

彼は僕の指先から札を抜き取ると、くるりと丸めて冬物のジャケットの内ポケットにしまった。ひと月以内にきっと返すから。

そしてドアのロックを解除したが、彼はそこで手を止め、悪いね、と小さな声で謝った。たった百二十ユーロだぞ、大げさだよ。

違う。がっかりさせて悪い、ってことだ。司祭として。

僕は十歳の時にはもう母親の秘密の相談相手だったからね。今度の告白だって乗りきってみせるさ。

しかし今度はカロルは硬い表情を崩さなかった。宗教指導者たる者、自分の評判を落とすような真似はしちゃいけない。それに借金だってしていいはずがないんだ。

カロルがひどく孤独に見えた。僕は彼に優しく触れてやるべきだったのだろう。ちゃんとそばにいることを伝えるために、太ももの上に手を置くなどして。でも僕らはそうしたスキンシップには不慣れだった。

勝手に僕の宗教指導者気どりかい？　君もずいぶんと思い上がったもんだな。

男の友情を最後に救うのは常にこの手の皮肉めいた軽口だ。カロルはひとつ深呼吸をすると、ほんの少し前まで抱えていた悩みをすべて吐き出したみたいな顔になった。ドアを開き、片足だけ道に下ろすと、そこで彼はまた口を開いた。言うまでもないだろうけど、今日の話は秘密にしてほしい。

確かに言うまでもないね。

何ごともなく終わる、ということになるかもしれないしさ。いや、きっとそうなる。これも新たな試練に過ぎないいんだよ。

ルームミラーのなか、小さくなっていく彼の姿を僕は見送った。カーブの向こうに消える前に、ジャケットから携帯電話を取り出すのが見えた。教会まで歩きたい、というのは明らかに嘘だった。彼女に電話をする時間を残しておきたかっただけだったのだ。恋人にすぐに僕の話をして、愛の逃避行のための資金をついに手に入れたと報告するのだろうか。そんな一切がなんだか時代がかっていて、ちょっと愉快だった。ただそうしたはっきりした感情の裏で、自分がかすかな羨望を覚えているのに気づいて僕は驚いた。カロルの脳内では幸福な心理状態にともない、アドレナリンやセロトニンをはじめとする神経伝達物質が大量に分泌されているにちがいなかった。連絡先に登録した彼女の番号を探すあいだも、彼女が電話に出るのを待つあいだも、まだ眠そうな彼女の声を聞きながら、ああして道ばたを歩いている今も。ふくらはぎの高さで消えずに残る霧をかき分けつつ進むカロルの姿は、遠くから見ると低い雲の上を歩いているみたいだった。二十年間も自制してきたのだ。かつてなれなかった若者に戻ったような気分で、これまでの分も彼は幸福を味わうのだろう。ふたりの夜を今から妄想し、禁忌を犯すおののきを覚えているのかもしれない。そうしたすべてが僕にはもう二度とあり得ぬことばかりに思えた。

島での出来事を確かに僕は彼に話したが、全部は打ち明けなかった。なぜならあそこで起きたことは言葉にするのが難しくて、ちょっと説明を試みただけでも、それが真相だと正式に認めたも同然とみなされる危険があったからだ。相当に勇敢な人間か、無鉄砲な人間でなければそんなことができるはずもなく、僕はそのどちらでもなかった。それを今さらこうして、約六年後に、正確には二〇二一年十一月三日に書こうとしているのは、ここにいるのが僕と目の前の画面——この記録を書き進めるうち、ますます一枚の鏡に似てきた画面——だけだからだ。おしまいまで書いてから、全部消去してしまったっていい。

いずれにしても細かいことはあまり覚えていない。あの晩はあのふたりのオランダ人と——オットーとマイケ、あるいはぜんぜん別の名前だったかもしれないあのふたりと——夕食の席で酒をかなり飲んだからだ。ふたりは僕とロレンツァの向かいに座っていて、唇がチリワインで紫色に汚れていた。僕らの唇も同じく紫色に汚れていたのだろうが、記憶にあるのは彼らの唇だけだ。暗い色の唇のせいでふたりはなんだか貪欲そうに見えたが、たぶんそんなことはぜんぜんなくて、ただ寂しくて、友情を求めていただけなのだろう。それは僕らも同じだった。あの夫婦には珍しい病気にかかった娘がひとりいた。世界でも研究している場所がふたつ程度しかなくて、治療法が見つかることはまずなさそうな難病だ。オットーとマイケは毎年、一週間しかふたりきりの時間が持てなかった。ボランティア団体が娘を預かってくれる期間だ。そしてそれがまさにその一週間だったから、彼らは島での時間を思う存分に楽しもうとしていた。

そうしたことを僕らは夕食のあいだとそのあと、テラスのソファーに移動してから聞かされた。あのテラスは床板のあいだから海底が見えるようになっていた。海に張り出していて、海底がライトアップされていたのだ。色とりどりの蟹や魚がいて、時々、くねくねと泳ぐ小型の鮫も一匹来た。危険な鮫ではないとホテルのスタッフには保証されていた。テラスでオットーは、近年の休暇にふたりで行った土地を列挙してみせ、普段からハーグで寒い土地には飽き飽きしているから、たいてい熱帯の島々を目的地に選ぶのだと説明した。それに島のリゾートは諸費用全部込みの格安パッケージが必ずあるのだそうだ。ロレンツァと僕は自分たちの話はほとんどせずに耳を傾けていた。先にも述べたが、僕も彼女も酔っていたし、その種の体験については僕らのほうが初心者なのはもはや明白だったからだ。四人はそこのホテルについて、長所と短所をあれこれ語りあった。するとオットーとマイケは僕らのオーシャンルームのことを羨ましがった。もちろん、わたしたちもオーシャンルームは考えたんだけど、割り増し料金がかなりの額だったからね。でもできれば、ひとつ見てみたいな。ひょっとして部屋の備品まで違うんだろうか。

じゃあ今すぐ部屋に行こう、そう提案するのが自然な雰囲気だった。でも実際にふたりを招待する言葉を口にしたのはロレンツァで、僕ではなかった。この記憶は間違いないと思う。口では彼らを誘いながらも、その時、彼女がふたりではなく僕のほうを見ていたのも、まず確かだ。普通ならどうでもいいような細部だが、あの場合は違った。ロレンツァはそうすることで、その直前までちょっとした誘惑に過ぎず、宙に漂う漠然とした可能性に過ぎなかったものを具体化しつつあったのだから。

僕らの部屋へと続く長い突堤を四人で歩くあいだ、僕は海底の小さな鮫たちのことを考え、砂に突き立てられた木の柱のことを考え、柱の表面を覆っているであろう手の切れそうな貝殻のことを考えていた。部屋に着くと、みんな本当にオーシャンルームのお披露目に来ただけみたいなふりをした。ほら、ミニバーはここにあって、朝はここで日の出を眺めるんだ。もちろん早起きできれば、って話だけど。そう、小さいけどパティオもある。起きがけにそこから飛びこむのは最高だよ。気づけば僕は、大きく開いた窓の前でマイケに向かってそんなつまらないことばかり言っていた。彼女は妙に熱のこもった目で僕をじっと見ていた。その瞳にうながされるようにして振り返ると、僕らの背後でオットーが僕の妻の首に顔を埋め、その肌を吸っており、ロレンツァは目をみはっていて、その瞳はほんの少しだけ悲しげで、まだ僕を見ていた。よくわからない気分だった。というより、はっきり分類可能な気分ではなくて、次に自分がどんな反応を示すのかも予測できなかった。狼狽と興奮と恐怖が一緒くたになっていて、その強烈さときたら、普通は十三歳前後にしか味わえず、そのあとは二度と遭遇することのない感情の暴発に近かった。

マイケは僕のすぐ横にいて、落ちつかせようとするみたいにこちらの腕を穏やかにさすりながら、同じ光景を眺めていた。ロレンツァは相変わらずなされるがままで、無抵抗こそ、彼女の選んだ行為なのかもしれないと僕は思った。彼女は黙ってオットーにベッドに押し倒され、服を脱がされ、彼はどこか狂暴な感じのするキスを彼女に浴びせ続けた。それからマイケが僕のそばを離れ、夫に手を貸した。ロレンツァは片手を挙げ、笑顔をつくろうこともなく、こっちに来て、と僕を呼んだ。

僕は彼女のかたわらに横たわった。そして僕らはふたりともそのまま長いこと動かず、オランダ人夫婦の好きにさせた。あのふたりは経験豊富で、なすべきことを知っていたけれど、僕と彼女は何も知らなかったから、ただ同じ憂鬱のなかでひとつになっていた。ふたりを包む憂鬱がそこまで深く、底なしに思えたことはかつてなかった。愛撫とキスに身を任せるだけでよくて、しかも彼らのやり方には独特な優しさがあった。それは凶暴さのににじむ優しさだった。

ロレンツァと僕はイタリア語で何度か短くささやきあった。オランダ人夫婦には理解できないという事実が僕らの会話をこの上なく親密なものにした。本当にいいのかい、愛してるわ、愛してるよ。そして僕が、ごめんね、と言うと、ロレンツァは、心配しないで、と言ってくれた。このままセックス抜きで終わってくれれば、僕はそう願っていた。せめて彼女とオットーのそれだけはやめてほしかった。でも仮にそうなっても止めるつもりはなかった。

やがてマイケが僕の股間に集中し、前から後ろからくまなく熱心に探りだした。そのうち僕は開き直った。あきらめろ、ここから先はもうお前にはコントロール不能なんだから。ただし本当に一言一句そう思ったわけではない。なぜなら現実の僕はとっくに何ひとつ考えられない場所まで下りていたから。肉体と、肉体の行為と、理性のかけらもない本能しか存在せぬ場所だ。ロレンツァがやけに遠く感じられた。たぶん、そんな彼女との距離と、理性を失った本能のせいなのだろう。僕はオットーにのしかかった。横に転がり、彼の背に覆いかぶさったのだ。僕は行為のあいだずっと目を閉じていたけれど、彼が驚いたのはわかったし、ずっとかすかではあったけれど、マイケとロレンツァの驚きも感じた。一瞬、部屋のなかの動きが止まった。所定の構図を僕が無視したせいだろう。しかしそれも、オットーの片手が（おそらく、あれは彼の手だった）僕のうなじにそっと置かれるまでのことだった。その手は僕に何をうながそうともせず、いさめようともせず、ただ、完全に許してくれていた。いつしか迷いこんだ魂の寂しい片隅で僕にはそうとわかった。

翌朝、ロレンツァと僕は夜に起きたことを話しあわなかった。午後になっても、また夜が来ても、やはり言葉にしなかった。ホテルのビーチにも別々に行った。とても長い一日となり、ふたりとも必要以上に時間をかけて帰国のための荷造りをした。夕食の時、僕らはオランダ人夫婦に遠くから挨拶をした。誰にとってもそれが最後の晩だったから、あのふたりとまた同じテーブルに座らなくても不自然ではなかった。ロレンツァはスーツケースに入れて帰ると言って、ビュッフェからアボカドとマンゴーをひとつずつ盗んだ。どうせ飛行機の貨物室で冷えて痛むだろうし、国際線でフルーツを持ちこむのは違法のはずだからと止めたけれど、聞いてくれなかった。ローマに戻ったあと、そのアボカドもマンゴーも食べた覚えがない。結局、彼女がひとりで食べてしまったのだろう。

三月、本の原稿が山を越えた。僕は自分への褒美がわりにパリのジュリオに会いにいくことにした。例の証言の日が迫っていたためもあった。

パリ・オルリー空港では数時間の差でテロを免れた。とは言っても、今では誰も覚えていないような小規模な事件だ。単独犯のテロリストが、盗んだシトロエンで空港に向かい、空港でひとりの女性兵士を襲い、アサルトライフルを奪ったのだが、本格的な行動に移る前に射殺されたのだった。そうした襲撃事件はもはやニュースでも一応取り上げられるという程度の扱いだったが、タイミングが悪ければ、空港の機能が停止し、最悪、自分の乗るはずだったフライトがキャンセルされてしまう危険はあった。

ジュリオがダンフェールのバス停に迎えにきてくれ、そこからゲテ通りまで歩いた。雨が降っていた。斜めに降る細かな雨で、眼鏡のレンズが濡れていたが、彼は気づいていない様子だった。パリのカタコンベに行ったことはあるかと訊かれて、ないと答えると、そのうち行こうという話になった。この週末はアドリアーノが来るからもちろん無理だけどさ。とどのつまり、お前にもそのために来てもらったわけだし。

アドリアーノはいつ僕らのところに来るの？　そう言ってから僕は、あの子は何も僕のところに来るわけじゃないと気づいたが、ジュリオは聞き流してくれた。明日の朝だ。ただし息子は泊まっていかない、コバルトが外泊させるのを嫌がるのだと彼は説明した。アドリアーノの調子が何日も狂うんだとさ。

外泊って、君の家に泊まること？

そのとおり。

ジュリオがそうしようと思えば、彼女のその手の決定に法廷で異議を唱え、問題点をひとつひとつ追及し、一ミリも譲らないという選択もできるはずだった。しかし、少なくとも彼の言葉によれば、ふたりのような離婚裁判の場合、戦うべき時とそうでない時を見極める必要があるのだそうだ。エスカレーションは避けないとな、と彼は言った。お前もいい加減、こういう話題には詳しいはずだろう？

僕の書いていた本を暗に指しているのはわかったが、そこは無視した。馬鹿にしたような響きも気に入らなかった。ジュリオはよくそんなふうに僕の仕事を遠回しにあげつらった。あたかも心の底では信じておらず、お前もたまたまそんな本を書くことになっただけなんだろ？　とでも言いたげだった。僕は尋ねた。それで、君はどんな戦いを選んだんだい？

アドリアーノをイタリア人学校に入れることだ。

コバルトは反対してるの？

パリの公立に入れたがってる。周囲の環境にうまくなじませるため、というのが表向きの理由だが、本音のところは、新しい継父にもっとなじませるため、だろうよ。

そんな相手がいるの？

リュックってやつだ。少なくとも二年前から一緒だな。かなり右寄りの男でね。相当な金持ちだよ。

ジュリオが心配していたのは、アドリアーノがフランスの学校に通いだしたら、自分には宿題を手伝うことができないのではないか、ただでさえ既に息子の日常の大半から締め出されているというのに、教育にもかかわれなくなってしまうのではないかという点だった。ジュリオのフランス語は生活に必要最低限なレベルに留まっていた。大学の同僚はイタリア人とロシア人とドイツ人ばかりでずっと英語で話しており、職場の外のつきあいもごく限られていたからだ。

まあ、何が言いたいかと言えば、明日の夜は暇だってことと、ふたりでパーティーに招待されているってことだ。

理系オタクの集会？

そこまでひどくはないだろう。たぶん。ノヴェッリの家なんだ。

ノヴェッリと会ったあの日から一年以上が経っていた。グアドループ発のあの浮世離れしたやりとりを除くと、それまでにノヴェッリとかわしたメッセージはせいぜい十本程度で、それもほぼすべてクリスマスや復活祭といった季節の挨拶だった。一度、彼の出した本のリンクが送られてきたことがあったが、転送メッセージだったので、彼の住所録の宛て先の大半が受け取ったのだろうと気にも留めなかった。

あの先生も今じゃ一種のスターだよ、とジュリオは言った。二度ほどフランス・アンテルのラジオ番組に気候問題の識者としてゲスト出演したんだ。そうしたら思いがけぬ才能が開花したらしい。結構な人数のリスナーがまたノヴェッリの話を聞きたいと番組に書いてきたそうだ。少なくとも本人はそう言ってる。なんにしても気に入られたんだろう。また、イタリアふうのアクセントでしゃべると、どういうわけかフランス人ってのは大喜びするから。とにかく先生、番組のレギュラーになって、どんな話題でもコメントしているらしい。実のところ俺は、ポッドキャストで一度、彼のコメントを途中まで聞いてやめてしまったんだが。でも、お前が来るって話したら、誕生日パーティーをやるから、呼んでくれって言われてさ。もちろんそっちにほかの用がなければってことだが。

じゃあ、プレゼントを買わないとね。

ジュリオは僕をちらりと見て言った。考えもしなかったよ。俺も救いようのない社会不適合者になったもんだな。

何かのイベントのチケットはどうだろう。それかワインとか。僕は提案した。

チーズ、それも思いきりクリーミーなのがいい。先生、大好物なんだ。

広場まで来て、僕らはスーパーマーケットに寄った。真空パック入りのチーズをプレゼントするのはあんまり無粋で、ロレンツァだったらなんと言うだろうと思ったけれど、物理学者という種族のあいだで通用するエチケットは人類一般のそれとは異なり、僕の忘れかけた、極端に簡素なやり方が好まれるというのもまた事実だった。

ついでに自分たちで飲むワイン、チョコレートを少々、ポテトチップ二袋も買うことにした。そんな独身者っぽい買い物を持ってレジに向かい、ベルトコンベヤーに山積みになったところを見たら、僕はそれだけで元気が出てきた。急に若返った気分だった。ここは僕が払うよ、泊めてもらうんだから、とがんばったが、ジュリオは聞く耳を持たなかった。こっちの手助けに来てもらったんだから駄目だ。不意に厳しい声でそう言うので、僕も負担に思われたくなくて引き下がった。

そのあと、ジュリオの家のバスルームで、ドアノブに何かでひっかいたような傷がいくつもあるのに気づいた。いったいどうしたのかと尋ねても、彼はソファーのクッションと格闘する手を止めなかった。僕のための寝床を用意してくれようとしていたのだ。

何週間か前の傷だ。少し間を空けてから彼は言った。アドリアーノがなかに閉じこめられてね。

それは大変だったな。

正確には、あいつが自分で鍵をかけて閉じこもったんだけどさ。俺にひどくご立腹でね。理由はよくわからない。アイパッドで遊ばせろとか、いつもの話じゃなかったかな。とにかく母親を呼ぶまで出ないと言い張ってさ。最初はこっちも本気にしなかった。でも二時間過ぎても、三時間過ぎても出てこなかった。

三時間だって？

そのうち俺が何を言っても返事をしなくなった。耳をそばだててみても、何かをひっかく音が聞こえるだけだったのが、そのうちそれも聞こえなくなって、なぜか俺は不安になってしまった。

　不安になるのも当然だと僕が言うと、ジュリオはいかにも彼らしく、問題を矮小化した。何が起きるはずもなかったんだよ。見てのとおりで便器くらいしかないんだから。それでも俺はパニックになって、ドアを思いきり揺すったんだが、開かなかった。叩き壊すわけにはいかない。あいつの顔にぶつかるだろうから。何度呼んでもやっぱり返事はなかった。それにコバルトに引き渡す時間も迫っていた。約束の時間きっかりに連れていかないと、やたらと面倒くさいことになるのは目に見えていた。

　僕らはどちらも立っていた。窓の前、はすかいに立ったジュリオは、自分が床に落としたクッションに向かって話しかけているみたいだった。

　結局、下の家から工具箱を借りて、ドアの錠前を分解したんだ。開けてみたら、アドリアーノのやつ寝てたよ。蓋を閉じた便器に座ってね。いつから寝ていたのかは知らない。とにかくその前にドアノブを釘でひっかいていたのは確かだ。あいつがどうしてポケットに釘なんて忍ばせていたのかは訊かないでくれ。俺だって見当もつかないんだから。

　彼はソファーの上にシーツを放り投げ、そのままにした。

　なんにしても最近はあいつも落ちついている。さ、食べにいこうか。

　僕らはなじみのレバノン人の店に行き、酔っぱらった。くつろいだ気分だったので、彼がまた僕の本の話題を蒸し返しても好きにさせておいた。今度は冷かされている気もしなかったし、そもそもどうでもよかった。僕はもう二カ月ぶっ通しで原稿と取り組んでいたのに、やはりジュリオはたいしたもので、僕の完全に見落としていた情報を山ほど持っていた。たとえば彼はひとり旅でウラルのチェリャビンスクの近くにあるカラバシュという町に行ったことがあった。ロシアが何十年ものあいだ核兵器の開発を秘密裏に進めていた町だ。理論的にはカラバシュはオフリミットで、全域が警備下にあったはずだが、ジュリオはネットで見つけたダークツーリズムの主催者を通じてたいした苦労もなくたどり着いた。ガイガーカウンターを持っていたそうで、死の湖と呼ばれる湖のそばでは検知される値の単位がマイクロシーベルトからミリシーベルトに跳ね上がったという。ところが彼は言うのだった。それがなんというか、結構、魅力的な場所だったんだよな。

魅力的？

暗い力みたいなものを感じてね。暗いと言っても邪悪な力じゃない。放射能か、そこの歴史に由来する力って感じだった。なんにしても長居はしなかった、はずだ。妙な変異が起きるほど長い時間ではなかったことを願ってるよ。彼はそこで笑い声を上げた。アドリアーノもまだいなかったし、子どもを作る予定なんてまるでなかったんだ。知らぬ間にあいつに悪影響を与えていたなんてことにならないといいんだが。

翌朝、彼がアパートメントの中庭までアドリアーノを迎えにいった時、僕は部屋で待っていた。雨足が前日よりも強くて、長い一日になりそうだと心配になった。男の子の引き渡しを見届けるべく、僕は窓際に立った。それは僕自身、間接的に経験のある儀式だった。ロレンツァがエウジェニオと同じことをしていた時期の話だ。脇道に隠すようにして停めた車のなかで、ふたりが一緒に戻ってくるのを僕は何度か待った。彼らが車に乗りこんだあとはかなり長い沈黙が続くのが常で、ロレンツァと僕はそのあいだ、エウジェニオが彼の生活のこちら側の半分に慣れるのを待った。

ジュリオの部屋は三階にあったから、中庭は直線距離にすればすぐそこだった。アドリアーノが父親に駆け寄り、脚にしがみつくのが見えた。コバルトの姿は赤い傘に隠れて見えなかった。彼女から差し出されたバッグをジュリオは距離を保ったまま受け取った。それから彼が何か言ったせいで、コバルトがかっとなったのがわかった。でも、僕に聞こえたのは、彼女の大声の返事だけだった。もう列車だって予約したのに！

僕はそっと窓を開いた。声さえ聞こえればよかったから細い隙間だけだ。

こっちがバカンスの予定を組むたびに、あなたって必ず横槍を入れるのね、とコバルトは言った。

今度は彼の声も聞こえた。横槍を入れる、か。君のユニークな言葉遣いは相変わらずだな。横槍を入れる、と来たもんだ。

コバルトは怒りを爆発させた。ジュリオ、またイタリア語の授業？　今日も？　受けて立とうじゃないの！

彼女はアドリアーノに傘に入るように命じたが、男の子は両親から少し遠ざかり、建物を囲む鉄柵の端を棒きれでひっかきだした。一見、その遊びに熱中しているようでいて、ふたりの会話に全神経を集中させているのは明らかだった。ジュリオに、先に部屋で待っていろ、すぐに行くから、と言われてもやはり従わなかった。

そこでジュリオはまたコバルトのほうを向いた。春のバカンスは俺の番だって約束だったじゃないか。

ジュリオは考えを改めて、男の子に全部聞かせたほうが得策だと決めたみたいだ。僕はそう思った。外はとても寒かったが、もはやコバルトははた目にも明らかなほど興奮していた。へえ、本当？　と彼女は答えた。ぜんぜん知らなかった。

君と俺が署名した取り決めによれば、バカンスの期間は半分ずつ分担することになっている。忘れたのか？　つまりだな

うるさい、馬鹿！

するとアドリアーノがはっとしたように母親を見た。あの子も両親の衝突にはある程度慣れていたのだろうが、相手を面と向かって罵倒する言葉にはさすがに驚いたらしい。

ジュリオは言い返した。こりゃ立派なママだな。いかにも彼らしい小馬鹿にした口調だった。それからアドリアーノを引き寄せると、手に手をとってアパートメントの大扉に入っていった。コバルトは息子をシュシュー（フランス語で「お気に入り」）と呼んで別れを告げた。でもそれから、しばらくそこを動かなかった。中庭に立ち尽くし、閉ざされた大扉を眺めている気配だった。彼女の姿はまだ傘に隠れていたから、あくまでも僕の想像だ。コバルトは煙草に火を点け、その数秒後、こちらの視線を上から感じたか、アドリアーノの姿を窓辺に求めたかで、とにかく上を向き、僕と目

が合った。その顔に驚きの色はなかった。笑顔も作らず、僕に向かって手を振りもしなかった。彼女は単に僕の存在を記憶に留めた。そしてきびすを返し、中庭を出ていった。

何年ものあいだ、流浪の民のような研究者暮らしがジュリオとコバルトにはぴったりかと思われた。都会での生活はふたりの安月給では楽ではなかったはずだが、けっして辛そうではなかった。ふたりはいつも殺風景な部屋に住み、家具を揃えようともしなかった。どうせ二年以内にまた引っ越すことになるからだ。食事は可能な限り職場の食堂や学食で済ませ、徹底的に節約して旅行資金を貯めた。そして機会があれば即座にアフリカのとんでもない辺境やパプアニューギニア行きのチケットを買い求めるのだった。一度、コペンハーゲンに住んでいたふたりに会いにいった時など、玄関に鍵と一緒にマラリア予防薬がふた箱投げ置かれていて、たまげた覚えがある。

コバルトが妊娠に気づいた時、ジュリオは既にカンボジア行きのチケットを購入済みだった。そして彼女が妊娠七カ月目もなかばという時にふたりは旅立った。どちらの両親も激怒したが、彼らは親の目を気にするようなカップルではなかった（少なくとも当時は違ったが、やがて状況が変わると、ふたりともあとずさりするようにしてそれぞれの家族にまた吸収された）。

プノンペンでジュリオとコバルトは車を借り、安宿や適当に雨風をしのげる場所に泊まり、時には地元の住民の家にも泊まった。ふたりにとってはそれが旅であり、違うやり方など考えられなかったのだ。コバルトも一応、生野菜だけは食べないように注意していたのだが、寄生虫に当たってしまった。その時、彼らは既にアンコールワット訪問を終え、北へ向かっていた。ラオス国境を越えて、あまり観光客の行かない森林地帯を目指すつもりだったのだ。ところがある朝、コバルトは目が覚めると高熱が出ていて、繰り返し嘔吐した。動揺のせいもあったのだろう、彼らは道に迷い、気づけば車は、左右から緑の迫る細い未舗装路を走っており、しかもその道はどこまでも終わる気配がなく、進めば進むほど人里もまれになっていった。たまに遭遇する集落にしても、土壁とトタン板でできたバラックが数軒、道沿いに並んでいるばかりで、村の体すらなしていなかった。まともな道案内のできる者はなく、何を訊いても、そのまま進め、進め、と言われるだけだった。そうこうするうちに日も暮れた。十時間は運転したころ、彼らはようやく小さな町に着き、診療所と薬局を見つけた。そのころにはコバルトはうわ言を言うようになっていた。

そんなカンボジア旅行の顚末を聞かされたのは、彼女の出産のあと、ローマで、花束と赤ちゃん用のタオルを持ってロレンツァとふたりに会いにいった時のことだ。思い出話をする彼らにおびえる様子はまったくなく、冗談まで飛び出すほどだった。その態度からは、子宮のなかであんな冒険を乗り越えたアドリアーノは、きっと世界を股にかける探検家になるはずだという思いが伝わってきた。

ジュリオは週末に備えて細かな計画を策定済みだった。アドリアーノと過ごす時間のために彼が異様なほど熱心に計画を練ることには、僕も前々から気づいていた。息子といる時にぽっかり時間が空いて、するべきことも言うべき言葉も見つからず、ふたりともどうしようもなく狼狽する。そんな状況を恐れていたのだろう。ジュリオが実は僕の観察を負担に感じ、男だけの不自然なトリオを疎ましく思っているのではないかという疑念もあった。証言を文章にまとめる時は、彼のそうした自信のなさをきちんと報告すべきなのかもしれない。それとも、そんな証言をしても彼の不利に働くだけなのか。

僕はアドリアーノにプレゼントを用意していた。直方体の積み木で塔を作り、塔が崩れぬよう一本ずつそっと抜いていく、あのテーブルゲームだ。割とエコなおもちゃだからジュリオにも気に入ってもらえるのではないかと思ったら、アドリアーノはとっくに同じ物を持っていて、向こうの家に置いてあると言った。なんの罪もない男の子の言葉だったが、ジュリオは叱った。アドリアーノは気分を損ね、最初の何ゲームかはひどく乱暴な遊び方をして、今にも塔をなぎ倒しそうではらはらさせられた。ジュリオはしつこいくらいに僕に詫びた。でも大人ふたりが気を使って、三、四回立て続けに勝たせてやったら、あの子も機嫌を直してくれた。

それからオデッサ通りでクレープを食べた。いたるところ褐色の木材で覆われたブルターニュ地方ふうの内装が施された店で、ジュリオとふたり、男の子の無茶苦茶なわがままにずっとつきあわされた。僕はもう嫌になりかけていた。自分の子どもだったらびしっと言ってやるのに。内心そう思っていた。

その午後にジュリオは、カルティエ財団美術館で開催中だった「ザ・グレート・アニマル・オーケストラ」展の訪問を予定していた。アーティストのバーニー・クラウスが世界を巡り、録音してきたジンバブエやカナダ、アマゾンの奥地といったさまざまな生態系の環境音を使った展覧会で、クラウスは自分の実験を「バイオフォニー」と呼んでいた。彼のプロジェクトは明らかに人類の行為を批判し、無数の手口で自然を破壊する人類が音響的な破壊まで行っていると糾弾していた。以前に録音を行った場所を何年かぶりに再訪した時、彼は新たに録音したテープから何十種という昆虫、爬虫類、両生類の声が失われていることに気づいたという。

しばらくはジュリオとアドリアーノと一緒に歩いていたが、鑑賞に集中できないので、ふたりとは別行動を取った。途中、ロレンツァにセコイア国立公園の音をボイスメッセージで送った。セコイアには何年か前にふたりで行ったことがあった。公園の見学自体はたいした思い出もないが、夕方になってレンタカーに戻ってみたら、僕がライトを消し忘れたせいで、バッテリーが上がってしまっていた。駐車場はあっという間に空っぽになり、僕らはあの不気味な風景のただなかにふたりきり残された。アジア系のレンジャーがひとり、夜遅くまで行ったり来たりしていたが、ついには彼もいなくなった。これは真っ暗な車のなかでびくびくしながら夜を明かすしかない、そう観念した時、不意に闇のなかから赤い光をちりばめた馬鹿でかいトラックが現れた。その荷台にはぴかぴかの車が一台、斜めになって載っていた。僕らが借りたのとまったく同じ車種だった。疲れていたけれど、それから僕は海に向かって朝まで運転した。ロレンツァは助手席で眠っていた。やがて太陽がバックミラーのなかで昇り始めた時、僕は自分たちがまだ生きているという安心感と、そのひと時の静けさと完璧さに圧倒された。

ロレンツァは僕のボイスメッセージに対し「?」のひと文字を送り返してきた。無理もない。バーニー・クラウスの録音した鳥のさえずりと木の幹がこすれあう音を聞いただけで、彼女があの共通の思い出にたどり着けるわけがなかった。それでも僕はがっかりした。彼女にわざと冷淡な反応をされたみたいに。ふたりの距離が物理的にはもちろん、日々の思考においてもここまで遠ざかったことはなかったのではないかとさえ思った。

僕は地下階に降りた。クラウスはそこに太平洋をテーマにした間をひとつ設けていた。深海みたいに暗い部屋だった。ジュリオは床のカーペットに脚を伸ばして座っており、その腿に頭を預けて、アドリアーノが横になっていた。こいつ寝ちゃったんだ。小声でジュリオは言った。こんなこと滅多にないんだけどな。

僕はふたりの横に腰を下ろし、しばらく一緒に目の前の黒い画面を眺めた。とても幅広な画面の上では白い幾本もの線がひとつになったり、ばらばらになったりしていた。海の心電図だ。そうして少なくとも三十分は、さざ波の音やカモメの声、アシカやトドの声に耳を傾けていたら、最後にクジラたちの謎めいた言葉が聞こえだした。その高周波の声もずっと聞いていたら耳がずいぶんと慣れて、ついには言葉の意味さえわかりそうな気がした。

ノヴェッリの部屋はオスマン様式の建物の最上階にあった。彼は戸口で待っていて、その姿が足から頭の順で次第に現れるのを僕はエレベーターのガラス窓越しに見届けた。エレベーターの扉を開けたら、さあ君たち、早く早く、と急かされた。

握手をかわしながらノヴェッリは、僕の書いた記事をいくつか読んだと言ってくれた。ジルト島からのルポについては二点ばかり異議があります。パリにはいつまで？ そう尋ねられた。明日イタリアに帰ります。残念ですな、お昼をご一緒したかったのですが。

立食パーティーではないとわかっていたら、ジュリオも僕もそこまで遅刻はしなかったはずだ。まだ空いている席は僕らふたりの分ともうひとつだけだった。待ちくたびれたという雰囲気だったが、みんな礼儀正しく自己紹介をしてくれた。僕らを含め、全部で十二人ほどいた。

会話はほどなくテーブル全体のそれから隣同士のぎこちないそれへと断片化された。出身はどこか、職業は何か、イタリア料理とフランス料理の違い、そんな、何語で話せばよいのかよくわからない、国際色豊かな席につきものの話題だ。ノヴェッリの妻、カロリーナだけは開き直ったのか、誰に対してもイタリア語で話しかけていた。ノヴェッリはどうかと言えば、常に笑顔で、全員に分け隔てなく気を配っていたが、やや落ちつかぬ様子で、シャツの襟をしきりに直していた。少しして彼は言った。さて、どうしましょうか。彼をまだ待ちますか。それともシャンパンの栓を抜いてしまいましょうか。

客は栓を抜くことに満場一致で賛成した。ジュリオを見やると、やはり誰の話をしているのかわからないという顔をした。ノヴェッリはシャンパンをみんなに注いで回った。やや慎重に過ぎる手つきだった。

僕は左隣の席の客と少しおしゃべりをした。ディドロ大学で教えるフィンランド人の男性だった。でも会話がはずんだとは言いがたかった。全体的に、あの晩は場がなかなか盛り上がらなかった。みんなほかの客のことを知らな過ぎて、組みあわせをもう少しなんとかできたのではないかという疑問が宙に漂っていた。時々、申しあわせたかのように全員がいっぺんに黙ってしまい、数秒間、ナイフとフォークの音だけが響く、という場面もあった。ノヴェッリは僕らの持ってきたチーズを皿に載せもせず、そのまま手元に置いた。それを指でひと塊つまみ、口をもぐもぐさせながら彼は言った。では、そろそろクイズと参りましょうか。

彼が出した問題は、インド洋にある七つの島国を全部挙げろというもので、そのころにはみんな十分に酒を飲んでいたこともあり、やっと楽しげな雰囲気になってきた。モルジブ、マダガスカル、セイシェル、モーリシャス、スリランカ。そこまではすぐに出てきた。それから全員降参しかかったころになって、僕がコモロを言い当てた。これで残るは七つ目のみとなった。

もちろん問題にはひっかけがあった。答えを教えろと口々にせがまれて、ノヴェッリは最後の島国はバーレーンだと告げた。なぜならペルシア湾も地理的にはインド洋の一部をなしているからというのが彼の言い分だった。抗議の声がいっせいに上がった。その機に誰かが音楽のボリュームを上げ、数名が踊りだすと、誰もがほっとしたように席を立った。ノヴェッリの娘もパジャマ姿で居間に顔を出し、踊りたいと父親にねだって、何度かふたりでくるくる回った。にぎやかな家ってやっぱりいいものだと僕は思った。

そのころになっても、例の空席はまだそのままだった。やがてドアの呼び鈴が鳴った時、ノヴェッリは、やっと来た、と安堵の声を漏らした。彼はカロリーナと一緒に待望の客人を迎えに玄関に向かったが、開いたドアの向こうに立っていたのは、騒音に腹を立てた隣家の男性だった。カロリーナがイタリア語で猛然と言い返す横で、ノヴェッリはこちらを向いて妻を真似、とても愉快なパントマイムを披露した。それでもドアが閉ざされると、自分でステレオのボリュームを下げにいった。

僕は煙草を一本もらって、やけに狭いバルコニーに出た。遠くにエッフェル塔も見えれば、てっぺんで標識灯が点滅するモンパルナスの高層ビルも見えた。女性客のひとりで、いちばん遠くの席に座っていたのでまだ言葉をかわしていなかった相手が、スレートの外壁にもたれ、どうでもよさそうに眺望に目をやっていた。先に声をかけてきたのは彼女のほうだった。あなた、よくコモロなんてわかったね。

適当に言ってみただけだよ。

嘘。きっと子どものころは、世界の国の首都を全部覚えちゃって、大人に問題を出せ出せ言って、うるさがられてた口でしょ？

今夜ここにいるのって、そういう人間ばかりだと思うけど。僕は指摘した。わたし、コモロは行ったことあったのにな。イスラム過激派だらけの国だった。

僕に火を貸してから、彼女は一本吸い終わったばかりなのに、自分もまた火を点けた。ノヴェッリの友人でも、その妻の友人でもなくて、ふたりには今日初めて会ったという。僕同様、友だちに引っ張られてきたのだ。パリで何をしているのかと尋ねると、こんな答えが返ってきた。今ね、自爆《カミカゼ》テロ・ツアーの途中なの。

彼女はそれまでの数カ月のあいだに滞在した町を列挙してみせた。チュニス、ブリュッセル、ベルリン、モスクワ。通信社の特派員として各地で発生したテロ事件を追っているところだが、彼女の言葉によれば、本来のコア・ビジネスは難民キャンプだとのことだった。どこでもいいから最低な場所を思い浮かべてみて。わたしのパスポートにはきっとそこのスタンプがあるから。

彼女の名前を聞かされた時、僕は自分の反応を可能な限りごまかそうとしたが、まったく聞いたことのない名前だ、とはっきり顔に書いてあったのだろう。クルツィアは肩をすくめて、こう続けた。わたしを連れてきた友だちのほうはパリの支局員で、本当に優秀な記者よ。わたしの三倍は稼いでるし、マレ地区に会社持ちで凄い家まで借りてるし。

君も優秀なんだろうね。

馬鹿にしないでよ！

だってあちこち派遣されているじゃないか。無能だったらあり得ないだろう？

あちこち派遣されるのはわたしが断らないから。それに安いからよ。

煙草を吸い終えても、僕らはどちらもバルコニーを去ろうとしなかった。するとクルツィアが葉っぱを取り出した。彼女がマリファナ煙草を用意するあいだ、いったいどうやって手に入れたのかと訊いてみた。パリには数時間前に着いたところだと聞かされたばかりだったからだ。こっちはあなたの思いもよらないような連中とつきあいがあるの。それが彼女の返事だった。

頭にぱっと浮かんだのは、アラブ系移民であふれるパリ郊外の地区の光景だった。大型の集合住宅が立ち並び、屋上にはあちこちに見張りが立っているような、RERの車窓からちらりと見えるあのいかにも恐ろしげな地区、僕は映画でしか知らない世界だ。僕はクルツィアに高校時代の思い出を語った。クラスの仲間たちとリグリアのある町から別の町までマリファナの売人を探して十キロも歩いた挙げ句、みんな完全におびえてしまって、収穫ゼロでキャンプ場に戻った時の話だ。きっと、僕はちょっとばかりお坊ちゃん過ぎるんだろうね。

クルツィアは部屋のなかの様子をうかがってから、また口を開いた。今日、来なかった最後の客、フランスの国営テレビの人間なんだって。わたしの友だちが言うには、ノヴェッリ、もっとブレイクしたいらしいの。でも今夜は当てが外れたみたい。ノヴェッリのこと、ツイッターでフォローしてる？　投稿でも今日みたいなクイズやってて。結構、おもしろいよ。

じゃあ、フォローするよ。

別に無理にフォローしなくたっていいから。

彼女は荒っぽく言った。なんだか急に気分を損ねたみたいだった。一瞬、微妙な空気になったものの、僕らはまたおしゃべりを始めた。主に彼女の話だ。特派員として取材してきたなかでいちばん恐ろしかった事件は何かと尋ねると、大型のなた《マチェーテ》で人々が手足を切り落とされた事件の話を彼女は始めた。ぞっとする話だった。僕は斬首ビデオのことを思わず白状しそうになったが、なんだか子どもじみた話題に思えてやめた。クルツィアは気づいた時には武器に詳しくなっていたそうだ。必要な材料さえ揃えば、ガレージのなかでそれなりに強力な爆弾を作って、きちんと爆発させられると思うよ。彼女はそんなことを言った。そして、わたしってパーティーで普通、男がナンパしたくなるような女じゃないから、と話をまとめた。

そのほのめかしに気まずい空気が漂った。少なくとも僕は気まずかった。だからやり過ごすためにも、こんな質問をした。もしテロ組織が大量破壊兵器を手に入れたら、何が起こると思う？　どのテロ組織？　彼女はうんざりした口調で訊き返してきた。

さあ、アルカイダかイスラム国かな。

アルカイダとイスラム国は無関係よ。アルシャバーブも、ボコ・ハラムも右に同じ。

なるほど。僕はたじたじとなって答えた。

それに兵器の種類は？　生物兵器？

核弾頭かな。

クルツィアはマリファナ煙草の煙を胸いっぱいに吸って、目を細めた。そうすると、いかにも兵器の専門家といったふうだった。

核弾頭を本当にほしがっている組織があったらとっくに手に入れているはずよ。パキスタンが十年以上前から核兵器を開発しているし、あの国の人間って穏健派ばかりとはとても言えないから。ただね、核ってとにかく厄介なの。持っているのに使わなければ、口ばかりで何もできないやつとみなされる危険がある。でも使ってしまえば、それはそれで……どんな目に遭うかわかったものじゃない。そんなこと、どうして興味あるの？

いや別に。今、書いていることにちょっと関係があって。

ずいぶん秘密主義なのね。

彼女がまたマリファナ煙草をこちらに回そうとして、縦につまんで差し出してきた。でも僕がもうほしがらないのを見ると、そのまま下に放り投げた。あまりにありきたりなパーティーにも、バルコニーでの僕との会話にも、急にうんざりしてしまったようだった。地平線の方向を見つめながら彼女はつぶやいた。本当、最低な町ね。そして戸口に背をぴったりと寄せて、僕の横をすり抜けると、悪いけど先に入ると言った。

カロリーナが電気を消し、バースデイケーキが運ばれてきた。ノヴェッリはフランス語で手短に礼を述べた。彼もほろ酔い加減だった。

裾の長いベロアのガウンを着たクルツィアはよく目立っていた。ケーキの上ではじける花火越しに僕は、彼女が友だちに何かささやくのを目撃した。たぶんノヴェッリについて何か言ったのだろう。実際、妻と並んでみんなの携帯電話の前で写真撮影のためにポーズを取る彼は見ていて愉快だった。クルツィアは人波をかき分けてこちらに来ると、すれ違い際に僕に声をかけた。わたしもう行くけど、あなたも来ない？　僕がもごもごと、ジュリオがどうのと言い訳を始めると即座に冷たくさえぎられた。じゃあいい。さよなら、お坊ちゃま。

それから一時間ほどして、ジュリオの家へと戻る道すがら、僕は正体不明の何かに対して罪悪感を覚えていた。絶好のチャンスを司る神に対する罪悪感かもしれない。僕が特によく失望させていた神だ。それにマリファナとアルコールをちゃんぽんにすると二日酔いが長引き、肉体の苦痛だけではなく、不機嫌も続いて、翌日は最悪な状態になるのもわかっていた。ジュリオとその息子を助けるためにパリに来たというのに、なんということか。彼に対するそんな後ろめたさはかなり逆説的だった。あのパーティーに僕を連れていったのは、今、隣を歩いているジュリオ自身なのだから。ただし彼のほうは少しも酔っていなかった。

翌朝は予想どおりで、アドリアーノが来ても僕は起きなかった。そしてソファーに横になったまま、家のなかを息を殺して移動するふたりの様子に耳をそばだてた。アドリアーノは何度かわざと大きな声を出して僕を起こそうとしたが、そのたび父親に叱られ、親子はこそこそ話を再開した。ふたりは必要最低限の時間だけ家に留まり、ドアが開き、また閉じる音がした。そのころには僕も目が覚めていたが、まだ寝床でしばらくぐずぐずしてから起き上がり、シャワーを浴びて、軽く食べた。

公園にいたふたりと合流したのはもうすぐ正午という時刻だった。ジュリオは遊具のある柵で囲われたエリアから出てくると、具合はどうかと尋ねてきた。もしかして起こしちゃったかな。俺たち、できるだけ静かにしたんだが。

うらん、大丈夫だ。

本当に？

彼の過剰な気づかいが神経に障った。肩を揺さぶり、怒鳴りつけてやりたかった。どうして君はそうも従順なんだ？　やたらと謝るのはやめてくれ。そんなんじゃ彼女にこてんぱんにやられちゃうぞ？

本当に大丈夫だよ。僕は答えた。

どれだけ敏捷かを競う遊びをしている三人の少女がいた。交代で椅子の上に立っては、背もたれに足を置いて椅子を倒し、ふわりと地面に下り立とうとするのだが、三人ともつまずいてしまい、笑い転げていた。少女たちの気楽な様子が心から羨ましかった。とは言っても、同じように楽しんではいけない理由など僕にはないはずだった。僕にはなんの責任もなく、範を示すべき相手もいない。人生は僕に対し、お前はいつまでも大人にならなくていいんだ、そう言ってくれていた。いや、ほかに選択肢を与えられなかったというのが本当のところだ。だからあの少女たちと一緒に椅子で遊びだしたとしても、誰に咎められることもないはずなのだ。じゃあ、何をお前は遠慮している？　どうしてお前はそんなにジュリオそっくりなんだ？　泥沼にはまってにっちもさっちも行かなくなっているあいつと？　それに、いい加減大人になりたいと願いながら、同時に若さを羨むなんていったいどういうつもりだ？

十五の時、夏休みの短期留学で僕はひとりの少女と出会った。僕より年上の彼女は、イギリスで過ごした二週間のうちに、子どもだった僕を思春期の少年に変えてくれた。そのために彼女がしたことは、一見、僕のイヤホンの中で響いていた音楽を騒々しいヘビーメタルから、ずっと今風で陰気なプレイリストへと変えることだけだった。夏の終わりに僕は彼女に会いにラ・スペツィアへ行った。あの二日間のことは二十年来、夢想を重ねてきたから、実際の記憶はとうに歪められてしまっているはずだ。いずれにせよ、Cは自分の家から僕をスクーターに乗せて、有名な海辺の観光地、レリチに連れていってくれた。スクーターに乗るのは初めての僕にCは、乗り方、しがみつき方、カーブでバランスを崩さないためのコツといったことをすべて教えなければならなかった。レリチに行くのも僕は初めてだった。奇妙に聞こえるかもしれないが、その年になるまで海水浴には数えるほどしか行ったことがなかったのだ。

僕らは磯から紺碧の海に入り、ふたり並んで波間に浮かんだ。その時の思い出をやがて僕はとても短い詩にした。今のところ僕が書いた最初で最後の詩で、タイトルは何かのキャプションみたいな『レリチ、八月二十九日』だ。あの日、僕は水ぶくれができるのではないかとびくびくしていた。日焼け止めクリームを塗らなかったせいもあれば、あのころは自分は必ずひどい日焼けをすると固く信じていたせいもあったが、まずはCの母親にからかわれ、それからCにも笑われた。八月末のリグリアでそんなに焼けるひとなんて絶対にいない、と。

それからCの家に戻り、昼食のあと、僕は彼女のベッドに斜めに寝転がった。Cは僕のために音楽のカセットテープをダビングしていた。僕はうとうとしながらも眠ってはおらず、部屋には『ウィッチズ・レイヴ』が流れていて、体が火照り、肩が両方とも熱いのはやはり日焼けではないかと心配していた。Cはすぐそばでラジカセと格闘していたから、ベッドから手を伸ばせば、彼女の髪の毛に触れることもできるはずだった。せめてこちらを向いてほしかった。カセットなんて放り出して、僕の隣に来てくれればいいのに。そしてかなうものなら、そこに横になってほしい。そもそも彼女のベッドなのだから。僕はそんな妄想をし、自分が手を伸ばす場面を想像し、その先の展開まで思い描いたけれど、秘密の甘美な夢にひたっただけで、実際には何もしなかった。曲が終わる前に、僕は夢精をした。昼間の夢精はあとにも先にもその一度きりだ。

カロルと泳いだ時に見かけたあのくらげは、ネット情報によるとコクカイビゼンクラゲの通称で知られる種で、学術名はずっと難解なリゾストマ・パルモだそうだ。非常に大きく育つくらげで、ひとの背丈ほどになることもあるが、毒は触ってもせいぜい一時的に少し痺れる程度らしい。ヨーロッパ沿海のあちこちに多く棲息し、今後はさらに増える可能性がある。過去の観察データの蓄積がないために確証はないが、くらげの大量発生も気候変動の影響らしいという説を多くの海洋生物学者が支持している。

二〇一七年の春から夏にかけての自分の状態を振り返ろうとすると、連想に過ぎないが、あのコクカイビゼンクラゲを思い出す。くらげという生き物はほとんど抵抗もせぬまま、潮に流されて生きている。そんな受け身な存在感のためだろう。

たとえば、もしも、僕がローマに戻ってほんの数日後にあるテロ事件が起きず、しかもそれがクルツィアとあのバルコニーで出会って間もないころでなかったならば、僕にしてもツイッターで彼女のアカウントを探して彼女がロンドンに向かったかどうかを確認しようとは思わなかっただろう。さらには、その確認を済ませてから、彼女のアカウントをフォローすることもなければ、それから一分も経たぬうちに、彼女にフォローバックされることもなかったはずだ。そのあとクルツィアにダイレクトメッセージを送り、無事を確認しようなんて考えも僕は起こさなかっただろうし、チャットを続けるために自宅のバスルームに鍵をかけてこもるなんて真似もしなかっただろう。チャットの話題は親密なムードになるようなものではまるでなかったが、結果的にはそうなった。あんなにも恐ろしい事件の緊迫感を分かちあうという行為には、滅多に味わえない刺激的な後味がつきものだからだ。そして最後に、バスルームを出る前にメッセージをひとつずつわざわざ消す必要もなかったはずだ。

ハリド・マスード（五十二歳）は突然、車道から歩道に乗り上げた。現場はウェストミンスター橋の上、彼が運転していた韓国車は、何時間か前にエンタープライズ・レンタカーで借りたものだった。のちの捜査でマスードの車は時速約百二十キロで走行していたことがわかっている。車は歩行者を次々にはね、ひとりの女性を欄干越しに冷たいテムズ川に突き落としたのち、国会議事堂の柵に衝突して止まった。マスードは相当に興奮していたのだろう。なぜならそこから徒歩で逃走を試み、丸腰の警官一名をナイフで刺殺した末、自分も殺されているからだ。彼の攻撃は始まってから八十二秒で終わった。

それからの日々、クルツィアはマスード関連のメッセージを僕に送り続けた。犯人の足跡を追ってイギリスじゅうを歩き回った彼女にも、彼の犯行の本当の動機は——そんなものがあったとすればだが——最後までわからなかった。主要なテロ組織またはイスラム国と彼を結ぶ明確なつながりも見つからなかった。マスードはかつてサウジアラビアで英語教師として働き、母親の再婚相手の名字を名乗る時もあれば、名乗らぬ時もあった。そんな経歴のどこにあんな無差別殺人を起こす衝動が隠れていたのかは知る由もなかった。

ストックホルム、サンクトペテルブルク、そしてまたパリとロンドン。テロの多発したあの年の状況がクルツィアとのメッセージのやりとりを定着させた。ただ今は、いずれにしても続いていたのではないかという気はしている。ほどなく僕らはほかの分野の話もするようになり、会話の場もワッツアップに移った。彼女とのチャット履歴が僕のアプリのリストに並ぶことはけっしてなかった。会話が終わるたびに即、消去していたからだ。彼女の痛烈な物言いにはノヴェッリの家のバルコニーで一度だけ直接話した時から気づいていたが、その才能はメッセージでも遺憾なく発揮された。それがどういうわけか記事になると鳴りを潜め、たいてい没個性的な文章になってしまうのだった。僕らはよくジャーナリズムのあり方について語りあった。彼女みたいに町から町へとひっきりなしに飛ばされて、出張手当てをいくらかでも手元に留めようと食費を節約するようなジャーナリズムは、今のようなソーシャルメディア時代にはほとんど無意味なのではないか、みたいな話だ。あなたみたいなお坊ちゃんには無意味かもしれないけれど、わたしには意味大ありだから。そんな返事をクルツィアはよこした。ここまで来るのにどんだけ苦労したと思ってんの？　それに、ぜんぜん使ってない部屋の家賃だって払わなきゃならないんだから。機嫌がいい時の彼女は僕をアームチェア探偵ならぬ「ソファー・ジャーナリスト」と呼び、機嫌が悪ければ「猫ばば男」呼ばわりした。僕も調子を合わせて彼女のことを「ＩＳＩＳの報道官」と呼んだり、「非正規雇用者の期待の星」なんて呼んだりした。そのたび彼女は罵り文句で応じてから、おやすみなさいと書いてよこすのだった。

そして何時間かして目が覚めると、携帯電話には彼女が泊まったホテルの部屋の奇妙な細部の写真がよく届いていた。トイレのビデ用シャワーとか、カーペットの怪しげな染みとか、誰かがベッドの下に投げこんでそのままひからびたコンドームなんかの写真だ。クルツィアは絶対に自分の姿を写さなかったが、マニキュアをした足の親指や、何かをつかむ二本の指といった体の一部を間違って写りこんだふりでわざと見せる癖があった。

そのころには、僕も彼女も、自分たちがテロの恐怖には慣れきったものと思いこんでいたが、ふたりに限った話ではなかった。ハッシュタグ #PrayFor は時とともに力を失いつつあった。二年ほど前から #PrayFor ◯◯（「◯◯のために祈りましょう」の意）ばかりで、もはやそれが当たり前の世界に誰もが生きており、祈るだけ無駄で、そんな世界を受け入れるほかなくなっていた。

でも五月のマンチェスター・アリーナのテロは別物だった。母親のつき添いが必要なほど幼い者も多い、少年少女が聴衆のコンサートで爆弾が炸裂したのだ。会場はポップなリズムの響く血の海となった。

クルツィアはマンチェスターに一週間近く滞在した。そして三日目の晩、心が折れてしまった。コンピューターの画面の前で動けなくなり、何時間も書けずにいたらしい。その日、クルツィアは午後いっぱい、まずはアリーナ周辺で、それから複数の病院の外で、犠牲者の親族をつかまえては、彼女には——僕とのメッセージの激しい応酬を通じて本人が主張したところによると——無意味どころか、侮辱的とすら思える質問をして過ごした。だって、あのひとたちに何を言えっていうの？　言いたいことなんてあるはずがないじゃない！

編集局が犠牲者の親族に訊けと彼女に要求したのは、兎の耳のことだった。もともとはアリアナ・グランデが舞台でかぶっていたマスクについていた兎の耳が、服喪を示す黒いリボンと組みあわされ、ソーシャルメディア上で今回の惨劇に対する追悼のシンボルになっていたのだ。ひとが大勢殺されたのに、わたしたちときたら兎の耳の話なんてしてる。これって異常だと思わない？

クルツィアは現実と距離を置く心の余裕を完全に失っていた。激しい吐き気に襲われながらも、いざ吐こうとすれば何も出てこなかった。夜九時になると編集局から催促の電話が何度もかかってきた。ほとんど書き上がっていると彼女は嘘をついたが、実際には一行だって書けていなかった。ミニバーにあった強い酒のミニボトルを三本飲み、リラックスしようとしてみても、やはり考えはまとまらない。そんな混乱した状態で彼女は電話をかけてきて、僕は寝室にこもってその電話に出た。彼女はパニックにおちいっており、もう二度と仕事がもらえなくなっちゃう、とそればかり繰り返した。

僕は、編集長に電話をして状況を正直に説明し、今日はどうしても原稿を届けられないと伝えるよう勧めた。君はきっとひどく疲れているんだよ、誰にでも起きることじゃないか。

そんな言い訳、聞いてもらえるわけないでしょ。わたしのせいで紙面に穴が空く、あいつが考えるのはそれだけよ！

僕はしばらく彼女の荒い息づかいに耳を傾けた。呼吸音は時々、どうしよう、ああ、どうしよう、という声で途切れた。僕は自分とロレンツァの寝室の、閉ざされたドアを注視していた。今にもそこから何かが闖入してくるみたいに。無意味な警戒心から部屋の明かりは点けなかった。

僕はクルツィアに、今日一日どこを回り、誰に話を聞いたのか、最初から順に説明させた。彼女の話は支離滅裂だったが、いくつか重要な場面を選ぶことができた。その場面をたった今聞かせてくれたとおりに原稿にまとめて納品するよう僕は指示した。ところが彼女は先に僕に読んでほしいと言い、もう何ひとつ自信がなくて、単語の綴りすら怪しいとまで言うのだった。だから僕はさらに二十分ほど、その罪深い暗がりで待った。自分のそんなふるまいをロレンツァにあとでどう説明したらいいのか、不安は膨らむ一方だった。

やがてクルツィアが原稿を送ってきたので、僕は丁寧に読んだ。彼女は、ほっとした、これから外で何か食べてくる、最後に食事をしたのがいつかも思い出せない、と書いてよこしてから、今回はあなたのおかげで命拾いした、とつけ加えた。僕はメッセージをすべて削除してから、向こうに戻った。

ほら来た、エウジェニオは僕に気づいて言った。わかるか訊いてみようよ。

ふたりはコンピューターを前にして座っていて、ロレンツァは少し前のめりで、画面の上の何かを熱心に探しているみたいだった。彼女は振り返らず、何も言わなかった。僕が近づくと、エウジェニオは画面に表示された入力フォームの一項目を指差した。この書類をアップロードしないといけないんだけど、受けつけてくれないんだ。

コンピューターがえり好みをするはずはないんだけどな。僕は言った。

辛辣に響かないように、彼の肩に片手を載せた。エウジェニオはその手を振り払おうとはせず、むしろ軽く肩を上げて応えた。何週間も前からロレンツァは息子を米国の高校四年に編入させるための手続きと格闘していた。もともと公的な手続き一般が苦手な彼女だったが、その留学手続きの複雑さときたら尋常ではなかった。責任者である教育機関をあらゆる責任から免除するための所定の申請書への記入がほとんどだったが、ほかにも英文の紹介状、各種支払いの証書、保険への加入証明、成績表も必要なら、エウジェニオが好きな食事と好きなスポーツ、文化的傾向と社会的傾向、言語能力と社交性を問う長大なアンケートまであった。どのページもダウンロードして印刷、記入、署名の上、スキャンしたものをふたたびポータルにアップロードするという手順が要求され、全部で十のステップが待っており、しかも先に進むごとに、テレビゲームのレベルのように難易度が上がっていった。

あのころは毎晩そんな具合で、エウジェニオとロレンツァが机に向かい、いらいらしながらコンピューターを相手に共同戦線を張る一方、こちらはふたりに近づかないようにしていた。ところがその晩はエウジェニオが、ママ、やってみてもらおうよ、と言い、ロレンツァが立ち上がったので、僕が彼女のかわりに座ることになった。

エウジェニオのそばにいると、僕は違和感を覚えるようになっていた。もはや彼は大人びた体つきをしており、独特のにおいがした。それは子ども時代の彼のにおいと似ている気もすれば、似ていない気もした。彼が煙草を吸い、そしてキャンディを嚙んだのがにおいでわかった。夕食後、エウジェニオは毎晩そうして自室の狭いテラスで煙草を吸った。彼の個人的な儀式のようなものだったが、僕とロレンツァは気づかぬふりをしていた。なんにせよエウジェニオは両親が離婚をしているのだから、許容範囲を広めに認めてもらう権利がある。そんな理屈で僕らはしばしば彼を甘やかした。でもその時はひとつ忠告したくなった。忘れるなよ、アメリカに滞在中は煙草を吸わないという契約にお前はサインをしたんだぞ。

違反したらこっちに送り返されるんだろう？　わかってるさ。彼は淡々と答えた。

一年間、家を出て過ごすことを彼がどう思っているのかがよくわからなかった。嫌がってもいないが、たいして喜んでもいない、それが僕の印象だった。自ら望んだというよりは、母親の望みに従順に従っているだけなのではないか。

契約にはセックスも駄目だって書いてあるぞ。男同士の連帯感がちょっとほしくなって僕は言った。一年間、ペッティングばかりでうんざりしそうだな。

エウジェニオは画面に向かって小さく笑みを浮かべた。僕がセックス絡みの話をすると彼はいつも気まずそうで、そうした下品な口をきけばなおさらだった。彼の恋愛感情の実態は謎に包まれていた。誰かに打ち明ける必要も感じないらしく、親と、年の離れた兄と、たまたま一緒に住んでいる他人との中間的な存在である僕に対しても、それは変わらなかった。

どうして？

ファイルをまず変換しないと駄目だよ。僕は言った。

そこに拡張子のリストがあるだろう？　今、アップロードしようとしていたファイルは形式が違うんだ。

僕らがそのステップを完了すると、次のステップのページが開いた。エウジェニオは椅子の背にどっともたれかかった。ちぇっ、またアンケートかよ！

よかったら手伝うぞ。僕は助っ人を買って出た。自分のその申し出が実は、少し前まで寝室でしていたことに対する歪んだ穴埋めに過ぎないのはわかっていたけれど、何も知らないエウジェニオはほっとした顔になった。

自分の性格の長所と短所をそれぞれ形容詞三つで表現しなさい。

こういう質問って最悪だよな。

それは言えてる。がんばれ、三つずつだぞ。

孤独好き、しつこい。

三つ目は？

彼は少しためらってから、言った。スノッブ。

うん、短所はこれでよしと。

え、長所のつもりだったんだけど。

顔を見ると、どうやら本気のようだった。じゃあ、僕が代案を出そう。想像力豊か、アイロニーがある。ところが三つ目がなかなか思いつかなかった。頑固、という言葉がずっとちらついていたが、長所とは違う気がした。どうしたの？　エウジェニオに急かされた。

洞察力がある。

洞察力！　そんなもの俺にあるはずないだろう？

　僕はあると思うよ。

　彼は軽く肩をすくめた。納得はできないがこちらの意見は尊重するとでも言いたげだった。その時、ロレンツァの気配を背後に感じた。とても控えめな気配だった。見れば、彼女はやはりそこにおり、一枚の皿を手にして立っていた。

　じゃあ、洞察力がある、にしておくぞ。また何かましな言葉が浮かんだら、戻って直せばいいんだし。僕は言った。

　ところがエウジェニオはうわの空で、無表情に画面を見つめていたかと思うと、こう尋ねてきた。ねえ、アメリカのホストファミリーだけど、俺がネットやる時、まじで通信量を制限する気なのかな？

生物学では、他人の子どもの面倒を見るという行為は「代理養育」の名で知られている。とすると、僕は今や、エウジェニオにとって「代理父」とも呼ぶべき存在のはずで、ぱっとしない名称ではあるが、少なくとも余計な偏見は感じさせず、「継父」のように暗に軽蔑の意がこもることもない。動物行動学者によると代理養育は動物のあいだでは例が少ない。進化の上で有利な点がまるでないためだそうだ。例外は雌ライオンとチンパンジーの一部、あとはヒレナガゴンドウくらいなもので、このイルカは、実子ではない子イルカを背中に乗せ、そのまま大洋を移動することがあるという。しかし一般的には、自分の子以外は八つ裂きにする動物のほうが多い。

ロレンツァとつきあい始めたころ、僕はエウジェニオの存在を知らなかった。彼女が「あなたのために料理が作りたくなったから」という理由でタッパーに夕食一式を詰めて僕の家にやってきた晩も、奇妙に聞こえるかもしれないが、彼の話は出なかった。そしてその夜、当然泊まっていくかと思いきや、そそくさとベッドを出て、また服を着て、立ち去る時も、彼女は息子を言い訳にしなかった。僕は一度ならず疑問に思った。彼女の当時の沈黙はつまり、僕らの関係が嘘から始まったということを意味するのだろうか、と。でもロレンツァが意図的にそうした戦略を取ったわけではないのはわかっている。あのころの彼女はふたつの立場で存在していた。エウジェニオの母親である彼女と、僕と交際中の彼女だ。そして両者をひとつにつなぐ方法は皆無だった。彼女がふたつの立場の境界線を少しでも越えようとすれば、ただでさえ危うかった僕らの関係は完全に立ちゆかなくなっていたはずだ。

それに僕のほうもふたつに分離していた。互いの年の差の扱いにとても苦労していたのだ。僕はまだ二十六歳、ロレンツァは三十五歳で、ジュリオをはじめ当時の友人たちに彼女の話をするたび、僕は相手の反応に違和感を覚えると同時に、自分にも違和感を覚えた。こんな計算もよくした。僕が三十になれば彼女はほとんど四十で、僕が四十五になれば彼女は五十四、僕が……。それから僕は四十五の男たちと五十四の女たちを観察し、そんなの無理に決まっている、と決まって思った。ふたりが今どんなに素晴らしく息が合っていて、その気持ち自体はいつまでも変わらないとしても、体のほうが容赦してくれないだろう。年を取れば僕らは醜悪なカップルになってしまう。そう思った。ロレンツァと出会うことで、若い男の戒めのなかでも最も厳しいそれにぶち当たったような気分だった。すなわち、「汝、年上の女を愛すなかれ」だ。

つきあいだして一ヵ月は過ぎたころ、彼女からショートメッセージでとあるバールに呼び出された。文面には、大切なひとを紹介したいとあった。「大切な」というその言葉ひとつで十分だった。僕の頭は過去数週間のあちこちで出会った手がかりをまとめ、そこに特定の意味を見出した。だから次の日、彼女とエウジェニオが座るテーブルに向かうあいだも、僕はたいして驚いていなかった。

エウジェニオは、マジック：ザ・ギャザリングというトレーディングカードのコレクションを整理している途中で、僕が腰を下ろしても平然と作業を続けた。こちらの顔は見ようともしなかったが、相当に緊張しているのはわかった。彼はカードに描かれた異形の生き物のひとつを指差すと、その怪物の持つ能力、生命力、防御と攻撃のテクニックを説明してくれた。そして二枚目のカードに移り、三枚目、四枚目と続けた。ロレンツァがやめさせようとするたび、あの子は少しだけ声を上げ、構わず説明を続けた。気づけば僕は怪物たちに魅了されていた。それでも相手のペースに乗せられまいと思って、適当なカードをばらばらに指差して説明を求めた。しかしエウジェニオはごまかされなかった。彼は僕の選んだカードをにらみつけると、待って、それはあとで説明するから、と言った。一枚プレゼントしてくれないかと僕が訊くと、彼はためらい、首を横に振り、拒否した。そこでロレンツァが強引に割りこんできた。そのあとエウジェニオは最後まで押し黙っていた。カードをしまうアルバムをじっとにらみ、それを僕とロレンツァに壊されたような、僕ら大人に空想の世界まで台無しにされたような顔をしていた。

その日から僕はふたりの家に上がることを認められた。ただし極めて慎重にふるまう必要があった。泊まる時は、ロレンツァと一緒にちょっとした芝居を打った。夕食か映画が終わったら、僕はふたりに別れを告げ、家を出る。そして三十分ほど近所の住宅地を当てもなく歩き、同じ区画を何周もして、戻ってきてもいいという合図を待つのだ。翌朝はベッドのなかでじっと動かず、閉ざされた寝室のドアの向こうから聞こえてくる朝食の音、バスルームの洗面台の水音、学校に行く支度の音に耳を傾けた。母親に僕のことを何やら言うエウジェニオの声が聞こえることもあって、そんな時は自分が姿形を失ったような、家に閉じこめられた幽霊にでもなったような気がした。僕らはいつエウジェニオに真実を告げるかをきちんと決めていなかった。きっと彼女も僕も自分からは言いたくなくて、彼がなんとなく勘づいてくれるのを待っていたのだろう。そのほうがあの子もあまり傷つかずに済むだろう、と。いや、傷つきたくなかったのは僕らのほうだったのかもしれない。

ところがある夜、目を開くと、寝室の暗がりのなかにエウジェニオの姿があった。悪い夢でも見たのか、荒い息をついていた。僕らは男の子を落ちつかせ、また寝かしつけた。そして次の朝、僕はいつもどおり寝室に隠れて待った。彼の短期的な記憶がどう機能するのかも、僕が母親のベッドで寝ていたことをはたして夢の一部と考えたのか否かもわからなかったけれど、彼の口からその話が出ることはなかった。

そんなちょっとした事故から数カ月が過ぎたころ、僕は旅に出ることになった。それで別れを告げるべく彼の部屋に入った。エウジェニオは僕の頰に例のごとく嫌々ながらキスをしてから、マジック：ザ・ギャザリングのカード遊びに戻った。ただそこで彼は、急に思いついたように、一枚のカードを床から拾い上げ、これあげるよ、と僕に向かって差し出した。豆の木の巨人という、異様に大きな足をした毛むくじゃらなヒューマノイドのカードだった。説明文は謎めいていた。「豆の木の巨人のパワーとタフネスは、それぞれあなたがコントロールしている土地の総数に等しい」。この巨人は強いのかと訊くと、結構強いよ、という答えが返ってきた。礼を言ったら、そのカード、ダブってたから、とわざわざ断られた。

僕は豆の木の巨人を財布の内ポケットに入れて、それから十年間持っていた。ところがある日、エスクイリーノ地区のレストランで、スクーターに乗ったかっぱらいに財布と携帯電話をかすめ盗られてしまった。不注意なことに両方ともテーブルの端に置いていたのだ。キャッシュカードを止めて再発行してもらい、以前と同じ電話番号のＳＩＭカードを手に入れて、新しい携帯電話で二段階認証を要求するアプリの面倒な再設定をすべて済ませてから気づいた。取り返しのつかない遺失物はたったひとつ、あの豆の木の巨人だけだった。泥棒にひとつ頼みを聞いてもらえるものならば、あのカードを返してほしかった。それから何度もエウジェニオにその一件を打ち明けようかと思ったが、巨人のカードを僕がまだ持っていたことさえ彼は知らないはずだった。そもそも豆の木の巨人の存在自体とっくに忘れている可能性が高い。話しても、やけに感傷的なことを言うと呆れただろう。

エウジェニオの米国行きを祝して、レディオヘッドのフィレンツェ公演のチケットを僕はプレゼントした。誰でもいいから連れてくればいい、と一枚余分に贈った。レディオヘッドが十七歳のエウジェニオのためというより、十七歳だったかつての自分に対するオマージュであることは自覚していたけれど、彼も割とよく聞くバンドだったし、僕らのどちらが選んだわけでもないふたりのきずなの強化は相変わらず大切な課題だったから、一緒に何かをすることで結束を固めるという意味もあった。それに、実はほかにつきあってくれる人間が見つからなかったのだ。

最終的に彼が誘ったのは同じ学校に通うサラという女の子だった。車のなかでエウジェニオとサラはほとんど口をきかなかった。僕は思った。もしも自分があの子の立場だったら、つまり僕が十七歳で、ガールフレンドと継父の車に乗ることになったら、きっと彼女のために責任を感じて、ぴりぴりしっぱなしだろう。ところがエウジェニオとサラに気おくれした様子はまるでなく、時おり短い言葉のやりとりをし、あとはめいめい勝手にイヤホンを着けてひとりの世界にこもるのだった。

野外コンサートに行くのは久しぶりだったので、念のためかなり早めに出発したところ、ほとんど一番乗りで入場し、午後一時の強烈な陽光を浴びながら、柵のあいだの通路を進むことになった。ひどく暑かった。エウジェニオとサラは黄ばんだ芝生に寝そべり、のんびりしていた。そこで何時間も待たねばならぬかと思うと僕はたまらなくなり、いったん外に出て、フィレンツェの街を三人で見物しようかと思った。サンタ・クローチェ教会とサン・ジョヴァンニ洗礼堂くらいは見られるだろう。でも駐車場からそこまで相当な距離を歩かされたし、セキュリティチェックもうんざりするほど時間がかかった。だからあきらめた。

やがてエウジェニオとサラは食べ物を売っているスタンドに向かった。会場内では循環型経済システムが採用されていて、代用貨幣《トークン》を買う必要があった。つまり所持金をトークンに替えないことには食べ物も飲み物もアーティスト関連グッズも買えないのだ。どうしてそんなシステムが採用されていたのかはよくわからなかった。これもレディオヘッドらしい天才的な思いつきなのか、それとも客に余計な金を使わせるための手管でしかないのか。ともかく僕はエウジェニオとそのガールフレンドのいる手前、気前よくふるまい過ぎて、とんでもない枚数のトークンを入手した。おかげであれから何年も経った今でも、車のフロアマットの下に落ちていたり、シートの横の隙間に挟まっていたりするのを見つけることがある。もはや使い道のないプラスチックの古いコインは、それほど遠くはない過去なのに、確かに終わったひとつの時代を証言する遺物だ。

観客が集まってきたのを見て、僕らは立ち上がった。みんな前のほうに来たがったからだ。嬉しそうなエウジェニオを見て僕は満足した。それどころか彼は興奮していて、それはサラも同じだった。そこまで大規模なコンサートはふたりとも初めてだったのだ。

前座がまだ演奏を始める前に僕は後ろを振り返ってみた。少し前までは誰もいない空間がどこまでも広がっていたのに、それが今や、僕らの背後は、無数の頭で埋まっていた。単に想像したというより、僕は爆弾が炸裂するのを目撃した。そして現実にそうなってしまえば、そこにいる限りまず助からないと気づいてしまった。三人は身動きが取れず、慌てた人波に呑みこまれ、柵に押しつけられてしまうだろう。僕はエウジェニオに言った。もっと後ろに行ったほうがよさそうだな、少なくともミキサーの位置まで下がろう。とにかくこの人混みから出ないと。すると彼は信じられないという表情で言い返してきた。せっかく何時間も待ったのに！　どうしても下がりたければ、ひとりで行ってよ。最後に合流すればいいじゃないか。

そうこうするうちにジェイムス・ブレイクがステージに上がり、観衆はさらに前に詰めてきた。ひとりで立ち去るわけにはいかなかった。ふたりを置き去りにはできない。音楽が始まり、幾多の体が僕のまわりで動き、揺れ始めた。四方から押し寄せる衝撃を吸収しながら、僕はにわかに体をこわばらせ、ろくに歌も聞かず、別の激しい音に意識を集中していた。その轟音は自分の内臓から聞こえてくるようだった。不安そのものが立てる音。誰かに問われたらそう答えていたかもしれない。僕はコンサートの熱狂に包まれると同時に、沈黙と破壊の景色に囲まれていた。それは会場が一瞬でそうなり得る景色だった。目の前の現実ともうひとつの現実を隔てる壁がこの上なく薄くなったみたいな感覚だった。

そんな疎外感が長くて数分、もしかしたらずっと短くて、ほんの何秒か続き、そして消えた。でもあの感覚は幻ではなかったし、余韻はコンサートのあいだはもちろん、そのあとも消えなかった。暗い高速道路を走る車のなか、エウジェニオとサラが後部座席で子どものように眠っているあいだも。恐怖が世界で引き起こしていることが本当に悲しかった。

「恐怖が世界で引き起こしていることが本当に悲しかった」。これは僕の言葉ではない。同じ月の初めにドナルド・トランプが放った言葉だ。彼がその演説をする何時間か前に、ひとりの男がアサルトライフルとガソリン入りのボトルを持って、マニラのカジノに侵入した。男は銃をめちゃくちゃに撃ちまくり、ポーカーテーブルやスロットマシンの椅子、カーペットにガソリンをかけて回り、火を点けた。現場の惨状の凄まじさのあまり、情報がまだ錯綜していた事件直後は、複数名の犯人がリゾーツ・ワールド・マニラに突入したと伝えられたが、実際はひとりだけで、ジェシー・ハビエル・カルロスによる単独犯だった。最終的に事件による死者は三十八名に上った。大半が将棋倒しによる圧死と火災の煙による窒息死で、カルロスもそのひとりだった。まだ生きている姿をとらえた最後の映像で彼は顔を隠さず、下の階が炎上中の建物の階段に座っている。黒いニット帽をかぶり、ぼんやりしたその様子は、休憩でもしているようだ。

このテロ事件は六月二日に起きた。しかしドナルド・トランプがローズガーデンで記者会見に臨み、その冒頭でマニラの事件について触れた時、米国はまだ前日の一日だった。だからふたつの日付を比べると、あたかも時間が逆転したような、トランプが未来に起きる事件について語っているような奇妙な印象を受ける。現実にはマニラとワシントンの単なる時差のせいだ。トランプはおごそかな口調で、しかしそそくさと、恐怖が世界で引き起こしていることが悲しいと述べた。そして次の話題に移った。

とは言え、フィリピンでのテロ事件について語るために彼はそこにいたのではなかった。COP21で採択され、彼の前任者であるバラク・オバマが署名した気候変動に関するパリ協定から米国が離脱を決めたことを宣言するためだ。トランプの環境政策嫌いは今さら驚くような話ではなかったが、その宣言は衝撃的だった。トランプは演説で「退却・離脱」を意味するwithdrawという言葉を特に強調した。米国は気候変動に関するパリ協定から離脱する、彼がそう告げた途端、聴衆から拍手が湧き上がった。大統領は続いてあいまいな言葉で新しい協定について交渉する意志を匂わせてから、今度ははっきりと、乱暴な口調でこう告げた。というわけで我々は脱ける(So we're getting out)。

僕はコリエレにコメントを求められた。かつて彼らの特派員としてCOP21を取材したからだ。でも記事を書けば、どうしても悲観的な内容になってしまうのはわかっていた。米国抜きでは地球温暖化対策も無意味だからだ。温室効果ガス全排出量の五分の一があの国のせいだからという理由もあるが、それだけではなかった。トランプの演説が、気候危機に携わるすべての人間がそうと知りながら、普段は努めて目をそらしている事実をよく示していたからだ。すなわち、人類が地球に及ぼす悪影響を減らそうとする我々の大規模な集団的取り組みが絶望的な難業である、という事実だ。各国がそれぞれの取り組みをいつ何時、白紙撤回するかわからず、まさにそうした事態がたった今、起きたのだった。

　でもそんな破滅的な想像に流された記事は書きたくなかった。だから僕はコリエレの副編集長に対し、インタビューでは駄目かと提案した。実はひとり、フランスでは結構有名なイタリア人の気象学者を知っているんだ。彼ならきっと僕なんかよりずっと興味深い展望を聞かせてくれると思う。

　ノヴェッリのインタビューは翌朝の紙面に掲載された。記事はこんな格言めいた前文《リード》で始まっていた。「データは嘘をつかない。嘘をつくのは、時々にせよ、人間のほうだ。しかしデータは違う。データはありのままで虚飾がない。精密な観測データさえもらえれば、わたしが世界の真の姿をお伝えしよう」。

　ここで嘘つき呼ばわりされているのは当然、ドナルド・トランプであり、あの記者会見で大統領に拍手を送った者たちだった。しかしノヴェッリは明らかに、もっと大きな集団、いや、人類の一部を丸ごと嘘つきの仲間に含めたがっていた。それというのも僕との気軽な会話を通じて彼は、大衆迎合的な政治家たちの台頭に繰り返し触れ、そうしたポピュリストたちの喧伝する非科学的な理論が相当前からヨーロッパで——とりわけイタリアで——人々の信望を集めている現状を批判していたからだ。彼の言葉があまりに率直であったがために、僕は原稿を直す段階で一部の表現を和らげ、発言によっては完全に削除せねばならなかった。記事のスペースが五十行程度しかなかったためもあった。ところがスカイプ経由のノヴェッリと僕の会話は一時間以上も続いた。

わたしは雲を研究しています、とノヴェッリは僕に言った。雲がいかに形成され、いかに移動し、いかに気候に影響を及ぼすかを調べています。さて、イタリアの国会では過去に十四回、ケムトレイルについての質問がありました。ご存じでしたか？　十四回です。つまりこれまでに我が国の議員の誰かが実に十四回も国会で立ち上がり、空の定期便が怪しげな物質を大気中に散布し、我々の頭脳をコントロールしようとしているという説を議論のまな板に上げた、ということになります。

実際のところはどうなんです？

どうとは？

飛行機が通ったあとに残るあの白い線はいったいなんなのですか。

蒸気です。熱い空気が急速に冷えてできたものです。怪しいところなど何ひとつない（あなたもわかりきったことを訊かないでください）。

括弧で囲んだ言葉は、記事にはしなかったが、手元の書き起こし原稿にはある部分だ。

『エスクァイア』のこの記事、読まれましたか。ノヴェッリは言った。わたしのような、気象の専門家一般の精神状態についての研究です。簡単に言えば、我々は科学者のなかでも鬱やさまざまな気分障害にやられる危険が特に高いカテゴリーだと結論しています。何を今さら、という感じですがね。心的外傷前ストレス障害、心理学ではそう呼ばれています。またはカサンドラ症候群。画面に表示されたグラフを見て、そこに未来を予見するたびに学者が感じるストレスのことです。さらに、そうした情報を世間に伝えよう、市民に、マスコミに、意思決定者《デシジョンメーカー》に伝えようとする時に我々の身に起きることです。今という時代を定義するのにぴったりな表現をお教えしましょうか。心的外傷前時代ですよ。

ちなみに今日はお加減いかがですか。

よくありませんね。今日はカレンダーの日付に暗い色の丸を貼るべき日です。でも黒丸ではありません。もっと暗い日だってありますから。今日は少なくとも世間の追悼ムードのおかげで寂しさもまぎれますし。

ノヴェッリは前の年のデータをあれこれ見せてくれた。彼が言うところの、嘘をつかぬデータだ。最も不気味なデータは海洋のそれです。誰も海の心配なんてしませんが、気候変動の影響がどこよりもはっきりと見えるのが海洋なんです。現にアラスカ湾では海水温度が上昇し過ぎて、有毒なプランクトン藻類が大量発生しました。このニュースはご存じでしたか。ご存じない？やっぱりね。

ほかにもカリフォルニアでは七千件を超える火災が発生し、二千六百万本を超える樹木が失われ、被害総額は推定五億ドルに上った。中国の武漢市は、エルニーニョ現象の影響を考慮しても、完全に異常な降水量の豪雨に見舞われた（インタビューのあとで僕は武漢の正確な位置を地図アプリで調べ、Ｗｕｈａｎという綴りも間違えないように確認した。今にして思えば冗談のようだけれど）。

以上がデータです。ノヴェッリは言った。そして一方には、勝手な嘘ばかり並べる者たちがおるわけです。

彼の背後には、僕も一度行ったことのある、あのパリの家が映っていた。この先どんな世界に僕らは慣れていかねばならないのかと尋ねると、彼は少しむっとした様子でこう答えた。たった今ご説明したような世界ですよ。干魃で死ぬ者もいれば、溺れ死ぬ者もいる世界です。ところで漸進主義という概念はご存じですか。

詳しくは知らない、と思います。

我々は誰でも漸進主義的な考え方をします。これまでずっと一定のかたちで進んできた物事が、よりによって今、急に変わるなんて話があっていいものか。人類は同じ惑星に二十万年前から暮らしているのに、よりによって我々が生きているあいだに何もかもが悪化するなんて信じられない。そう思ってしまうんです。実際、あり得ない話に聞こえますよね。科学者でさえ信じまいとする傾向があって、恐竜の絶滅を含め、大規模な天変地異は昔から、本当にあったと認めてもらえるまでに長い時間がかかっています。ところが我々自身が、何もかもが変わってしまう時代に生きているとわかったわけです。それも劇的な変化です。よりによって自分がそんな目に遭うとは、そう思うのも当然ですが、今後はますます極端な現象を目の当たりにすることになるでしょう。現実を受け入れるのは早ければ早いほどいい。誰にとっても。

イーロン・マスクがトランプの決定に抗議して、参加していた一連のプロジェクトから手を引きましたね、と僕は言った。するとノヴェッリはウェブカムに向かってしかめ面をした。イーロン・マスクみたいな手合いには構わないことです。ああした連中は信用なりません。彼らはどうせたいして苦しい思いはしないはずですから。とっくに最悪の事態に備えていますよ。避難用のシェルターを作ったり、宇宙船を作ったり、武装したり、安全に暮らせる土地を買ったりしてね。博士だったらどこに土地を買いますか。僕は尋ねた。危機を逃れるために、という意味ですが。

わたしはそんな真似は絶対にしませんよ。

でも仮にどうしても必要になったら？　世界の終わり《アポカリプス》が来たとしましょう。

ノヴェッリはちょっと考えてから、こう答えた。タスマニアですね。あれほど南なら極端な高温にはならないでしょう。水資源も豊富で、民主主義国家の領土ですし、人間の天敵となる動物もいない。それほど狭くはなく、しかも島ですから防衛もしやすい。領土防衛の必要はきっと出てきますよ。誓ってもいい。

ええ――彼は前より自信のある声でつけ足した――どうしても逃げなければならないとしたら、わたしはタスマニアにします。

翌日、ノヴェッリから電話があって記事にけちをつけられた。「トランプのアメリカが我々の希望を奪う」というタイトルが悲観主義的で、その上、米国が重視され過ぎているというのだった。僕にタイトルを決める権限はないと説明しても信じてもらえなかった。彼の発言の一部の表現を和らげたことについても、やや矛盾した不満を遠回しに言われた。でもそんな怒りの表明を手短に済ますと――そもそもけちをつけるふりで記事の出来について僕と意見を交わしたくて電話をしてきたようだった――彼は落ちつきを取り戻し、ともあれ、悪くないインタビューだ、とまで言ってくれた。紙面のかなりの面積を占めていた自分の写真が特に気に入ったらしい。

ふたりの会話が丁寧な言葉遣いからようやく友人同士のそれに移行したのはその電話の途中だった。そしてその日を境に僕と彼の遠距離でのつきあいは頻度を増し、ついにはひっきりなしにやりとりをするようになった。メールにメッセージが主だったが、電話も珍しくはなかった。彼が電話好きだったのだ。よく変な時間にかけてきた。特にこれといった用事もなく、用事があるふりすらせず、ちょっとおしゃべりがしたかったんだよ、と正直に打ち明けられることもあった。たぶん、モンジュ通りで初めて会った時から、僕は彼の友だちになりたかったのだろう。ノヴェッリにしてもいつも気難しげな顔だが、仲間がほしかったようだ。さもなければ、僕らがあんなに急接近した理由の説明がつかない。

僕は彼の、広い意味での知性に惹かれていた。より正確に言えば、自らの知性を厳格に応用する姿勢が好きだった。でもそれだけではなかった。彼と意見を交わしあうことも好きなら、同じ物理畑の出身であり、どちらも地球温暖化を懸念しているという共通点もあったが、もっと別の理由があった。そこには彼の身体的特徴が大きくかかわっていた。肉体という要素は男同士の友情において往々にして軽視されるが、僕の場合、多くの友情において中心的な役割をはたしてきた。ノヴェッリも例外ではなかった。彼の丸い顔、きらきらした褐色の瞳、ぴったりしたシャツばかり着るせいもあって、太ってはいないが、はちきれそうなその胴体。雲を研究しているくせに、僕なんかよりずっと地に足がついている感じがして、頼もしかった。あのころの僕は間違いなくそんな安心感を欲していたのだろう。

でも僕と彼の急接近にはその他の複数の状況も有利に働いた。たとえば同じ年の春、ロレンツァと僕は不意にふたりきりになってしまった。アルマとファブリツィオという、長年、僕ら夫婦の貴重な共通の友人でいてくれたふたりが――バタクランのテロがあったあの晩も彼らと一緒だったし、記憶のなかで一緒くたになったその他の無数の晩をともに過ごしてきた仲だったのに――僕らの生活から急に姿を消したためだった。それも、信じられない思いと失望をあとに残して。その時の顚末を、努めて客観的に要約してみようと思う。ただし、いい加減な説明しかできないだろうことは端からわかっている。何しろあのふたりと絶交したあと、僕とロレンツァは精神的に消耗の激しい会話と憶測をうんざりするほど重ねる羽目になり、たいてい夜遅くに行われたその手の会話は結局どこにもたどり着けずに終わるのが常で、そうこうするうちに事実が歪曲されてしまったのは確実だからだ。

二年ほど前、ロレンツァは自分の洗礼式に立ち会ってくれた代母の遺産を受け取った。目が回るほどの巨額ではないが、賢明な使い道を検討する必要がある程度には大きな額のお金だった。最終的に彼女はその金をファブリツィオに預けた。彼が銀行員だったからだ。ごく自然な決定であり、彼女からその意図を明かされた晩、僕に反対すべき理由はなく、実際、ファブリツィオが彼女に送った投資計画の冊子をちらりと見ただけだった。何か自分に言い足せるようなことがあるとは思えなかったのだ。

預金は数カ月間そのままになり、本来ならば利子を生んでいたはずで、運用報告書が我が家に郵送されていたとしても、僕は気づかなかった。でも、おそらくは届いていなかったのだろう。ロレンツァはそのうち関心を失った。やがてエウジェニオの一年間のアメリカ留学の準備のために預金の一部を取り崩す必要が出てきた。そこで彼女はアルマに対し、投資を引き上げたい旨、ファブリツィオにそれとなく話しておいてほしいと頼んだ。

夫に必ず話すと約束をして以来、アルマは一切、電話に出なくなった。長年のつきあいでそんなことは初めてだった。無礼を詫びる彼女の簡潔なメッセージがロレンツァに何度か届き、やけに忙しそうだったが、やがてそれも途絶えた。ロレンツァは戸惑いの色を深めつつ、一日に何度もアルマに電話をかけていた。そしてある日、何か問題でも起きたのかファブリツィオにメッセージで訊いてみてくれと僕に頼んできた。僕のメッセージに対し、ファブリツィオは、実はそのとおりで、アルマに健康上の問題が発生したという返事をよこした。文面には癌という言葉こそなかったが、そうにちがいないとこちらに思わせる内容だった。

あの時のロレンツァの姿は今もはっきりと覚えている。キッチンのテーブルに座った彼女は、アルマが何も話してくれなかったという事実に、知らせそのものと同じくらいショックを受けていた。投資引き上げの問題を蒸し返すつもりにはなれなかったのだろう。ロレンツァはとりあえず父親に金を借りることにした。彼女にしてみればそれだけは嫌だという選択だったが仕方なかった。

それから少しして僕は旅に出た。目的地は思い出せない。僕が家を離れているあいだに、アルマが一枚の写真をフェイスブックに投稿した。ロレンツァが見つけたその写真には、どこかに夕食に出かけたアルマが写っていて、とても元気そうだった。ロレンツァは説明を求めるべく友人に電話をしたが、アルマは今度も電話に出なかった。それどころか今やロレンツァは、アルマにブロックでもされたみたいに（実際そうだったのだが）ワッツアップでメッセージを送ることもできなければ、どのソーシャルメディアからもコンタクトできなくなっていた。

僕らがうすうす感じていた疑念は最後に現実のものとなった。ある朝、ロレンツァは直接、銀行に向かった。ファブリツィオと話ができるまで相当待たされたらしい。あとで彼女から聞いた話だが、彼は自分のブースにいて、何やら忙しそうにしていた。しかし三十分が過ぎ、一時間が過ぎ、一時間半が過ぎても彼女を無視し続けるほど忙しい、という感じではなかった。それだけ長く待たせておきながら、そのあいだ彼は困ったような笑顔でちらりと彼女を一度見やっただけだったそうだ。ようやく彼の前に座った時、ロレンツァの望みはもはや、明白な事実を相手にも認めさせ、問題がどこまで深刻かを知ることだけだった。話しあいはすぐに終わった。ファブリツィオは彼女の資産の過去数カ月の運用状況を示したグラフをプリントし、差し出した。残高はほぼゼロだった。あとで彼女と僕とでそのグラフをよく調べてみると、彼が委任契約につけ入り、彼女にはなんの相談もなく、どう考えても無茶な取り引きを繰り返していたことがわかった。

残された数千ユーロをロレンツァはすべてエウジェニオのプリペイド式クレジットカードに振りこんだ。もう問題の口座には一秒だって自分の金を預けておきたくなかったのだろう。次に彼女はアルマに会おうとして、向こうのアパートメントの前で待ち伏せた。ついに再会したふたりのあいだで何が起きたのか僕は聞いていない。でもそれから何日か、ロレンツァは妙に口数が少なく、やたらと物をなくし、つまらない怪我ばかりしていた。

アルマとファブリツィオがいなくなったことの帰結のひとつは、夏休みの予定がまったくないという新たな状況だった。さもなければ、ノヴェッリとその家族とともにバカンスを過ごすという選択肢を僕らが考慮に入れることもなかったはずだ。何せロレンツァはあの一家のことをまるで知らなかったのだから。ところが、ノヴェッリ家がサルデニア島の別荘を借り、それがビーチの目の前で、しかもダブルの部屋がひとつ空いている、という話が舞いこんできた。せっかくだからどうだい？　とノヴェッリは書いてよこした。どうかな、せっかくだから行ってみる？　と僕はロレンツァに提案した。出費も分担しなくていいと言ってるんだけど。すると彼女はほぼ即座に同意してくれた。なんだかあんまり簡単に説得できたので不思議に思って訊くと、こんな答えが返ってきた。だって正直言ってわたしたち、今、あまりふたりきりになりたくないでしょ？

サルデニアの別荘は管理された別荘地の一角にあった。敷地内には私道からしか入れず、門番までいて、毎度、こちらの顔をしっかり確認してからでないと、入口のバーを上げてもらえなかった。ノヴェッリは違法建築の黄金時代の物件だと言っていた。かつてイタリアにまともな規制が一切なく、そこが浜辺だろうと、どんなに醜悪な建物だろうと、事実上、好き放題に建てられた時代だよ。おかげで我々はいい思いをしているわけだ。ノヴェッリは水平線を満足そうに眺めながら、両手を腰の後ろに回し、どちらの親指も半ズボンのゴムにひっかけた格好で、そう話をまとめた。

立派な別荘ではなかった。窓枠はアルミサッシで、家具も安っぽいものばかり。エアコンもなかった。貸し主に言わせれば建築当時の様式を尊重するためだそうだが、ノヴェッリはただのけちだと断じていた。それでも家の外は素晴らしく、僕らも大半の時間はそこで過ごした。多肉植物ばかりの庭には一本の細い砂利道がくねくねと伸び、巨大な肉厚のアガベが特に見事で、見上げるばかりの高さの花を空に向かって既に開いたあとだった。小道の先には小さな入り江があった。海岸沿いにたどり着くのが難しい入り江だったので、別荘地の外からは恐れ知らずな若いカップルがちらほら来る程度で、ほとんどの時間は僕らの貸し切り状態だった。バカンスのあいだ、ノヴェッリに導かれ、僕がマスク越しに隅々まで調べた海底には、タコの巣穴もあれば、イソギンチャクやウニもたくさんいて、高さが手のひらふたつ分はあり、どこも折れていない、紫がかったサンゴの群体までいた。

毎朝、最初に起きるのは僕で、いつもひとりで浜に向かった。海は凪いでいて、今日こそは沖まで泳いでやろうと思うのに、たいていはのんびり浮かんでいるだけだった。家に戻れば、ノヴェッリの子どもたちが所在なさげにうろついていて、食べ物を探し回り、戸棚から小袋入りのビスケットを取り出しては嘘みたいな場所に放置した。ロレンツァのいるベッドに戻ることもあった。彼女もそのころには目を覚ましていたが、部屋でぐずぐずしていることが多かったのだ。シーツはいつだって砂で少しざらついていた。特に足元だ。ほかの寝室と隣りあっているせいで愛を交わせぬことに僕らはどちらもほっとしていた。

楽しんでるかい？　僕はしつこいくらいに彼女にそう尋ねた。

素敵な場所だとは思うわ。

やっぱり楽しくないんだね。でも、僕らバカンスにはずっとアルマとファブリツィオと行っていたから。

だからなんだって言うの？

別に。ただ、君も少しは努力してもいいんじゃないかな。

アルマとファブリツィオと一緒の時、あなた努力してた？

あのふたりはどっちかと言えば、僕よりも君の友だちだったよね。

そんなふうに思ってたんだ。今さら言わないでほしいんだけど。

ノヴェッリと僕は毎日、岸に接近し過ぎているヨットの存在を電話で通報したが、沿岸警備隊は一度も姿を見せなかった。昼前には彼とサン・テオドーロまで買い物に出かけ、野菜を買ったり、リコッタチーズを使ったサルデニア名物のドルチェを——いつも結局、誰も食べないのに——買ったりした。それから魚屋で順番を待った。リグリア出身のノヴェッリは魚介類にとても詳しくて、店主と議論し、時には過剰なほど粘り強く値引き交渉をした。スーパーの鮮魚コーナー育ちの僕に範を示したかったのだろう。そして店を出れば、ほら見てくれ、こんな魚、フランスじゃまずありつけないよ、とそればかり言った。

彼のイタリアに対する態度はアンビバレントだった。パリというきらめくコスモポリタンな町に暮らしていることを誇り、自慢したかと思えば、故国に対しほとんど子どもっぽい郷愁を見せもした。カロリーナは逆に、フランスへの嫌悪感を隠そうともしなかった。彼女はオ・ラ・ラー、ア・ボン、ヴォワラ、オップ！　といったパリの住人がよく使う感嘆詞を交えつつ、彼らの辛辣な物真似をし、あの連中は揃って階級差別主義者で怠け者だといつも決めつけた。ある晩、みんなでテラスで夕食をとっていた時に、ロレンツァが我慢できなくなって、口を開いた。そういうのって全部ただのステレオタイプじゃない？　するとカロリーナは、全部、正真正銘の事実よ、保証してもいいわ、と言い返した。いいえ、こっちこそ保証するけど、そんなの嘘。

水かけ論が続いた。ノヴェッリがお得意の言葉遊びで介入し、話題を変えなければ、取り返しのつかない事態になるところだった。


僕とノヴェッリは夜、みんながもう寝たあとで、最後にひと泳ぎをするようになった。空気がひんやりとする割に水は温かく感じられ、日中よりも長く浸かっていられた。その穏やかな時間に僕らは何度か話しこんだことがあった。正確に言えば、こちらはたいてい彼の話に耳を傾けていただけだった。ノヴェッリは問いかけよりも回答を得意とするほうで、僕はその反対だからだ。妻同士の喧嘩を回避したあの夜は入り江の南のほうで火事があり、岬の黒いシルエットにぽつんと赤い傷口が出来ていた。

カロリーナはこれ以上パリには住めないと思うんだ。少し暗い声でノヴェッリは言った。とにかくフランス人を目の敵にするが、根本的な問題は、あいつがあの町で退屈しているということなんだよ。このところ同じ愚痴ばかり聞かされるようになった。

どんな？

彼は濡れた手を頭にやって髪を撫でた。働きたいんだそうだ。わざわざ働いてもらわなくても暮らしていけるんだけどね。もちろんそう贅沢はできないが、食うには困らない。

そういう自分は仕事なしでも充実できると思うかい？　わたしは関係ないだろう？　平等ならいいってものじゃない。それにあいつはこれまでずっと働かなくても満足していた。どうしてもこれがしたい、それがわたしの夢だ、といった話も一度も聞いたことがないしな。

驚くほど強い語気で彼は断言し、こう続けた。いずれにしても、今年の冬にはみんなでイタリアに戻るよ。もう決まってるんだ。

聞けば、彼の生まれ故郷のジェノヴァの大学で正教授の公募が予定されていて、募集資格は大学外部の人間に限定されているが、実は最初から彼のために用意された出来レースなのだという。何しろわたしは大学に研究助成金をたっぷりもたらす男だからね。ノヴェッリはそうつけ加えた。

僕らはしばらく海辺の火事の輝きを見つめていた。消防用飛行艇が休むことなく行き来して海水を投下したが、たいした効果はなさそうだった。

ノヴェッリは言った。これが災害でなければ、最高のショーなんだがな。

二週目、ロレンツァはずっとひとりきりで過ごすようになった。ビーチの片隅で何時間も本を読んでいるか、さもなければ寝室にこもっていた。みんなと一緒に過ごさざるを得ない食事のあいだは、ほとんど口をきかなかった。カロリーナとの性格の不一致はもはや誰の目にも明らかだった。ロレンツァの言い分が正しいことも多かったが、気づけば僕は妻の味方を自然にすることができなくなっていた。カロリーナの威圧的な物言いが不愉快なのも事実なら、ノヴェッリがみんなの会話をほぼ常に独占してしまうのも事実だった。彼は僕の意見にもあまり関心を持たなかったが、ロレンツァの意見については完全に無関心だった。それでも彼女はあんな態度を取るべきではなかった。

わたしは間違っちゃいないわ。ある晩、寝室で、僕から改めて反省をうながされた彼女は言った。声を落とせと僕が身ぶりで示すと、彼女は小声で繰り返した。わたしは間違ってないから。それ以上、つけ足すべきことは本当に何もないとでも言いたげだった。

しかし最終日の前日にはみんなでモーターボートを借りた。六人で乗っても結構余裕があるボートで、船舶免許を持つノヴェッリが運転した。タヴォラーラ島をぐるりと回って、所定の投錨地で何時間かボートを停めた。そこは水の色がカリビアンブルーだった。密漁に当たるが、ノヴェッリはナイフを使って牡蠣を獲った。彼が自分の手の上でロレンツァのために牡蠣にレモンを絞ると、彼女はそこから直接、吸うようにして食べた。彼女も機嫌を直していたのだ。

僕らは船の上で海老を生で食べ、白ワインを飲み、子どもたちは船のまわりでマスクを着けて泳いだ。家に戻るころにはもう日が暮れていて、みんな陽気だった。それからまたワインの栓を抜き、夜も更けるまでテラスにいた。明かりはずっと消したままだった。肘掛け椅子から立ち上がって電気のスイッチのところまで行くのが、みんな面倒だったのだ。僕はビーチに行こうと提案した。最後の夜だったし、風がそよとも吹いていなかったからだ。ロレンツァは迷っていたが、せっかくいい一日を過ごしたのに今さらムードを壊したくなかったのだろう。水着を着てくる、と彼女は言った。でも僕らは止めた。ぐずぐずしていたらせっかくの勢いが失われてしまう。

ふらつきながら、僕らは歩きだした。岩のあいだを抜ける小道を携帯電話のライトで照らしながら進んだ。月は出ていなかったように思う。いずれにせよ真っ暗闇だった。なぜなら光を一瞬だけ浜から海に向けた時、裸のカロリーナが見えたのを覚えているからだ。彼女は膝まで水に浸かって立っていた。ロレンツァも見たはずだ。カロリーナの恥丘の、まわりより少しだけ色の濃い三角形を。そしてロレンツァも僕と同じように、カロリーナが僕らを待っているのを感じたのかもしれない。だからかどうかわからないが、彼女は足を止めて僕に言った。わたし、やめとくわ。

ノヴェッリはもう妻のほうに向かっていて、彼の足が立てる水音がした。それに白い尻もちらりと見えた。宙に浮いたふたつの風船みたいだった。そこまで来て泳がないのは不作法というものだ。だから僕は言った。そう言うなよ。するとロレンツァは、あなたは行ってちょうだい、とにわかに疲れを帯びた声で答えた。頼むよ、僕は彼女に近づきつつ、ささやいた。その時だった。彼女は、僕がそれから何度も振り返ることになるこんな言葉を発した。あなたには本当すまないと思ってるの。

なんのこと?

本当にごめんなさい。彼女はまた言った。でも、あなたはまだ間にあう。だから行って。というより、行くべきよ。せっかくの機会なんだから。

いや、僕にその手のことをするつもりはまったくない、そう答えることができなかった。ノヴェッリとカロリーナが僕らを待っている。僕はおそらくそちらのほうが気になって仕方なかったのだ。ほら携帯、渡して。ロレンツァが言った。持っていてあげるから。彼女は僕の携帯電話のライトをビーチの横のほうに向けた。光に照らし出される者はなく、無機的な岩のでっぱりがひとつ見えた。

僕は服を脱いだ。僕らを急かすカロリーナの声がした。先ほどよりもいくらか沖のほうに移動したようだった。少し泳いで、ふたりに追いついた。

ロレンツァはどうした？　ノヴェッリが尋ねてきた。

寒いからやめておくって。

もったいない！　だが彼の声はさほど残念そうではなかった。カロリーナが僕らに呼びかけた。ねえ上を見て、凄い！　でも僕は岸のほうを振り返った。ロレンツァの姿はなんとなくしかわからなかった。ライトを消してしまったためだ。それとも、と僕は思った。ロレンツァはもうあそこにはいないのかもしれない。ひとりで小道を歩いて、家に戻ったのかもしれない。

僕の携帯電話にはサルデニアでの日々の写真が残っている。テラスにいる僕ら四人。何かで笑っているカロリーナ。片脚を椅子の上で折り、手の指に煙草を挟んでいる。ふたり乗りのカヌーにロレンツァを乗せて遠ざかっていくノヴェッリ（ふたりの姿が磯の向こうに消え、そのまま三十分は戻らなかった時、僕が覚えたいわれのない嫉妬）。ライフル型の水鉄砲を抱えたノヴェッリの子どもたち。またロレンツァ。モーターボートのへさきに寝転がっている。写真のなかの彼女はどれも僕の記憶よりもずっと幸せそうだ。

二〇一七年の夏を僕はこんなふうに、一分もかけず、早送りすることができる。親指を動かすだけで、何も理解せぬまま。オンライン星占いのスクリーンショット。僕とすべての射手座たちに対して今週は「知的自信」が不足しがちだから気をつけろと警告する内容だ。こちらに背を向け、バンジージャンプの踏み切り台に立つ男の動画。既にハーネスは装着済みで、撮影者に向かって、ＯＫ、と言うと、悲鳴を上げながら男は飛び降りる。画面が何度か大きく揺れてから、ずっと下のほうの、渓谷の上で宙吊りになった姿が見える。カロルが送ってきた動画で、跳んだのも彼だ。八月十七日のバルセロナのテロを報じる記事のスクリーンショット集。ロレンツァか僕が気に入ったけれど、結局、買わなかった天井灯の写真。眠る男。誰なんだか見当もつかない。また別の眠る男（誰が僕にこんな写真を送った？　それもどうして？　逆に僕が誰かに送った写真、という可能性はあるだろうか。ライブラリの写真に撮影状況の説明は一切ない。日付しかわからない）。プーリアのレストランの料理。また別のスクリーンショット。今度はニュースサイトの画面を保存したもので、有毒な花を使ってリゾットを作ったヴェネト州の夫婦の死亡事故の記事と、ある種の口腔癌はオーラルセックスが原因かもしれないとする記事が並んでいる。

エウジェニオの米国出発をまとめたスライドショーもある。BGMまでついている。アイフォーンが僕に観ないかと定期的に提案してくるスライドショーで、個人的にはそんなものは作らないでほしいし、僕の思い出はもっと慎重に取り扱ってほしいとも思うのだが、結局、提案されるたびに観てしまう。エウジェニオがスーツケースを横に置き、Vサインをしている写真。でもよく見れば、戸惑っているのがわかる。別の写真では、泣いているロレンツァを抱きしめている。その次の写真で彼はもうこちらに背を向け、保安検査場の向こうにいる。アイフォーンが選んだBGMは『ワイルドでいこう！』で、一見、スライドショーのどの画像ともぴったりな選曲だが、アイフォーンのアルゴリズムがあのフィウミチーノでの朝のことを実は何ひとつ理解していないという事実もよく示している。空港のホールで四人が――僕と、ロレンツァと、エウジェニオの父親と、そのパートナーの女性が――揃って顔を合わせた時の気まずさはもちろん、あの子が四人に別れを告げる順序を僕が記憶に留めたことも、保安検査の列にまぎれていよいよその姿が見えなくなった時、僕を襲った悲しみもアイフォーンはわかっちゃいない。あの悲しみには完全に不意を打たれた。しかもエウジェニオを思っての悲しみだったのか、自分のことが悲しかったのかもわからなかった。

さて、九月に進もう。ランタ島のリゾートの写真。行こうかどうしようか、ロレンツァと検討だけした島だ。地下鉄で『ワンダー』を読むノヴェッリの娘。米国で新生活を送るエウジェニオ。ドナルド・トランプとキム・ジョンウンの風刺画。北朝鮮が百キロトン規模の水素爆弾を爆発させたのを受けて描かれた絵だった。あの核実験については、クルツィアと議論した確かな記憶がある。エスカレーションの危険が現実にあるのかどうかを彼女と考えたのだが、出た結論は、その懸念は主に僕だけのもの、だった。それほど僕はもう原爆のことで頭がいっぱいだった。

ポンピドゥー・センターの入場券とフランス語で記された映画ポスターの写真が、十月に僕はパリに戻ったと告げている。ジュリオとアドリアーノについての証言を提出する時が来たのだ。それまで何カ月も僕はふたりのことをあれこれメモしてきた。そこにはキーワードのリストもあって、気配り、楽しさ、協調性といった抽象的な言葉が並んでいた。でも、ありがちな文句の寄せ集めにはしたくなかった。やはり印象に残る証言にしたい。だから最終的には、ひとつのエピソードに集中することにした。

ある日、サンジェルマン・デ・プレの、画廊が集まったエリアで、僕らはアフリカの仮面を扱う店の前で足を止めた。ジュリオはアドリアーノに対して仮面をひとつひとつ、それがどこのものので、どんな魔力を持つとされているか説明していった。ジュリオの造詣の深さはショーウインドゥ越しに店主にも伝わったらしい。男性は僕らを店内に招き、今度は自分で解説をしてくれた。仮面はどれもあり得ないような値段がついていて、要するに「未開の大地アフリカ」の伝説をもってパリの住人の家々を飾るための高級装飾品だったが、その点は僕らにとってどうでもよかった。重要なのは、アドリアーノがそのあいだずっとおとなしく、集中していて、いつものようにいらいらしたり、癇癪を起こすこともなかった、という事実のほうだった。男の子のそうした行動のせいで、少し前にジュリオは幼稚園の教諭に呼び出され、注意欠陥多動性障害《ADHD》の疑いを伝えられたばかりだった。あの店でジュリオは僕をちらりと見やった。一瞬のことだったが、その視線は雄弁にこう語っていた。ほらな、見ただろう？　これが俺の息子の本当の姿だ、連中の言うことなんてでたらめなんだ。実際、アドリアーノがあんまり熱心に耳を傾けていたので、最後に店主も彫刻が施された木片をひとつ男の子にプレゼントしたほどだった。おそらくはなんの価値もない品なのだろうが、アドリアーノはあの日、それからずっとその木片を握りしめていた。今までいちばんの宝物みたいに。

　僕は証言をジュリオの弁護士に渡し、フランス語訳の出来のひどさを先に詫びた。そちらで適当に修正してください。意味さえ同じなら僕は構いません。

　とても感動的ですね。僕の文章を読んで彼女は言った。でも実を言えば、草稿をご用意してあったんですよ。そう、僕はわざわざパリに行く必要などなく、先方の用意した証言に署名をし、それをスキャンしてメールで送るだけでよかったのだ。でも、せっかくこうしておいでになったことですし。

弁護士は内線で部下に電話し、用意済みの草稿をプリントするよう求めた。それが届くのを待つあいだ、ジュリオは弁護士と話していた。思いがけず打ち解けた雰囲気で、彼が相手のことを深く信頼しているのがよくわかった。

新しい証言は簡潔だった。要するにその文章で僕は、彼との長年のつきあいに鑑み、ジュリオが立派な人間であることを保証し、自分の観察した限りでは彼の息子に対する態度も常にフェアであったと保証していた。書類にサインをしながら僕は、父親とその子どもの関係を表現するために「フェア」なんて言葉をよく選べるものだと呆れていた。

弁護士事務所を出ると、ジュリオと僕はしばらく歩いたが、奇妙な雰囲気だった。何カ月ものあいだ僕らを結びつけていた任務が完了した今や、かわすべき言葉もほぼない、そんな感じだった。僕はちょっとがっかりもしていた。今度のことではもっと決定的な役目をはたすつもりでいたのだ。いわば自分とは無関係な人生の主要登場人物として。

ジュリオは裁判の進捗状況を僕に教えてくれた。でもひどく面倒くさそうで、僕がわざわざまた飛行機でやってきて、しかもそれが無駄足だったものだから、義理で仕方なく説明しているというふうだった。ジュリオは子どもの学校選びを巡る闘いに敗れ、アドリアーノはパリ七区にある公立小学校に通いだした。ジュリオはその学校の何もかもが気に入らなかった。教育メソッドも、教師陣も、エリートの子息ばかりの環境も。

あの女、いったい何を考えてんだか。元妻を彼は批判した。俺たちにはアドリアーノにクラスメイトとかろうじて肩を並べられる程度の暮らしをさせる余裕すらないのに。無論、リュックの野郎に頼らない限り、という話だが。

それでもコバルトの理屈に裁判官は納得した。七区の小学校からスタートすればアドリアーノはパリでも最高の高校のどれかに進学できるはずで、そこからならグランゼコール（エリート養成を目的とする特別な大学）に進むのもずっと楽になるはずで、豊かな将来が期待できるという理屈だ。

支配階級のやつらの緻密な戦略だよ。ジュリオは言った。社会のエレベーターが出発時点の六歳で固定されてしまうんだ。学校制度に柔軟性がないものだから、途中から割りこむことは誰にもできない。特権を確実に維持する仕組みさ。

彼がその辺のことを勉強したのは間違いなかった。何冊も本を読み、自らの状況をなんらかの抽象的な経済メカニズムに照らしあわせて一般化したのだろう。政治が思いがけぬかたちでジュリオの日常に戻ってきたわけだが、二十歳の時の政治が能動的な政治であったとすれば、今度のそれは受動的な政治にほぼ限られていた。二十歳の時の政治がデモ行進のオルグや、過剰な人脈作りに結実したとすれば、今度のそれは世界で最も孤独な活動だった。

ジュリオが新たな形態の不平等を研究している間に、コバルトは彼に対する攻撃材料を驚くほど大量にかき集めた。たとえば幼稚園の教諭たちの報告書。そこにはアドリアーノの父親が彼女らに対してどんなに敵対的で、非協力的であったかが記されていた。児童心理学者の鑑定書まで出てきて、男の子は長い期間を父親とともに過ごすと、必ず発疹や便秘といった身体的なストレス反応を示すと記されていた。ジュリオに言わせれば、そんな症状は今に始まったものではなかった。

そもそも彼は息子がその手の検査を受けることに同意した覚えがまったくなかった。彼の弁護士がその点を追及すると、裁判官は元妻の非を認めた。だからコバルトの動きが最終的には彼女の不利に働く可能性もあるという。

来てもらったのになんだか悪かったな。彼に謝られた。

僕らはその時、アラブ世界研究所の前の橋の上にいたのだが、ふたりが別れるまでにさらに十分はかかった。

いや、本当に悪かった。別に構わないさ。

彼がそれ以上、何も言わないので、僕は、わかったよ、とだけ答えた。そして僕らはさよならを言った。こちらの出発前にもう一度会おうかという話にもなったが、どちらも本気ではなかった。

その時はノヴェッリの家に厄介になっていた。彼の家に空き部屋があって、ソファーで寝起きするよりも楽だろうし、仕事にも集中できそうだから、というのが表向きの理由だった。でも実際は、ジュリオもわかっていたはずだが、特にバカンスを一緒に過ごしてから、僕の気持ちはもはやノヴェッリの側に傾いていたのだ。ジュリオはそんな変化を平然と受け入れた。僕らのような大人の男のつきあいに嫉妬の入りこむ余地はなかった。しかしコンビが変わったあとで彼と改めて会うのは違和感があって、なんとなく気まずかった。まるで変化の原因に裏切りでもあったみたいに。弁護士事務所に入る前に、彼はわざとのんきな口調で嫌みな質問をしてきた。それで？　向こうの居心地はうちよりいいかい？

ああ、いいよ。少なくとも家族のぬくもりがあるからね。本音を言うなら、そう答えるべきだったのだろう。そして、どうか腹を立てないでくれ、君のせいではないのだから、とでもつけ加えていたはずだ。その手のぬくもりを求めてしまう弱さが自分にあることは前々からわかっていた。昔からの願望だが、原因はよくわからない。たとえば早くも小学生の時には、自分の家より、近所のヴェトナム人の女の子の家でなるべく長い時間を過ごすようにしていた。その子の名前は訳すと「ゆっくり動く雲」という意味だった。彼女の母親は複雑なパズルが好きで、いつも何千というピースが床一面を覆っていて、夕食のあとはよくみんなでライチのシロップ漬けを台所で食べた。

別れて数時間後、ジュリオからメールが一通届いた。彼の弁護士からのメールを転送したものだった。件名から親権争いに関する書類だとわかったが、読む気になれなかった。僕はノヴェッリの家にいて、イタリア料理レストランでテイクアウトしたピザで夕食中だった。イタリアのピザだ、イタリアのピザだ、だから生地もこんなにおいしいんだよ、と子どもたちははしゃいだ。僕はそれほどではないと思ったが、味なんてどうでもよかった。最上階にあるその家を満たすやわらかな光、箱のなかの余ったピザ、裸足でソファーの上で立ったり、ジャンプしたりしている子どもたち、それだけで満足だった。明日にはローマに帰るのだから、この安らぎのひと時をどうか邪魔しないでくれ。そんな気分だった。

いずれにせよ僕の願いはかなわなかった。カロリーナが下の男の子を別の部屋へ寝かしつけにいき、僕とノヴェッリは映画を見始め、早くも僕がうとうとしだしたころ、爆発音が立て続けに聞こえたのだ。カロリーナが居間に戻ってきて、すぐに真っ青な顔になった。ノヴェッリと僕がそれぞれの携帯電話をつかむと、爆発音に関する最初の投稿がツイッターのタイムラインに流れだした。どうやら爆発があったのはエッフェル塔付近のようで、そこからは結構な距離があった。僕らはとにかくバルコニーに出て、しばらく耳を澄ました。眼下の通りは人影もなくがらんとしていた。

少ししてノヴェッリの娘もやって来た。銃の連射のような音がした。今のって銃声？　それとも爆弾？　娘にそう尋ねられ、マシンガンみたいだったな、とノヴェッリは答えた。

彼女は僕に、学校で月に一回、訓練があるのだと教えてくれた。校長が角笛を吹いて（中世に使っていたような角笛だという。いったいなぜだろう？）警報を出すと、教師は窓を閉め、カーテンを閉じて、明かりを消す。そのあいだに数人の生徒が、重ねた椅子で教室の扉を押さえて閉鎖する。全員机の下に丸くなり、携帯電話の電源を切る。着信音が鳴らないようにするだけでは駄目で、電源を切るのだそうだ。なぜならバタクランで誰もが死んだふりをしていた時、犯人たちが二階正面席から平土間席を見下ろし、床に横たわる体のそばで携帯の画面が光るたび、そこを狙い撃ちにしたからだ。それからね、じっと黙って待つの、と少女は続けた。待つって何を待つんだい？　僕は尋ねた。カラシニコフを構えた誰かが教室に突入してくるのを待つのかと思ったら、答えはこうだった。角笛がもう一度鳴るのを待つのよ。初めのころは訓練のたびに、彼女を含めてみんなが泣いていたが、今やすっかり慣れっこで、最後の訓練など眠ってしまったそうだ。

クルツィアに何か知っているかとメッセージで訊いてみたら、彼女もフランスにいた。不吉な符合だった。ただしパリではなく、カレーに到着したばかりで、ジャングルと呼ばれた移民キャンプの強制撤去から一年が経ったので、現況を取材に来たのだという。パリのテロのことは何も知らず、彼女もツイッターで情報収集を試みているところだった。そこで指先にノヴェッリの視線を感じた。僕は何か言われる前に言い訳をした。彼女なら通信社の筋で何か知っているんじゃないかと思ったんだ。もしかしたら、現場に行ってみたほうがいいのかもしれない。

結局、僕らは家のなかに戻り、また映画を観だした。そして何時間かして、実はテロなどなかったとわかった。花火だったのだ。しかも当局の許可も取った花火で、ウォシャウスキー姉妹が監督するネットフリックスのドラマの撮影現場で打ち上げられたものだった。

翌日にはいくらか論争が起きた。当局も現場周辺の地区住民には通知メッセージのシステムで予告してあったのだが、気象条件のせいか、花火の音は相当遠くまで届いてしまったのだった。ラジオ番組から電話でコメントを求められ、ノヴェッリはまず皮肉を飛ばした。それから真剣な口調になって、今や我々の暮らしのなかで現実と暗示がどれほど奇妙なかたちで入り混じっているかを論じた。僕は朝食をとりながら彼の声に耳を傾け、携帯電話を耳に当てた彼がそこらを歩き回り、空いた片手でジェスチャーをしながら語る姿を眺めていた。そして改めて、彼の見事な話術に感嘆した。

僕のインタビューを受けて以来、ノヴェッリは活動範囲を徐々にイタリアにまで広げ、地震や土砂災害、異常豪雨や火山噴火の際にコメントを求めるべき識者のひとりとして知られるようになった。彼がノーベル賞受賞者としてメディアで紹介されているという事実も知名度アップには間違いなく貢献したはずだ。それはやや誇大広告的ではあるが、完全なデマでもなかった。十年前、気候変動に関する政府間パネル《IPCC》がアル・ゴアとともにノーベル賞を受賞した時、ノヴェッリはこの専門家集団の数少ないイタリア人メンバーのひとりだったのだ。ほかにも何十名という科学者が名を連ねる組織ではあったが、それは些細な事実と言ってもよかった。

ローマに戻る僕をノヴェッリはバス停まで見送ってくれた。空はのっぺりとした白い雲に一面覆われていた。高層雲だ。彼とつきあううちに覚えた名前だった。そうした空模様は、僕の左目の白内障の症状を悪化させた。いつものように両目を交互に閉じて、視界が改善するかどうか試してみた。この癖はエウジェニオにもうつってしまった。

ノヴェッリは彼の一族がジェノヴァに所有する家を直して住めるようにしたいという話をしだした。できるだけ早いうちに修繕を始めたいんだ。カロリーナがパリ暮らしのせいで精神的に相当参っているからね（それは僕も気づいていた）。あいつは今じゃ地下鉄にも乗らなくなった。映画館やレストランに行くのも嫌がる。しかも最近じゃ、自分の不安を子どもにまで押しつけるようになった。たとえば会場が屋外だからという理由だけで友だちの誕生日のパーティーに行かせなかったりするんだ。何をどう言ってもわかってくれなくてね。

バス停に着いてから、彼はこんなことを言いだした。ああ、忘れるところだった。わたしは近々、君の同業者になるようだよ。

その口調を聞けば、忘れていたどころか、むしろ逆に、いつ切り出そうかとずっと迷っていたのは明らかだった。
＊＊＊に連載を頼まれたんだ。環境問題についてのコラムを書いてくれとね。狂ってるよな？正直なところわたしだって、研究やら授業やらで忙しいんだから。ただ、ここで逃げるのはよくないと思ったんだ。にわか仕込みの識者どもをこのままのさばらせておくわけにはいかないしな。無論、否定論もなんとかせねば。我が国には今、最低限の科学的厳密さというものが求められているんだよ。
僕は＊＊＊という新聞は思想的にかなり偏っていて、彼自身の主義とはあまりそぐわないはずだと指摘した。

新聞なんてみんな偏っているさ、と彼は答えた。君の書いている新聞にしたってそうじゃないかい？　それにはっきり言って、今時、本物の政治思想的な違いなんてありやしない。あるのは、真実を受け入れるか、拒否するかの二派だけだ。

そうこうするうちにバスが歩道に横づけされた。ノヴェッリはもっと議論を続けたい様子だったが、もはや時間がなかった。こちらを驚かせようと思ってぎりぎりまで待った自分が悪いのだ。

そのうち文章の書き方のコツでも君に教えてもらおうかな。ノヴェッリはそう言ったが、彼からその手の質問が来ることはまずないはずだった。頰を寄せあって挨拶をしてから、僕はバスに乗った。

バスが走りだすと、僕は車窓からノヴェッリを振り返った。彼はまだ同じ場所に、思案顔で、ポケットに両手を突っこんで立っていた。乗車間際、僕は感情を顔に出すまいと努力した。ただ、なんとなく名残惜しい気分はお互い様だったらしい。数分後には彼からメッセージが届き、その文面が改めて僕に別れを告げ、早く戻ってくることを願うものだったからだ。僕と彼のあいだでは普段、その手の意思表示はする必要も習慣もなかった。僕はこちらも同じ気持ちだと返してから、彼が新たな活躍の場を得たことを祝福する言葉を添えた。

そのあと、搭乗ゲートでの待ち時間に、僕はジュリオのメールを開いた。冒頭に彼の説明は一切なく、あるのは転送を繰り返した痕跡と添付のPDFファイルだけだった。ファイルの中身はコバルトが自分の弁護士に送った覚え書きだった。フランス語で記されていたが、文章の構造を見れば、もともとはコバルトが第一人称（「わたしは〜」）で記した文章を、より中立的な第三人称（「彼女は〜」）に書き直したものだと僕にもわかった。文中、彼女はマダムVと呼ばれていた。

コバルトは、生まれたばかりのアドリアーノとジュリオと三人でジュネーブに暮らした時期のことを語っていた。一家がジュネーブに移り住んだのは、彼女がヨーロッパ合同原子核研究機構《セルン》で研究職を得たためだった。給料はよかったが、物価の高いスイスでの生活には不十分で、しかもジュリオが勤め先を見つけられずにいた。にもかかわらず彼は過去の習慣を少しもあきらめようとはしなかった。特に旅行だ。彼には夫婦の当時の経済状態に対する現実感覚が欠落していた。ジュリオはそう定義されていた。

僕はファイルを最後のページまでスクロールした。そして、斜体で記されたある単語に目を引かれた。gaslightingだ。意味を調べてみた。「ガスライティング」は心理学の用語で、計画的なマインドコントロールにより被害者の記憶を混乱させ、自らの記憶を疑うように仕向ける行為のことだった。多くの暴力的状況で用いられる技術で、社会病質者《ソシオパス》がしばしば用い、抑圧的な政権による活用例もある。心の深層にまで作用するため、被害者を激しく混乱させ、自殺に追いこむことすらあるという。

僕は読むのをやめた。少し吐き気がしていた。乗客たちはもう列を作っており、僕も最後尾に並ぶべきだったが、座ったままでいた。搭乗手続きが始まり、目の前の列が徐々に進みだした。

僕の前を最後に過ぎたのはひとり旅の若者で、十月のローマには大げさな厚手のジャケットを着ていた。僕の名前が一度、二度、三度とアナウンスされた。ガラス窓の向こう、飛行機が筒状の搭乗橋を離れ、滑走路に向かうのが見えた。そこでようやく僕は立ち上がった。そして保安検査の順路を逆に進んで、ターミナルを出た。

# 第二部

## 雲

一九四五年八月九日の深夜、爆撃機ボックスカーはマリアナ諸島のとても小さな島、テニアン島から離陸した。テニアンは一年前に米軍が占領したばかりの島だった。B29の行き先は、というよりもその貨物室に収められた原子爆弾を投下すべき目標はコクラ市、陸軍の兵器工場がある町だった。

真っ黒だった海が朝日に照らされるまで太平洋上を長距離飛行し、その上、撮影担当の別の爆撃機に合流予定地点で待ちぼうけを食らったせいで、ボックスカーは予定時刻よりも遅れてコクラ市に到着した。それが午前十時四十四分、町は雲に覆われていた。やけに黒い奇妙な雲で、自然発生した雲の可能性もあったが、どこかの空襲の煙が風で流れてきたのかもしれなかった。いずれにせよその雲が、チャールズ・スウィーニー少佐の視界から攻撃目標を意地悪く覆い隠してしまっていた。

B29はしばらくその場を旋回し、天候の回復を待ったが、雲が晴れる気配はなかった。よりによって原子爆弾を積んでいるその日に、自分たちが逆に攻撃目標となるのを避けるため、搭乗員一同はとうとうコクラの攻撃をあきらめた。十一時ごろ、ボックスカーは南に向かった。同じキュウシュウにあり、攻撃目標候補リストでコクラのすぐ次に並んでいた町を目指して。その町の名はふたつの言葉で構成され、同地の地形的特徴を示していた。「長い」を意味する「ナガ」と「岬」を意味する「サキ」で「長い岬」、ナガサキだ。

そうした事情をタナカ・テルミが知るのは、長い歳月が経ったのちのことだ。一九四五年の夏、テルミはまだ十三歳で、中学一年生だった。上級生たちが毎日、兵器製造に精を出していたのに対し、テルミとその同級生の勤労奉仕は一日おきで、今朝が授業なら、明日の朝は作業、その繰り返しだった。作業では竹槍を作ったり、敵の戦車の上陸に備えて浜辺に落とし穴を掘ったり、ガソリンの代用燃料となる野生の葛を収穫したりした。

米軍の空襲は当初、戦略的目標のみに集中していたが、今や一般市民も戦闘員とみなされ、攻撃対象となっていた。八月頭の時点でナガサキはヒロシマやコクラと同じく、まだ無傷な都市のひとつだったが、空襲警報はそれでもよく鳴った。警報が鳴るとテルミはいつも森に逃げた。だからあの夏、少年の日々は、自宅、学校、浜辺、森という狭い範囲に限定されていた。

正確を期せば、小規模な空襲ならばナガサキでも既にあった。それもほんの数日前の七月二十九日から八月一日にかけて。ただし被害にあったのは主に西の工業地帯で、テルミが住んでいたのはナカガワマチという、中央の谷にある地区だった。ある日、授業中に警報が鳴りだしたことがあった。テルミと学校の仲間たちは山を駆け登り、高みから爆撃機を観察して、それが工場のみを狙った攻撃であるらしいと知った。ほっとした彼らは、爆撃が終わるまで見届けた。「妙に落ちついた気分でした」タナカ・テルミは僕に言った。あの夏から八十年近くが過ぎて、僕のインタビューを受けた時のことだ。

そして八月六日がやってきた。一発目の原子爆弾、リトル・ボーイがヒロシマに投下された。テルミはその知らせを翌日にラジオか新聞で知った。もちろんそれが原子爆弾だということは知らなかった。なぜならそんな兵器は単に存在していなかったからだ。報道ではもっと漠然とした「新型」爆弾という呼称が用いられ、被害規模は現在確認中であるとされた。白い服を着たほうがいいらしいという噂も流れていたが、被曝を防ぐためではなく（放射能も存在していなかった）、新型爆弾が「非常な高温を発するため」とされていた。

こうしてナガサキにおけるテルミの生活は八月六日から九日にかけても普段どおりに進んだ。例のごとく、自宅、学校、浜辺、森だ。九日は勤労奉仕ではなく授業の日だった。でも八時ごろに警報が鳴った。警報には二種あった。重大な危険の可能性を告げる空襲警報（この場合、防空壕への退避が義務づけられていた）と、注意を呼びかけるだけの警戒警報だ。九日の朝は、空襲警報はまもなく鳴りやんだが、警戒警報がいつまでも解除されなかった。テルミは警戒警報もどうせすぐに終わるだろうと思っていた。そろそろ家を出て、登校しないといけない。「でもとても暑かったので、僕は裸になっていました。それでもう少し、パンツ一丁で畳の上で寝そべったまま、本を読んでいたんです」。

そうしてぐずぐずしているうちに、少年は飛行機の音に気がついた。既に耳が鍛えられ、機種を判別できるようになっていたから、B29だとわかった。エンジンを四基積んだB29はとりわけ大きな音がする。テルミは窓に近づき、爆撃機の機影を空に求めた。その日はナガサキの上空にも雲が出ていた。ただしコクラのような一面の雲ではなく、あちこちに浮かんでいる程度で、B29もそのどこかの陰に隠れているようだった。

テルミは振り返り、さっきまで寝そべっていた場所に戻ろうとした。部屋は狭い六畳間だった。二歩も進んだかどうかというところで、閃光が走った。「あの光を特定の方向から届いたと説明する被爆者もいますが、わたしの場合は違いました」。閃光はどこか特別な方角から届いたのではなく「一瞬であたりを満たしたんです」。テルミは「ほかのどんな光とも違う」真っ白な光に包まれた。

彼の部屋は二階にあった。閃光に驚いたテルミは階段を駆け下りた。彼が一階に下りるまでに光の色は立て続けに変わった。白から青へ、さらに黄色へ、赤へ。最後にはとても濃い赤色になった。順序は違っていたかもしれないが、今も彼はすべての色を鮮やかに覚えているという。一階も畳敷きで、テルミは学校の訓練で習ったとおりに腹ばいになり、耳と目を両手で覆った。その姿勢のまま、爆風に襲われ、気を失ってしまう寸前に、少年はあんなにも濃い赤色の光の意味を考えた。何かとても大きなものがこのすぐ近くで燃えている。

家には母親と、六歳と十歳のふたりの妹もいた。気を失う前に彼は母たちの姿を見ていない。三人はナガサキの民家にはよくある縁側から庭に飛び降りていたのだ。それも直感的に爆心地とは反対側の庭に。

意識を取り戻したテルミは、母親の呼ぶ声を聞いた。少年には母親が見えず、母親にも息子の姿は見えなかった。なぜなら彼は、爆風で飛んできた戸の下敷きになっていたのだ。木枠に曇りガラスが六枚入った戸だった。「あのガラスが割れなかったのは奇跡でした。近所には、割れたガラスや木の破片が刺さって怪我をしたひとが大勢いましたから」。

テルミはガラス戸の下から這い出た。家のなかはめちゃくちゃだったが、建物自体はまだ立っていた。家族は四人とも無事だった。母親は三人の子どもたちを家から百メートルほどの場所にあった防空壕に連れていくことにした。家を出て、テルミは被害の大きさを初めて知った。「どの家族も自分の家に爆弾が落ちたものと思いこんでいました。ところが、どこの家も同じありさまだったんです」。

防空壕はすぐに住民でいっぱいになった。「以前は家ごとにひとつ防空壕があったのですが、それでは安全ではないということで、神社の裏の丘にひとつ共同の防空壕を掘ったんです。とても大きな壕だったように記憶していたんですが、十年前に現地を再訪して、そこまで大きいはずがないとわかりました」。壕は手掘りの横穴に過ぎず、あちこちから水がぽたぽた垂れていた。

「まずナガサキという町の地形を理解する必要があります」やがてタナカさんは僕に言った。「町はナガサキ湾を囲んで広がり、三つの谷に分かれています。西の谷は工業地帯で、わたしの家があった中央の谷は住宅地です。東の谷も住宅地です。そして三つの谷がひとつに合流する地域に県庁をはじめ主な施設が集まっています。B29は当初、そこに原爆を投下する予定でした。最も重要で、人口も密集した地域です。ところがその上空には雲がかかっていたんです」。

そこでスウィーニー少佐は西の谷を選んだ。過去にも空襲を受けたことのある場所だ。工場の多い地域だが、ナガサキのキリスト教徒も集まって暮らし、テルミのふたりのおば、母親の姉ルイと父親の姉コトも住んでいた。

爆発のあと、中央の谷の住人は、山の向こうの西の谷の破壊の程度をしばらく知らなかった。何しろ過去に例のないことであったから、想像もつかなかったのだ。それでも空の色を見れば、隣の谷がひどい火災に見舞われているらしいことは察しがついた。「真っ黒な空に太陽が赤くぽつんと浮かんでいました」。テルミがいくらせがんでも、母親はあまりに危険だとして西の谷へ行くことを許さなかった。

午後四時ごろ、県庁から火の手が上がった。テルミは自分たちの地区まで延焼するのではないかと懸念して見にいったが、幸い途中で風向きが変わった。帰路、春まで自分が通っていた小学校の前を通った。講堂を覗くと、なかは怪我人でいっぱいだった。「少なくとも百人はいたはずです。そこまで車で運んできたのでしょう」。医師も看護師もおらず、三人の婦人がなんとか全員の手当てをしていた。「ほとんどのひとは火傷を負っていましたが寒そうに震えていて、わたしの見ている前で死んでいきました」。誰かが死ぬと人々はその足首と手首をつかんで持ち上げ、校庭に運んだ。死者を荼毘に付すための穴が掘ってあったのだ。

家に戻ると、テルミはなかを少し片づけたが、夜は家族と一緒に防空壕で寝た。そのほうが安心だったからだ。夜になって、行方不明になっていたひとりの娘が帰ってきた。タナカ家に家を貸していた大家の娘だ。女学生で、その朝は西の谷の工場で働いていた。見たところ目立った傷がなかったこともあり、防空壕ではみんな大喜びをした。「終戦を迎える前にあの娘さんは被曝のせいで亡くなってしまいました。ひどい熱が何日も続いたんです」。

八月十二日、爆発の三日後になって、テルミの母親はようやく息子の求めに応じ、ふたりで西の谷に向かい、彼女の姉と夫の姉を探すことにした。親子は森を抜けて山を越える近道を選んだ。約四キロの山道だった。峠に着くと、眼下に西の谷が広がった。谷は一面焼き尽くされ、真っ平らになっていた。「なんにもありませんでした」。破壊を免れたのは工場の鉄筋コンクリートの骨組みぐらいなものだった。

母方のルイおばの家は集落から少し離れた場所に建っていた。だからテルミは思った。もしかしたら火事もそこまでは及ばなかったかもしれない、と。しかし家があるはずの方向を見ると、そこには何もなかった。

山を下りるにつれ、ふたりは多くの遺体と瀕死の人々を見た。置き去りにされ、救助の手も届いていない様子だった。「初めて死体を見た時は母もわたしもおびえましたが、あんまりたくさんあったもので、そのうち何も感じなくなってしまい、ふたりともただ黙って歩きました」。

ルイの家に着いた時もふたりは口をきかなかった。おばの家は燃えてはいなかった。「つぶれていたんです」。ルイの亡き骸は家のそばに置かれ、まさに荼毘に付されようとしていた。その父親にはまだ息があったが、「ひどい火傷で、腕なんて骨が見えてしまっていました」。

そう言いながら、タナカさんは初めてウェブカメラの向こうで姿勢を崩し、片方の前腕を逆の手でさすって、祖父の腕の骨がどこまで露出していたかを示した。そして腕はまた画面の外に消えた。

テルミの祖父は意識もあり、ふたりがそこにいることくらいはまだ理解できた。祖父が水をほしがるので、テルミは手ぬぐいを濡らし、唇に近づけた。「でも祖父の唇はほとんど溶けてしまっていました」。

おばの家にはふたりよりも先に親戚たちが来ていて、トタン板の上に薪を並べ、即席の火葬の支度を整えていた。テルミは最後まで見届けたかったが、母親が反対した。そこでルイの荼毘は彼らに任せて、ふたりはコトおばを探しに向かった。


タナカさんの顔が画面の上で動かなくなった。ほどなく接続も切れた。リョウスケと僕はそのまま十分間ほど待ち、それからリョウスケがタナカさんに電話をかけ、メールを書いたが、返事はなかった。きっと疲れちゃったんだよ、とリョウスケは言った。実際、タナカさんは三時間近く話しっぱなしだった。そのあいだ一度も立ち上がらず、休憩したいとも言わず、時々、手元のカップの飲み物をちょっとすするだけだった。九十歳近いというのに。

タナカさんからは翌日、お詫びのメールがあった。Wi‐Fiの調子がおかしくなったらしい。二週間後にまた会ってもらえることになった。そしてまた三人でオンラインで集まった時、タナカさんは前回、話が途切れたところからすぐに続きを語りだそうとした。でも僕のほうはたぶん、まだ心の準備ができていなかった。ウォーミングアップが必要だった。だからまず、タナカさんの背後の壁にかかった物の正体を尋ねた。それはさまざまな色を使った一枚のマントのような物で、使われている色はどれも紫、緑、紺といった濃い色ばかりだった。タナカさんはマントの端をカメラに近づけ、折り紙の鶴を糸で千羽つないだセンバヅルだと教えてくれた。千羽の鶴を完成させれば、ひとつ願いがかなう、そういう民間信仰があるのだそうだ。タナカさんがどんな願いをこめたのか、僕はあえて尋ねなかった。

ルイおばの茶毘には二時間ほどかかった。テルミと母親はそのあいだにコトおばの家に向かった。ふたつの家は六百メートルしか離れておらず、通常ならば十五分もあれば着けるところだが、少なくとも一時間はかかった。建物という建物が焼き尽くされ、崩れ、吹き飛ばされていたため、瓦礫のあいだを縫うようにして進み、焼失した木造家屋のあとに残された台石をいちいち迂回し、時には乗り越えねばならなかったのだ。

コトおばの家は爆心地からわずか四百メートルの場所にあり、ファット・マンの完全破壊圏内にあった。そのエリアでは遺体も誰のものだか区別がつかず、炭化の激しさのあまり、性別すら容易にはわからない。しかしあの日のテルミにとって「爆心地」という言葉にはなんの意味もなかった。「完全破壊圏」と「ファット・マン」にしても同じだ。なぜならそんなものはどれもまだ存在していなかったから。

テルミと母親は遺体をひとつずつ確認していった。そしてようやくおばの家と思われる家の跡を見つけ、その周囲の遺体も調べた。遺体を起こそうとして「壊して」しまうこともよくあった。持った端から砕けてしまうのだ。それでもついにふたりは、コトおばとその孫、マコトを見つけた。ある遺体の脚の地面側に二片の布が焼け残っており、その柄がコトの着物のそれだと気づいたのだ。正確に言えば、それは着物の布そのものではなかった。布は焼失し、柄だけが肌に焼きついていたのだ。マコトのほうは、背の高い若者だったので見分けがついた。

マコトは一週間前に食糧休暇でナガサキに戻ってきたところだった。東京大学で数学を学んでいたため、徴兵は免れた。しかし大都市では食糧不足が深刻であったため、学生たちは栄養を補給するために時々そうして故郷の家族の元に送り返されるようになっていた。マコトは八月九日に東京に向けてまた出発する予定だった。そう、まさにあの朝に。

テルミと母親はふたりではとても二体の遺体を運べないと考え、とりあえず親戚たちのいるルイおばの家に戻った。つぶれてはいても、まわりの家に比べればまだ形が残っているほうだったので、火傷を負った多くの負傷者がその家を目印にして集まっていた。人々の傷口は例外なく黒かった。「蠅が真っ黒にたかっていたんです」。爆発からは既に三日が経っており、八月の暑さもあって、膿のにおいが蠅をおびき寄せていたのだ。「ひとが近づくと、蠅がいっせいに逃げて、下に隠れていた傷口が見えます。それが蛆でいっぱいなんです」。医師がいなかったので、蛆は負傷者の家族がめいめい箸でつまんで捨てるほかなかった。

一般に日本では遺骨をコツツボと呼ばれる埋葬用の壺に収めるが、ルイおばの場合、壊れずに見つかった、台所で使う壺状の容器がかわりに用いられた。焼き終わった骨がトタン板の上でまだおばの体の形に並んでいるのを見て、テルミは泣き崩れた。泣いたのはその時だけだった。骨をみんなで箸で拾い、容器に収める時にはもう落ちつきを取り戻していた。

ふたりは日が暮れてしまう前に家を目指した。今度は山越えではなく、南から大回りすることにした。港に向かう大通りには、路面電車の線路に沿って、瓦礫をかき分けた道が一本できていた。テルミと母親はそこを進んだ。その途中で川の横を歩いた。ある橋の下に貯水池があって、テルミはそこに三十体ほどの遺体が浮かんでいるのを見た。「みな大きく膨れ上がって、口をぽっかりと開けていました」。

しかし、彼が最も強い印象を受けたのは、ひとりの男の子の遺体だった。いや、もしかすると女の子だったのかもしれない。川のそばに家が焼け落ちて出来た空き地があり、その後ろの斜面が石垣になっていた。性別もわからないその子は、手足を大きく広げた格好で、その石垣に「貼りついた」ままとなっていたのだ。おそらく爆風で叩きつけられたのだろう。テルミと母親はさらに四キロの道のりを、廃虚のなか、異様なにおいに包まれながら、黙ってナカガワマチまで歩き続けた。

僕は地図アプリでナカガワマチを探し、画面を共有した。地図が表示されると、タナカさんは自分の画面に向かって身を乗り出した。ええ、そこです、と彼は言った。そして、話に出てきた神社の正確な位置を教えてくれた。神社の裏は丘になっていた。タナカさんたちの防空壕があった丘だ。

画面の上で僕らはタナカさんがお母さんと歩いたルートを、往路と復路ともに改めてなぞり、地名をひとつひとつ拾っていった。あの山はコンピラ山、あの川はウラカミ川、コトおばさんが住んでいたのはオカマチで、原爆は本来ならばそこではなく、もっと南の、ハママチの上空で爆発するはずだった。

もしもあの雲がなかったならば、テルミとその母親と彼の同級生たちは爆心地から一キロ弱の場所にいたはずだった。強烈な放射線にさらされ、生存の可能性が極めて低いエリアに。そうであったなら、何もかもが違っていただろう。テルミが生き残り、僕に向かって思い出を語ることもなかったろうし、その母タナカ・モトにしても、漢方薬と梅干しと酒のおかげで健康を保ち、百二歳まで生きることはなかっただろう。

あの雲がなかったならば、ことの顚末は正反対になっていただろう。爆発のあと、ルイおばとコトおばのほうがコンピラ山を越えてテルミらを探し、遺体を次々に起こしては肌に焼きついた着物の柄を確認し、そしてついには母子の亡き骸を見つけ、ふたりをなんとかして荼毘に付すことになっていただろう。人類がかつて経験したなかでも最悪な破壊の風景のただなかで。

ノヴェッリとはよく、原爆の歴史において雲がどれだけ重要であったかを語りあった。彼にとって雲がどれだけ重要であり、一般にどれだけ重要かも。特にある日の会話はよく覚えている。あれは深夜だった。カロリーナと子どもたちが寝てしまったあとも、ノヴェッリと僕はふたりで飲み続けた。僕らは別々のソファーにどちらもだらしなく座っていたのだが、彼が珍しく無防備に見えた。いつもであれば醒めた大人を気どり、わたしが今も科学について興味があるのは、昇給と、一年生の講座の受け持ちを回避することだけだ、なんて断言する彼だった。でもそれが本心ではないのを僕は知っていた。科学者の例に漏れずノヴェッリも心の底では自らの職業に対するロマンを忘れてはおらず、いつかは方程式か自然定数か何かに自分の名前をつけてみたいと願っているはずだった。だからその夜、僕は尋ねてみた。なんでも選べるとしたら、何に名前をつけたい？

別に何も。

これはあくまでもゲームだよ。僕は粘った。ねえ、何がいい？

ノヴェッリはため息をついたが、やがて、実はひとつあると告白した。ただし方程式でもなければ定数でもないという。じゃあ、なんだい？

なんでも選べるものなら、もっと何か……短命なものがいいな。

雲みたいに？

そう、雲みたいに。だって、ケルビン・ヘルムホルツという名の雲だってあるんだぞ。てっぺんの尖った水蒸気の大波が空に並ぶ珍しい雲で、壮観だよ。なら、「ノヴェッリ雲」があったっていいじゃないか。うちの学生たちが参加する例の雲のコンテストにしても、実はそれも狙いなんだ。そのうち誰かが本当に珍しい雲の写真を撮るかもしれない。その時はわたしが発生条件を研究し、自分の名前をつけるつもりなのさ。

そこでノヴェッリはソファーから滑り下り、絨毯にひざまずくと、僕の鼻先に携帯電話の画面を突きつけた。ほら、これを見てくれ。

彼は雲の写真集の画面をスクロールさせた。なかにはCGか合成写真ではないかと思うような奇妙な雲もあった。これは乳房雲、こっちはアーチ雲。凄いだろう？　人類は同じ空を何万年と眺めてきたというのに、今でも新しい形の雲が見つかって分類されるんだ。このあいだだって、世界気象機関の国際雲図帳に新種がひとつ登録されたばかりだ。これだ、アスペリタスっていうんだ。

ウォッカが匂う彼の熱い息が直接、鼻に入ってきたが、不快ではなかった。

アスペリタスの何が素敵かわかるかい？　この雲にしても水蒸気で出来ているってことだ。どんな雲だって水蒸気にほかならない。境界条件、気圧、気温、気流が違うだけで。でも組みあわせはいくらでもあるから、潜在的には無限のバリエーションが生まれるんだ。

彼はブラウザーを開き、何か入力した。するとタイムラプス動画が始まった。水色がかった密度の濃い雲の先端が湖の上を前進する動画だ。雲は長い管を横たえたような形をしており、宙に浮いた姿が不自然だった。僕も思わず合成写真ではないのかと確認したほどだ。ノヴェッリは首を横に振った。ロール雲だよ。暖かい空気の塊が冷たい空気の塊の上を急速に滑ると、その接点で雲がこんなふうに筒状に巻き上げられることがある。彼は開いた片手のひらの上で逆の手の指をすっと動かして、その現象を再現してみせた。幅が何百キロというロール雲もある。それが形を崩すことなく前進するんだ。これはミシガン湖で撮影されたロール雲だけど、非常に珍しいんだ。発生の予測がつかなくてね。

僕らはもう一度、ロール雲が空を移動するさまを眺めた。すると今度は嵐の前触れのように僕には思えた。でもノヴェッリはたいていのロール雲はまず無害だと保証した。君にインスピレーションを与えてくれるんじゃないかい？

インスピレーションって、なんの？

雲の本を書いたらいい。そうしたら手伝うよ。

そんなこと言って、主人公になりたいんじゃないのかい？

それは君が決めることとさ。

じゃあ、タイトルは「雲のひと《ルオーモ・デッレ・ヌーヴォレ》」かな。

いいね。ノヴェッリは言った。ルオーモ・デッレ・ヌーヴォレ、響きがいいよ。

携帯電話の画面に映る雲の画像を仲よく眺める僕らは知る由もなかったが、ふたりの友情はその時が頂点だった。それから何時間か僕は彼の提案を真面目に検討してみた。雲についての共著か。たまにはそんなふうに誰かと共同でプロジェクトを進めてみるのもいいかもしれない。ノヴェッツリとならば楽しそうだ。

数週間後、「雲のひと」は、＊＊＊の付録週刊誌で連載の始まった彼のコラムのタイトルになった。ノヴェッツリは僕にその表現の使用許可を求めず、こちらも気づかぬふりをした。どうせ深夜の酔っぱらいの会話が出所では、著作権の主張のしようもないだろうという思いもあった。

　二〇一七年十一月、僕はマスターコースのためにトリエステに戻った。何ヵ月も原爆に関する資料ばかりを読んできたので、頭のなかは原子物理学者たちの生涯を巡る逸話でいっぱいだった。そこで授業でもその種の伝記を主に取り上げることにした。初日の授業の冒頭、僕は学生たちに若いころの情けない思い出を打ち明けた。映画『ビューティフル・マインド』の公開初日、僕はひとりで映画館に向かった。完全に集中して観たかったのだ。それからしばらくは、まさにジョン・ナッシュのように、窓ガラスいっぱいに無意味な数式を書き連ねる自分の姿を繰り返し夢想した。そんな話だ。続けて、科学者の伝記映画一般について語った。あの手の映画って主人公がまず世間全体の懐疑論と闘うことになるけれど、必ずいつかは割れんばかりの拍手喝采に迎えられる時が来る。そうではないかな？　アラン・チューリングしかり、トーマス・エジソンしかり、スティーヴン・ホーキングしかりだ。苦難の過去から主人公を解放する拍手は例外なく訪れた。少なくとも映画版の彼らの人生においては、だけどね。

　そこでひとりの女子が手を挙げ、こんな質問をしてきた。先生はご自分のお気に入り科学者の殿堂に少しは女性も交ぜようとは思われなかったのですか。

嬉しげなざわめきが教室に広がった。多くの学生が内心、似たような疑問を抱いていたようだ。

この問題をそういうふうに考えてみたことはなかったな。僕は認めた。

彼女は首をかしげ、にやりとすると、こちらの軽率さを追及した。本当ですか、先生？

でも当然、女性の科学者のことは男性と完全に同等に尊敬しているよ。

完全に同等に。

もちろん。

では、たとえば誰のことを尊敬されてます？

僕は頭のなかで女性科学者の名をリストアップしてみた。確かにあまり知らないものだ。とりあえず、こう答えた。まず、マリー・キュリー。

すると彼女は額に手を当てた。そのジェスチャーのせいで次の台詞はいかにも〝やってられない〟というふうに聞こえた。マリア・スクロドフスカ、のことですね。せめて独身時代の名前で呼ぶのが今時のマナーですよ。

マリア・スクロドフスカ、ね。その辺はどうぞお好きなように。

わたし個人の好みの話をしているんじゃないんです、先生。単純にそう呼ぶべきなんです。

彼女は痩せた顔をしていて、黒っぽい髪の毛は前を短くまっすぐに揃えたボブにしていた。ここ数年でよく見かけるようになった髪形だ。物理畑の出身者にちがいなかった。君の名前を教えてもらってもいいかな？

フェルナンダ・ルッコです。

フェルナンダ君、どうぞよろしく。

いつものように教室のなかを行ったり来たりしながら、僕はかなり長いこと黙っていたようだ。特別な戦略を練っていたわけではない。初めて経験する戸惑いを評価しかねていたというほうが正しい。そんな思いをさせられても仕方のないような真似を本当に自分はしたのだろうか。「本当ですか、先生?」という少し前の彼女の言葉が頭のなかでこだましていた。教室の空気は張りつめていた。

フェルナンダ君、議論に積極的な君の姿勢は嬉しいよ。この授業で僕が求めているのはまさにこうした意見交換だ。だから君の挑発は受け入れるし、考えてみよう。それは約束する。そもそも、科学史において女性科学者の存在が不当に軽視されてきたことは周知の事実だ。たとえばノーベル物理学賞の女性受賞者がこれまでに何人いたか数えてみれば

片手の指で数え終わりますよ。フェルナンダは僕の言葉をさえぎった。物理学賞は百二十年間で三人しかいませんから。

それを聞いて僕は思わず頬を緩めてしまった。やっぱりね。きっと君は物理畑の出身だろうと思っていたよ。

しかしフェルナンダは、歓心を買おうとするこちらの試みをまた無視した。先生、それにわたしは挑発なんてしてません。問題を指摘しただけです。

そのあと、食堂で、僕はマリーナを相手に、フェルナンダのせいで教師失格な気分になったと

嘆いた。まるで昔からずっと、お前は間違った考え方ばかりしてきたって言われたみたいだったよ。マリーナは中立的な態度を守った。フェルナンダの言い分が正しい可能性を検討してみるつもりだったのかもしれない。それから彼女は、自分の授業でも最初に似たような緊迫のひとコマがあったと教えてくれた。リチャード・ファインマンの回顧録について触れたのだそうだ。あの本、知ってるでしょ？　もちろん知っていた。大学時代、物理学者を目指す学生にとっては必読書だった。それで？

それで、実はファインマンは性差別主義者で、しかもセクハラ野郎だったの。

そうじゃないか、という気はしていたよ。

わたしだって、そうじゃないかとは思ってたわ。マリーナは言った。でもあなたもわたしもその事実を十分には認識しなかった。そこが問題なの。わたしたちはそういうことを真剣に受け止めようとしなかった。そこが今の若者は許せないわけ。わたし、問題のくだりを読み直してみた。そしたらフェルナンダが正しかった。ファインマンは自分と寝たがらない女子学生を売女呼ばわりして、反吐が出るとまで言ってるわ。それも一度や二度じゃない。その上、女には理系の学問を学ぶ適性がないと考えていた。

僕はもともと、あまり好きじゃなかったよ。ファインマンのことだけど。

でも、きっと間違った理由で好きじゃなかったんだと思う。

そのとおりだった。僕はファインマンがはったり屋なのが嫌いで、彼が簡単だと吹聴する物理学が自分にはとても難しいのが許せず、彼がボンゴを叩くのが嫌だったのだ。彼の女性差別的言動について、大学時代の僕はほとんど気づいていなかった。

煙草を吸いに外に出たマリーナに僕はつきあった。そして言った。ファインマンのことだけど、あまり気にしないほうがいいと思う。

自分が何もわかっていなかったことを？

そういう感覚にしても時代背景を考慮に入れるべきだよ。僕らが大学にいたころは、今とは時代が違ったんだから。

マリーナは煙を吐き出し、言った。かなりご都合主義な主張に聞こえるけど。かもね。なんにせよ、いろいろと少し大げさだよ。

なかに戻ると、エレベーターに向かう彼女と別れて、僕は図書館を目指した。その晩はルームサービスのトーストサンドイッチで夕食を済ませ、講座のカリキュラムに手を加えた。退屈な作品だが、ロシア人数学者ソフィア・コワレフスカヤを描いたアリス・マンローの小説を加えることにし、マリー・キュリーの伝記を最初から最後まで読んだ。するとその一ページ目からフェルナンダの言い分の正しさがこのように明記されていた。「我が一族はポーランド出身で、わたしの名前はマリア・スクロドフスカという」。翌朝、僕は授業で、いかにも前からよく知っていたかのようにキュリー夫人の自伝を論じた。ただし問題の箇所への言及は慎重に避けた。

ローマに帰った僕は、フェルナンダとマリーナとの議論とそれにともなう自分の戸惑いをロレンツァに説明した。あの日は夕食の時間を過ぎても、僕らはまだ居間にいて、彼女は肘掛け椅子に、僕はソファーに寝そべっていた。エウジェニオが米国に旅立って以来、その時間帯はふたたび僕と彼女だけのものとなり、ふたりでそこで何か読んだり、スマートフォンをいじったりして過ごすようになり、夕食はかなり遅くなるか、まったくテーブルに着かずに済ますことが増えた。ふたりきりの親密なひと時ではあったが、あまりに空虚で少々不安にもなった。

ロレンツァは僕の報告を無言で受け止め、ちょっと嫌そうな顔をした。それからなんの前置きもなく、こんな質問をした。ねえ、わたしってフェミニズムの意識が低過ぎると思う？

それが純粋な問いかけなのか、ひっかけ問題なのかわからなかったので、僕も質問で返した。どうしてそんなことが気になるの？

よくわかんない。今、世間で起きていることのせいだと思うんだけど。なんだか自信がなくなっちゃって。

世間で起きていること、とは、ざっとこんな感じだった。ハーヴェイ・ワインスタインの事件の尋常ではない波及効果、男性と女性の関係の――ひょっとすると恒久的な――再定義、あらゆる職場に漂うぴりぴりした空気、そしてもっと一般的な、新しい時代の精神（それが何を意味するにせよ）の台頭と、そのせいで誰もが自分も有罪なのではないかと内心おびえている状況。

僕は答えた。君は君なりにフェミニストだよ。

ロレンツァは立ち上がり、キッチンに向かった。やがて林檎の皮を剝き、切ったかけらを食べる音がして、彼女は居間に戻ってきた。そして僕らは別の話を始めた。もしもロレンツァに、つまりは僕ら夫婦に、フェミニズムの意識が不足しているのなら、その問題は表面化させるべきではなかった。その手の議論は下手をすると、ぴったり息の合った夫婦ですらふたりともぼろぼろになる恐れがある。確かにそのころ、僕と彼女の関係はだいぶ落ちついていたけれども、息の合ったところなどろくに残っていなかったのだから。

家を出ていく空想を僕はよくするようになっていた。考えるのはほとんどそのことばかりで、ロレンツァを捨て、エウジェニオを捨て、三人で暮らしてきた家を捨てる自分の姿ばかりだった。不意にすべてに背を向け、軽い手荷物ひとつを下げ、予測不能な日々に向かって歩きだすのだ。あのドアを出たら何が待っているのだろう？　今までとは違う何か、自制心よりもずっと刺激的な何かがそこにはあるのだろうか。長年の結婚生活のせいで外の世界の事情にひどく疎くなってしまった気がした。外の世界は騒々しくて、競争も激しく、ティンダーで適当に出会った行きずりの相手と簡単に寝るのが普通になっているのかもしれない。そんなセックス目的の出会いにも評価をつけあうのだろうか。まるでレストランみたいに？　そこにはまだあの親密な空気はきちんと存在するのだろうか。いずれにしても、今風のやり方に追いつくのは僕には無理だろう。

でもそれからこうも思うのだった。そんなものは全部、安全なところに居続けるための言い訳でしかない。四の五の言わずにやってみるべきなんだ。みんなにできるんなら、お前にだってできるはずじゃないか。もちろん、みんなにできるという仮定が真実であればの話だけれど。たとえばジュリオのことを考えると、僕の確信は揺らいだ。あいつには今も性生活があるのだろうか。それとも現代の修行僧のような人間になってしまったのだろうか。

重要な二者択一だった。それも急いで、できれば四十になる前に、何か重病にかかる前になすべき選択だった。ロレンツァと僕が到達した状態――フェミニズムを巡るあいまいなやりとり、夕食のかわりに呑みこんだ林檎のかけら、そして不妊――が今後も死ぬまで続くことを受け入れるべきか、それとも、命ある限り可能性という可能性に挑めと自分を鼓舞すべきなのか。

職業的な観点からも答えを出すべき問題だった。実現できなかった願望と経験ばかり語りながら、僕はこのまま作家としてあとどれだけやっていける？ 書くためにはとにかくまず、もっとがむしゃらに、生きてみるべきなのでは？ でもそこまで考えると僕は必ず立ち止まった。そして思考を雑念でごまかし、答えからできるだけ気をそらした。

ノヴェッリのコラム「雲のひと」の掲載は六カ月間続いた。正確には二〇一七年十一月から二〇一八年四月まで、筆者の不適切な言動により急遽、連載打ち切りとなるまで、だ。その期間に彼はそれなりに有名になり、テレビの午後のトーク番組にもいくつか「パリから生中継で」定期的に呼ばれるようになっていた。

この記録の次の段階（何もかもが急速に悪化する段階）を書くに当たり、僕は彼のコラムの一月以降の掲載分を読み直し、彼の感情的な変化を示す兆しを探し、警戒をうながす鐘がどこかで鳴っていなかったか探してみたが、何も見つからなかった。ノヴェッリはお得意のテーマ――気候変動、歯止めを知らぬ消費社会、理性の危機――を語るばかりで、心の奥の思いを推し量るのは難しかった。本心をうまくカモフラージュしながら書いていたのか、あるいは彼自身が自らの本心に気づいていなかったのか。

彼とはしばらく会っていなかった。または向こうのほうが僕と会うまいとしていたのかもしれない。もうどちらだったか思い出せない。大人の友情はよくそんなふうに揺らぐものだが、たいていの場合は何も変わらない。

年初に彼がジェノヴァに行き、正教授の公募に参加したのは知っていた。合格すればようやくイタリアに引っ越せるという例の話だ。面接審査にしても形だけのはずで、実際、ジェノヴァに向かう前に、彼はこんな風変わりなたとえ話で面接の意味を僕に説明した。連中は魚の目を調べたいだけなんだ。どういう意味？　目を見れば、腐ってないか確認できるだろう？

さて、ジェノヴァで彼は最近の一連の研究についてセミナーを開いた。聴衆は二十年来のつきあいがある環境物理学者や気象学者ばかりで、しかもかつて博士課程で彼の指導を受けた者たちが多かった。当然の拍手喝采のうちに発表を終えた彼は、質疑応答の時間、自分が大学にもたらすであろうEUの補助金について主に語った。ところがひとりだけ、おかしな態度を取る女性の外部審査員がいた。カリアリの教員で、それまでずっと黙っていたのに、最後になって――ノヴェッリの言い分によれば、だが――彼がテレビインタビューでしたという発言のメモを片手にしゃしゃり出てきたのだ。それは南極でのボーリング調査に関する発言で、彼女に言わせれば極めて不正確な内容だった。ノヴェッリはそんなインタビューのことなどまったく覚えていなかったが、彼女が非常識なほど執拗にその問題にこだわったため、彼もついにはかっとなって（この点は自ら認めた）「少々傲慢な」言葉遣いでやり返してしまった。

審査委員会の残りの面々は黙りこみ、彼女のふるまいに困っている様子だった。いずれにしてもその苦境を乗り越えたあとはすべて予定どおりにことは運んだ。ただしノヴェッリは審査員たちと夕食をともにするのは一応やめておいた。互いの世間体を守るためだ。彼はパリに戻り、数日後、公募の結果が出た。彼の順位は二位だった。

今ならば自分があの時の彼の挫折を過小評価していたことがわかる。とは言え、そうした顚末を僕に語る一連のメッセージにおける彼の言葉は簡潔極まりなく（「わたしは撃沈されたよ」）、いかにも潔い感じで、紳士的に平静な態度を保とうとしているのだろうと取り違えられても仕方がなかった。

ところが二カ月後、三月もなかばを過ぎたころにローマで再会したら、ノヴェッリのなかで失望はなおくすぶっていて、彼は挨拶もそこそこに公募の話を始めた。まるで何週間も前から彼の思考は同じ一本のレールの上を走り続けていたみたいだった。わたしのかわりに採用されたあの女だが、と彼は言いかけてすぐに口をつぐんだ。いや、やめておこう。君はわたしのh指数がいくつか知ってるかい？

実のところ僕はh指数がなんなのかまともに知らず、どうやら研究活動の評価に関係する指数で、算出には論文ごとの被引用回数が使用されるらしい、という程度の知識しかなかった。

九十八だ、キュウジュウハチだぞ。

僕はその数字に驚いたふりをしたけれど、比較の基準がなかった。

採用された女先生のh指数は三十四だ。もちろん、けっして悪くない数字だよ。みっともないというほどではない。ただね、論文の被引用先を調べてみると、仲間と助けあってずるをしているのがすぐにわかるんだ。彼女と、いつも同じ数人の研究者が、h指数を上げるために必死になって引用しあってるんだよ。ところが彼らの研究成果はこのグループの外にはほとんど届いてない。なんにしてもわたしは九十八、あの女は三十四だ。

　じゃあ、どうして向こうが選ばれたんだと思う？

　ノヴェッリはひげをナプキンで拭くと、丁寧にテーブルの上に戻した。大学としては女を選ぶ必要があったんだよ。ほら、ジェンダーバランスというやつさ、ジェンダーバランス。彼はその言葉をゆっくりと繰り返した。まったくひどい時代だよ。

　大学を訴えるつもり？

　彼は手をさっと振って、僕の予想を却下した。

　やけに疲れた顔をしていた。服装は例のごとくばっちり決めているのに、まるで長いこと外を歩き回り過ぎたみたいに、なんだかみすぼらしかった。服の下は汗びっしょりなのではないか、そんな印象さえ受けた。でもこちらの気分も影響していたのかもしれない。ノヴェッリはその日、ローマに立ち寄ることをぎりぎりになるまで教えてくれなかった。来ようかどうか迷っていたのかもしれないが、彼が黙っていたことに僕は気分を害していた。

　ずいぶんと弱気なんだね。少し無理をして僕は言った。

　すると彼は肩をすくめた。その手はずっとコースターを回し続けていたが、やがて、さて、食べようか、と言うと、こちらの答えを待つことなく、ウェイターに向かって合図をした。

　僕らは一皿目《プリモ》をひとつずつ頼んだ。そして水をちびちび飲みながら、しばらく黙っていた。料理が届くと、ふたりとも食欲はなかったがきれいに平らげた。日がちょっと陰ったので、僕は空を指差して尋ねた。ねえ、雲のひと、あれはなんという雲？

友だちらしい会話に戻したくてそんな質問をしたのだが、ノヴェッリは視線を上に向けようとすらしなかった。彼はただ肩をすくめ、親しみをこめた僕の呼びかけに答えなかった。わざとらしいと思われたのだろう。

それから僕らは少しのあいだ政治論議をし、選挙結果を巡り、相手を挑発するようなことを言いあった。ノヴェッリに五つ星運動（左派ポピュリズム政党。二〇一八年三月の総選挙で上下両院の第一党となる）の公約を読んだことがあるかと訊かれた僕は、読んでないし、読んでみようと思ったことすらないと認めざるを得なかった。自分たちとは無関係な話題に終始したせいで僕は余計に悲しくなった。だから、ようやく彼にロレンツァの近況を尋ねられた時も、元気にやってるとだけ答えて話を切り上げてしまった。

とにかく早くその店を出たかったので、コーヒーは外で飲もうということになった。バールに立ち寄ってから、僕らはテヴェレ川の橋まで歩き、そこで曲がって川沿いの道を進んだ。歩道はプラタナスの根があちこちでアスファルトから突き出していたせいで、ふたり縦に並んで歩かざるを得なかった。すると、後ろでノヴェッリがまた愚痴をこぼしだした。カロリーナは彼が教授のポストを得ようが得まいが、とにかくジェノヴァに戻ると決めてしまった。パリのあの家は既に賃貸契約を解消し、ジェノヴァの新居も用意済みで、子どもたちの新しい学校への転校手続きも済ませてある。だから彼は近いうちにパリで今より小さなワンルームのアパルトマンでも見つけて、週末だけジェノヴァに通うつもりだという。あるいはいっそのこと離婚してしまって、パートタイムの父親に彼もなるか。ジュリオみたいにね。ノヴェッリは最後にそうつけ加えた。

彼はちょっと待ってくれと僕を止め、石の胸壁にもたれかかった。息が少し苦しげだった。大丈夫かい？　僕は確認した。

ああ、花粉のせいだろう。どこも花粉だらけだよ。開花は早まる一方だからな。

僕らは、何メートルも下を流れる茶色い川面を眺めた。やがてノヴェッリが言った。今までわたしは何十回という公募に参加したよ。候補者としてはもちろんだが、選考委員としての参加のほうが多かったな。もちろん受かる時もあれば、落ちる時もあった。今まではそれが当然だと思っていたんだ。科学者はみんな同じ思いをして生きているんだって。でもどうやら、自分が拒否されることに耐えられる年齢には限界があって、わたしはそれを超えてしまったらしい。いつになっても、こんなふうに他人の評価を気にせねばならないなんてね。まったくきりがない。そして今度ばかりは……なんと言ったものか、これまでとはどうも具合が違うんだ。

彼の苦しみに理解を示すべきタイミングだった。肩を抱くなり、コートの袖にそっと触れてやるだけでもよかったはずだ。そうすればその後の展開は、その日に限らず、ずっと先まで変わっていたのかもしれない。あるいはそんなことはなくて、僕を罪悪感から守る以外の効果はなかったのかもしれない。ただノヴェッリはその日、会ってからずっと自分の話ばかりしていた。だから僕は告げた。もう家に帰らないと。ジェノヴァのことで何か決まったら教えてくれ。またローマに来る時は連絡して。でも次は少し早めに教えてくれると助かるな。そして僕らは車道を横断し、それぞれ反対の方角に向かって歩きだした。

僕はノヴェッリの名をキーワードにグーグルアラートを設定した。彼は何も知らなかったので、こうして書くのも少し恥ずかしいのだが、当時は、友人の動向に関心を持って何が悪い、と自分に言い聞かせて、やましさをごまかしていた。彼はテレビ番組への出演予定をまず知らせてくれず、ツイッターの投稿で予告するのもよく忘れたが、僕は見逃したくなかったのだ。グーグルアラートがなければ、例の講演のことだって僕はきっと知らずにいただろう。ところが三月末の土曜日の朝、ローマで彼と会ってから二週間ほど過ぎたころに、グーグルから通知があった。ノヴェッリが *Women's Empowerment and Climate Change*（女性のエンパワーメントと気候変動）と題された会議に参加するという。

そのニュースを偶然知ったふりで、僕は彼に適当なメッセージを書いた。すると肯定の返事があった。そうだ、ＴＥＤｘみたいなもんだよ。ストリーミングで中継されるからよかったら観るといい。彼の回答は淡々としていて、本音を察するのは難しかったが、まもなくこんなメッセージが続いた。一見の価値はあるよ。

その日は非生産的な一日だった。珍しいことではない。僕は日がな一日、ネット空間でいたずらに過ごし、刺激を求めてリンクからリンクへとさまよった。原爆の本の執筆は行き詰まっていた。すべては本当に語り尽くされてしまい、この僕が語るべきことなどもう何ひとつないのではないかという疑念は強まる一方だった。その時までに二度は精読し、下線を引きまくったリチャード・ローズの著書『原子爆弾の誕生』は、原爆が投下されるまでの前日譚を完全に網羅しており、ピュリッツァー賞を獲った。ジョン・ハーシーの『ヒロシマ』には原爆投下後のすべてが記されており、名作とみなされている。そんな時、僕にまだ何が書けるというのか。

それでも僕はあきらめなかった。これは避けては通れないと思わせるプロジェクト、どう考えてもやめておいたほうがいいのに、理由も理解できぬまま、心をわしづかみにされてしまうプロジェクトというものがある。そうしたプロジェクトは往々にして蜃気楼めいた幻に過ぎず、当人もそうとわかっていながら、近づかずにはいられない。そして、それはやがてふっと目の前から消えてしまう。原爆は僕にとってそんな存在だった。執筆のスピードは落ちる一方だった。気づけばこの手には何も残っていない、そんな時がいつかは来るのだろうというある種の醒めた絶望を抱えながらのろのろと書いていた。

ノヴェッリの登壇する会議をオンラインで観ることにしたのは、ほとんど暇つぶしのつもりだった。会員登録にしばらく手間取り、冒頭部分は見逃した。そのうち、パリでＣＯＰ21を取材した時に作ったＩＤが使えるのに気づいた。そう言えば、あの会議から二年以上が経ったそのころになってもレジリエンスとかアダプテーションといった単語が件名に含まれるメールが相変わらず届いていたが、いつも僕は開封もせずに即座に消去していた。

壇上ではひとりの女性が怒りに任せて銀行家たちを呪っていた。あの連中の限度を知らぬ強欲がわたしの故郷と世界じゅうでどれだけの害をなしたか、と。彼女が北米のネイティブアメリカンの一族の出身らしいとわかるまでには少し時間がかかった。聞いたことのない部族だった。彼女の話は論旨こそあやふやだったけれど、そんな言葉でも魅力的に聞かせる激しさがあった。

そのスピーチは十分ほどで終わり、次はカメルーンの研究者の番だった。出身地域における女性雇用者数の増加と火災発生件数の減少の相関関係についての発表なのだが、英語がたどたどしく、しかもそのうち「我らが母なる大自然」がどうとか「惑星のハーモニー」がどうしたとかニューエイジふうな表現を使いだした。僕は音声をミュートし、中継映像の横に表示されたイベントのプログラムを確認した。

会議のテーマからして当然なのだが、予定されていた登壇者のリストはほぼ全員が女性で科学者だったが、それ以前に活動家であったり、テレナ族、ホウマ族、マプチェ族といったさまざまな集団の代表であったりした。登壇者たちは各自、気候変動と女性の社会進出の双方に関連した問題を報告することになっていた。ノンバイナリーの農業従事者たちに注目する特別議論と、ムヘレス・ケ・ルチャン（闘う女たち）というパフォーマンス集団の参加も予定されていた。とりを務めるのは、あのナオミ・クラインだった。環境保護運動界のスーパースターだ。ヤコポ・ノヴェッリは唯一のイタリア人で、極めて少ない男性登壇者のひとりだった。

僕はまたワッツアップでノヴェッリにメッセージを書いた。なんだかちょっと、女子ばかりの学生集会みたいだね。

すると既読のマークはついたが、返事はなかった。もうじき出番だったのだろう。

司会者はノヴェッリのことを非常な敬意をこめて、環境危機の世界的権威のひとりであり、クラウド・ブライトニング研究のパイオニアでもあると紹介してから、こう告げた。みなさん、拍手をもって雲のひと《ルオーモ・デッレ・ヌーヴォレ》をお迎えしましょう。ルオーモ・デッレ・ヌーヴォレはイタリア語のままだった。そして、ついにノヴェッリが舞台に上がった。


その後、ノヴェッリのスピーチの動画は、大量のコメントとともに、数カ月はネットで丸ごと公開されていたが、やがて消去された。消去したのがノヴェッリ自身だったのかも、あの会議の主催者側だったのかも、どうして即座に消去しなかったのかも、僕にはわからない。いたずらに消去して逆にまた騒がれぬよう、状況が落ちつくのを待っていたのかもしれない。いずれにしてもあの動画はもうない。だから僕としては記憶を頼りに彼のスピーチの再現を試みるほかなく、どうしてもいくらかは不正確になると思うが、根本的な部分は忠実に再現できるという自信がある。それだけ強烈な印象を受けたからだ。

ノヴェッリはまず、僕が彼のインタビュー記事の冒頭に持ってきたのと同じ言葉を発した。おかげで僕は、自分までいくらかは彼の計画の共犯者であったような気分をあとで味わう羽目になった。彼は言った。データは嘘をつきません。嘘をつくのは、時々にせよ、人間のほうです。しかし、データは嘘をつきません。データのなかには世界の真実のほかに何もないからです。そんな前提からスタートいたしましょう。本日みなさんにご覧いただくのは、科学の研究におけるいわゆる性差別問題のデータドリブン分析です。いわゆる、とわざわざお断りしたのは、これから見て参りますように、この分野がいい加減な偏見と噂の支配下にあるためです。すべてを疑ってかかる必要があります。

スピーカーとしての彼は名人級だった。両手を活き活きと動かして、目の前の宙空にさまざまな概念を描き出すところなどいかにもイタリア人らしかったが、そうした概念を解説する態度はむしろ英国人的で、威厳があり、非常に明解だった。知的なジョークを織り交ぜるのもうまくて、彼がレーザーポインターで赤い丸をこれでもかとばかりに描くスライドショーには、ユーモラスな漫画まで入っていた。

ノヴェッリは科学界における女性の置かれた現状の主な問題点を提示すべく、マスメディアから収集したという証言を引用符でくくってスクリーンに次々に表示した。それらの証言によれば、あるいはノヴェッリの言うように「今日優勢な説を信頼するならば」、科学界はどこもかしこも男性の支配下にあった。大学でも研究グループでも最上位の役割はすべて男性が占めており、研究資金も巨額なそれは彼らにばかり割り当てられるという。しかも女性の科学者たちは軽度なものから深刻なものまで数多くのハラスメントを訴え、そうした暴力行為および職権乱用をひとつの確固たる文化、組織化されたシステムだと糾弾していた。差別的かつ有害な悪習はほかにもいろいろとあって、マンスプレイニング、モビング、ガスライティング（そう、前にも出てきた用語だ）というふうに、すべて英語の名前がついていた。

わたしはこうした批判を真剣に受け止めました、とノヴェッリは言った。この上なく真剣に、です。だからこそ、そうした事象をひとつひとつ計ってみることにしたのです。だって、わたしは科学者ですから。スローガンによってではなく、計測によって真理を目指すのが科学のやり方です。これからグラフがいくつか出てきますが、どうかご容赦ください。

データの演算はノヴェッリ自身がM・アンブロジーニという協力者とともに行ったとされていたが、彼の口から聞いた覚えのない名前だった。グラフは科学研究の世界における男女間の権力差の実在をはっきりと示していた。給与面では大差ないとしても、代表者として名前が出る割合には確実な差があった。たとえば、国際会議で主要な発表を行う科学者は男性の割合のほうがずっと多かった。無論、この会議は例外ですが、とノヴェッリがつけ足すと、聴衆から和やかな笑い声が起きた。

でも、新たな意識に目覚めた時代がとうとうやってきました！　彼は続けた。あらゆる方面からマイノリティが進み出て、我こそは主役だと主張する時代です。女性の科学者のみなさんもそうですね？　結構、実に結構なことです。素晴らしいニュースだ。知的発展のためには、新鮮なエネルギーと想像力とやる気が必要ですから。

カメラは滅多に会場の様子をとらえなかったが、まさにその時、客席が映って、人々が彼の話に夢中になっているのがひと目でわかった。ようやくひとりの男性が、それも単なる男性ではなく、ひとりの著名な教授が、こうした問題を公然と語り、自らの立場を明らかにしようとしているのだ。カメラがまた彼に向けられた。

ただし、とノヴェッリは続けた。なんらかの現象を計測したあとは、科学者であれば、それはなぜなのかという疑問が浮かぶのが自然です。どうして男女でそんなに差があるのか。何に起因する差なのか。単にそういう社会構造なのか。それとも何か別の原因が隠されているのか。これはいい疑問のようにわたしには思えます。いい疑問はすべて、科学にとっては考えてみる価値のある疑問でもあります。いや、それどころか、避けては通れない疑問です。そこで、分析の後半に移ることをお許しいただきたい。

ノヴェッリはM・アンブロジーニと完成させたという、男性研究者と女性研究者の能力を数値化するための調査方式を結構な時間をかけて説明した。使用した指数をひとつひとつ数学的に定義してみせたのだが、説明がその手のイベントにしては細か過ぎた。一連のグラフは発表論文数、卒業試験の成績、学界における地位、h指数の関係をさまざまなかたちで示したもので、それぞれ男性と女性の傾向を二色で対比していた。スライドを次々にめくりながら、ノヴェッリは自分の見方を徐々に明らかにしていった。

そのデータによれば、女性は男性とまったく同じチャンスをもって科学の世界に入るが、ほどなく男性の後塵を拝することになる。大学在学中の各種試験は男性と同程度か、むしろ女性のほうが有能なくらいなのに、研究生活に入ると女性の能力は急速に低下してしまう。ある時点を越えると男女のグラフに差が出てきて、女性研究者の論文の平均的品質は男性のそれよりも低くなっていく。そして、公募を特に多く受ける年齢、つまり三十歳から四十歳までの年齢層となると、女性研究者の「パフォーマンス」はもはや明らかに男性に劣るというのだった。

要するにノヴェッリとアンブロジーニの分析は、権力の不均衡は存在しているが、それはけっして社会的な不正義のせいではないとしていた。論理的かつ本質的な理由が別にあるのです。女性のみなさんが科学の世界で男性ほど成功できない理由とは、平均してみれば、男性より能力が劣るからなのですよ。

僕はやや戸惑っていた。ノヴェッリがたった今発した言葉を自分が聞き間違えるか、彼の英語を誤解したのではないかと思った。本当に彼は、女性の科学者は「平均的に男性の科学者よりも能力的に劣る」なんてことを言ったのか。それとも何か微妙な表現を僕が聞き落とした？

いずれにしてもノヴェッリのスピーチはまだ終わっていなかった。続いて見せた一連のグラフをもって、彼はある種の手品を披露してみせた。十分弱のあいだに彼が導き出した結論は、なんと、冒頭の仮説とは真逆のそれだったのだ。科学の世界には確かに性差別が存在します。しかし、差別を受けているのは男性のほうなんです！　なぜなら今の時代精神——彼はそんな言葉を使った——が男性の不利に働いているからです。学界に性的平等を無理強いしようとする昨今の風潮は、能力主義を覆そうとする「クーデター」以外の何物でもありません。

もしも彼がここでやめていたならば、大事にはいたらずに済んでいたのかもしれない。当然、非難の声は山ほど浴びたろうが、問題は最後まで学界の内部に留まったことだろう。ノヴェッリ教授の主張は挑発的で、憎たらしいが、つまるところ議論を活性化するよい刺激となった。そんな評価を受けたにちがいない。大学の関係者が誰かそのうちきっと彼を擁護し、ほどなく論争も収まったはずだ。だがそれはノヴェッリが望んでいた結末ではなかったか、いずれにせよ、それだけでは物足りなかったようだ。

　ひと呼吸置いて、改めて口を開いた彼の声は前よりも静かになっていた。以上の事実をわたしの個人的なちょっとした体験談を例にご説明したいと思います。逸話というかたちで示すエビデンス、といったところです。先日、わたしは故郷のジェノヴァで公募に参加しました。大学の正教授の公募で、募集人数は一名でした。わたしもいい加減に年ですから、故郷が懐かしくなってきましてね。

　彼は会場に共感を求める顔をしたが、今度は、少なくとも画面で見る限り、反応らしい反応はなく、とても緊迫した雰囲気だけが伝わってきた。

　試験が一度ありまして、とノヴェッリは続けた。最終的には、審査委員会の厳正な判断により、教授の座はある女性候補のものとなりました。彼はあきらめたように両腕を広げた。仕方ありません。勝つ時もあれば、負ける時もある、それが公募ですから。でもみなさんにお別れを申し上げる前に、もう一枚だけ、スライドをご覧いただきたい。最後の一枚です。お約束します。計量書誌学の観点から、わたしの研究活動と公募に合格されたガイア・センシ先生のそれを比較してみました。

　その、ガイア・センシという名前は頬を打つ音のように会場に響き渡った。そこまで彼のスピーチが終始、統計データの匿名的な領域に留まっていたためもあった。追い討ちをかけるように、ノヴェッリの背後のスクリーンにセンシの写真が表示された。少しぼやけて見えるのは、解像度の低い画像を無理やり拡大したためだろう。反対側にはノヴェッリ自身の写真もあった。こちらは彼女の写真よりずっと明瞭で、まばゆいばかりの笑顔を浮かべている。そしてふたりの写真のあいだにはグラフがひとつあった。ノヴェッリの巧みな解説のおかげで既に縦横軸の変数もその意味も見慣れていたから、ふたりの能力を示す二本の曲線のあいだに——彼が自分で描いた曲線によれば、という話にせよ——圧倒的な大差があるのは一目瞭然だった。

これ以上、つけ加えるべきことはあまりありません。彼は続けた。みなさん、これがデータです。データはけっして嘘をつきません。今日、わたしはこの会場で刺激的な多くの発言を耳にしました。平等を説く声も多かった。もちろん平等は素晴らしい概念です。それが誰にとっても分け隔てのない平等であれば、という条件つきですが。ご静聴ありがとうございました。

彼は舞台を下りた。会場は拍手を送った。弱々しい、自信のなさそうな拍手ではあったが、拍手は拍手だった。習慣の持つ力には逆らえぬものだ。演説を終えた教授に対する拍手は、極めて礼儀正しく教養も高い、その会場の聴衆にとってはひとつの条件反射だった。

そのあとすぐにマイクを受け継いだ司会役の女性も、とっさのコメントが出ない様子だった。ノヴェッリに向かって型どおりの礼を述べたものの、ひどく言いづらそうだった。続いて彼女は次の登壇者を紹介した。イギリスの研究者で、専門は生態系、やはり女性だ。

研究者はスピーチを始めるべく口を開きかけてやめた。そして、階段状に席の並ぶ半円形の会場を端から端まで、まずは右へ、次に左へ、ゆっくりと眺め回してから、こう問いかけた。みなさんも今、わたしと同じ話をお聞きになったのでしょうか。それともわたし、夢でも見たのかな？　だって、もの凄く悪い夢から覚めたばかりみたいな気分なんですけど。

すると先ほどとは違う拍手がわっと起きた。嵐のような、安堵の拍手だ。その拍手をもってノヴェッリは社会的に抹殺されたのだった。

それから僕は混迷のひと時を過ごした。ただ、その状態がどのくらい続いたかは思い出せない。席を立ち、キッチンに向かい、うろうろしたのは確かだ。何か食べたかもしれない。ロレンツァは留守で、彼女と話せなくて残念に思った記憶もある。

コンピューターの前に戻ると、会議は通常の進行に戻っていた。アイフォーンはコンピューターのすぐそばにあったが、手に取る気にはなれなかった。なかで何かが蠢いているような予感がしたのかもしれない。だからしばらくじっとしていたら、ジュリオからメッセージが届いた。文面はツイッターの投稿のリンクで、そのあとに疑問符がついていた。

投稿は米国の社会学者フィオナ・マクマリガンのもので、ノヴェッリの「快挙」を「時代錯誤もいいところで醜悪」と断罪していた。彼女は問題のイタリア人科学者が勤務先の大学（大学名はひとつ残らず@マークつきでメンションされていた）のみならず、あらゆる所属組織から即時追放されることを希望していた。

マクマリガンのプロフィールを確認すると、二〇一一年からツイッターを利用していて、認証バッジつきのユーザーで、フォロワーが九十万人ほどいた。彼女は同じ投稿で当然、ノヴェッリのアカウントもメンションしていた。本能的にそれをタップし、彼のプロフィールを開いてみたら、フォロワーの数が数百名単位でどんどん増えていくところだった。

　僕のタイムラインは彼の話題で持ちきりだった。それがデジタルメディア特有の幻に過ぎず、こちらが興味を持ちそうな投稿をアルゴリズムが特に優先して表示しているのはわかっていたけれど、それでも凄い眺めだった。既に三つか四つは異なるハッシュタグが出来ていたが、最もシンプルな #Novelli というタグがいちばん多かった。

　そうこうするうちにスピーチの動画は細切れにされ、無数の火種となってネット上に拡散された。元の文脈から切り離されると、彼の発言は余計にスキャンダラスだった。ジュリオは短時間のうちに状況を把握したようで、我らが大先生のおかげでうちの大学の男性陣は今日はみんな大変な目に遭いそうだ、なんて書いてきた。これからどうなると思うかと問いかけると、彼は髑髏の絵文字を送ってよこした。

　ふたりのやりとりを中断させたのはB・Sからの電話だった。うすうす彼女から電話があるんじゃないかとは思っていた。コリエレに僕が寄稿する時の担当者だからだ。着信を完全に無視するという選択肢もあったが、問題を先送りにする以上の効果はなさそうだった。ねえ、ノヴェッリの動画観た？　彼女はそう尋ねてきた。

　ちょうど観てたところだよ。

　うちの新聞に載った彼のインタビューって、あなたのよね？　あなたから提案されたの覚えてるもの。

僕は黙っていた。答えるまでもない問いかけだったからだ。

B・Sは続けた。彼から簡単なコメントをもらうことできない？　なんだか今、結構な……反響を呼んでいるみたいだし。科学者の世界はもちろん、それ以外の場所でも。

コリエレでB・Sは、現代社会における女性の地位に関する報道を指揮する立場にあり、そうしたテーマが専門のブログを開設し、フェスティバルも開催していた。僕も彼女のブログには何度か文章を寄せたことがあり、フェスティバルのゲストに招かれ、性的平等について慎重かつ妥当な発言をしたこともあった。

もうしばらく彼とは連絡を取ってないんだ。僕は嘘をついた。電話番号もなくしちゃったんじゃないかな。

連絡がつかないなら、あなたがコメントを書いてよ。きちんとした記事も出ると思うけど、隣に並べればいいし。

無理だよ。僕は答えた。

あなたならすぐ書けちゃうと思うけど。三十行でいいから。ノヴェッリのあの錯乱気味な分析を解説してほしいの。

無理だって。僕はまた言った。

無理って、どうして？

ノヴェッリは友だちだからさ。

B・Sの電話のあと（そして最後の三、四秒間の沈黙に彼女がこめた非難を受け流したあと）、僕はツイッターに戻り、やや常軌を逸した熱心さで、電話のあいだに見逃した新しいコメントを読んでいった。何百というコメントがさまざまな言語でついていた。しかも僕が読んでいたのは全体のごく一部に過ぎないはずだった。ノヴェッリは非難され、中傷され、罵られ、ジョークとネットミームでこけにされていた。

アルゴリズムが僕のタイムラインでマリーナの連続投稿《スレッド》を強調表示した。理路整然としながらも悲痛な投稿だった。女性である彼女が男性である彼に対し直接、科学者として、そして物理学者として訴えかけたもので、ノヴェッリの議論の核心に触れ、論拠も解釈も誤っていると主張していた。大学卒業後に男女の能力曲線に差が出る（仮にそれが真実だとして）と証明するに当たり、事実、彼は性的平等についての真っ当な研究であれば必ず考慮に入れる重要な要素を完全に無視していた。すなわち、学界固有の男性優位主義、家事の存在、社会による不利な条件の押しつけだ。彼女はこう訴えていた。教授、あなたは考えたことがありますか。あんなにも優秀な学生だった女性の研究者たちが、どうして三十歳前後になるとなかなか論文を発表できなくなるのかを？

スレッドの終わりのほうで、マリーナは突如、自らの体験を告白していた。物質構造を研究していたころ、彼女はスイス連邦工科大学《ETH》チューリッヒ校から研究費提供の申し出を受けた。承諾すれば同校で研究チームを率いることになるはずだった。しかし彼女は既に双子の娘の母親で、当時、ふたりはまだ幼かった。夫は基本的に賛成だと言ってくれたが、その手の「基本的に賛成」と「本物の支持」の狭間では、社会における女性一般の地位が大きくものを言う。マリーナはスイス行きをあきらめ、そのポストはある男性の研究者のものとなった。男性が率いる研究チームはほどなく重大な成果を挙げ、多くの論文を発表した。彼のh指数は上昇し、彼女の指数はそのままとなった。結局、マリーナは研究者の道を下りた。教授、あなたのグラフのいったいどこにこうした現実が反映されているというのですか。

僕はたいした考えもなくスレッドの最後にお気に入りを示すハートマークをつけた。でもノヴェッリの画面上に「P・Gさんのお気に入り」という通知が現れる場面が頭に浮かんだので、マークを外した。そんなことをしても仕様的にもはや手遅れなのではないかという気もしないではなかったが。

マリーナのスレッドに返信を加えるマスターコースの学生もいた。たとえばフェルナンダ・ルッコは雄弁な画像を次々に貼りつけていた。

画面を更新すると、クルツィアのツイートがタイムラインのトップに表示された。飛行機から飛び降りたのか、墜落中の男の写真で、彼の下には一面の雲が広がっている。そこにクルツィアはこんな言葉を添えていた。雲の女性差別男 #Novelli。

それから僕と彼女のあいだでメッセージの激しい応酬があった。あんなこと書いて楽しいかい？ さっきの駄洒落のこと？ 悪くないと思ったんだけど。そういうあなたこそ何？ やけに動揺してるみたいね……。クルツィア、君だって彼のことは知っているだろう？ 友だちじゃないか！ 確かに一度、あのひとの家には行ったわ（あなたも覚えてるはず）。でもそれでもう友だちなら、アル・バグダーディーみたいな悪党までわたしの「友だち」ってことになっちゃうし。

そんなにノヴェッリが気の毒なら、どうしてあのひとを擁護するツイートを投稿しないの？

でも僕は何もしなかった。擁護も、非難もしなかった。ツイッターの僕のプロフィールページは、まるで僕が何ひとつ気づいていないみたいに、完全な中立を保ち続けた。

帰宅したロレンツァが見たものは、ソファーに座ってぼんやり宙を見つめる僕の姿だった。どうしてそんなに青い顔をしているのかと問われ、僕はノヴェッリのプレゼンテーションをかいつまんで見せながら、事件のあらましを説明した。最低ね。それが彼女のコメントだった。見事なまとめ方だと僕は感心した。それじゃ、記事は書かないの？

どうしろっていうんだい？

いつもどおりでいいじゃない？　事件について書いて、自分の意見を明らかにすれば。そんなことしたら、彼に反対だって、はっきり書かなきゃいけなくなる。

だから何もせずに、やり過ごすつもりなのね。

ほかにどうしろっていうんだい？　僕はまた言った。

まさにその時、僕の携帯電話がまた鳴りだした。クルツィアの名が画面に表示され、僕と妻の視線がそこで交差した。着信音はいったん途絶え、すぐにもう一度、鳴りだした。

出なさいよ、ロレンツァが言った。

いや、いい。

次はメッセージの番だった。ほとんど間を空けずにどんどん届いた。全部クルツィアからのメッセージだ。ひとつの文を細かく区切って立て続けに送信する悪い癖が彼女にはあった。

誰なの？　ロレンツァに訊かれた。とても落ちついた声で、わたしは本当に興味があるのだ、とでも言いたげだった。

誰って、フリーランスの記者さ。今度の騒動について僕にインタビューしたいんじゃないかな。たぶんだけど。

じゃあ、答えたほうがよさそうね。なんだか凄くしつこそうだし。

実は彼女、ちょっとした友だちでもあるんだ。僕は言った。

ちょっとした友だち？

だから今度のことで何か言いたいんだと思うけど、今はあまり相手をしたくないんだよ。

変ね。そんなお友だちがいるなんて聞いた覚えないけど。

絶対に話したよ。

ロレンツァは思い出そうとするように首を揺らしてから、断言した。いいえ、聞いてないわ。

そのあいだもクルツィアからのメッセージ着信は続いた。彼女はどうかしてしまったのではないか、そう思うほどだった。本能の勧めるままに携帯電話を裏返したり、どこかに投げつけたりしても、状況は悪化するほかなさそうだったから、ますます冷え冷えとしてきた妻の視線の下で増殖する通知を僕は放っておいた。

なんだったら、わたし、向こうに行ってようか？　やがてロレンツァは言った。そのほうがあなたも気兼ねなく返事できるでしょ？

馬鹿言うなよ。

行くわ、そのほうがよさそうだし。

彼女は寝室に消えた。バッグを置き、靴を脱ぎ、何か動かす音がした。僕はその隙に携帯を機内モードにして、ワッツアップの暴走をなんとか止めた。

やっぱりノヴェッリのこと、僕ははっきり意見を述べるべきなのかな？　僕は大声で尋ねた。でもロレンツァが答えてくれなかったので、もっと大きな声で繰り返した。ねえ、ノヴェッリのことだけど、僕はやっぱり意見を書くべきなのかい？　どう思う？

彼女は居間に戻ってきたが、自分はここで足を止める気もなければ、これ以上、同じ話で――または僕を相手に――時間を無駄にする気もない、という態度で通り抜けた。

クルツィアに訊いてみなさいよ。


そしていつまでも明けぬ一夜が始まった。どんな夫婦にもおそらくは訪れる夜、いや、そうでもないのだろうか。ともかく僕らには訪れた。

ロレンツァと僕はそれから何時間も家のあちこちで互いを避けたり、追ったりして過ごした。でもふたりとも結局は、どうしようもなくそこに引き寄せられてしまうみたいに、ソファーに戻った。なぜならあのソファーこそは我が家の重心であり、結婚生活の重心だったからだ。買った当時はふたりとも大好きなソファーだったのに、もうしっくりこなくなっていた。あんまりカラフルで、奇をてらっているようで、自分たちらしいソファーだとは思えなくなっていた。

そして、そのソファーの上で――いつかの晩、エウジェニオがジェラートをこぼして、二度と消えない丸い輪がうっすらと残ったソファーの上で――僕は、自分にはもう、これからのふたりの姿がまったく想像できないと言ったのだった。ふたりの会話がノヴェッリの話とクルツィアの通知の嵐からどうしてそんなところまで来てしまったのかはわからない。選べる言葉は無限にあったろうに、どんな消耗の道のりを歩むうちに自分がそんな言葉を吐いてしまったのかも。でも、あの時、僕は確かにこう言った。僕にはもう、これからの僕と君の姿がまったく想像できないよ。

僕はロレンツァに、五年後、十年後にふたりで一緒にいるところを考えてみても、何も見えないと告白した。そのころふたりがどんな人間になっているのかも、どこにいるのかも見当がつかない。視力を奪われたみたいに未来は真っ白になってしまった。そう告げた。

すべてが非常にゆっくりと、しかも非常に素早く展開した。まず、それまでずっと厳しかった彼女の態度が僕の告白を聞くなり一変した。僕はソファーに背が貼りついたみたいにまだそこに座っていたのだが、彼女は後ろから近づいてきた。そして、僕の頭を両手で挟むと、円を描くようにして撫で始めた。その仕草はまるで、こうしてマッサージをするだけできっとあなたの思考を正常に戻せるし、わたしたちの未来を思い描くのに必要な想像力だって、額から、こめかみから、あごから、きっとあふれ出す、とでも言いたげだった。

その時点までに言葉は既に山ほど交わしていたけれど、触れあうことはできずにいたから、彼女の手の感触はなんだかこの上なく新鮮だった。ロレンツァはソファーをぐるっと回り、僕の隣に座ると、時々やるみたいにしがみついてきた。揃えた両足のつまさきを伸ばして。いつの間にか彼女は靴下を脱ぎ、裸足になっていた。

わたしには見えるけどな。ほら、いつだかランサローテ島で、お昼の時間に迷いこんだ村があったでしょ？

裸のドイツ人だらけの？

そう、そこ。

どうして君と僕は、いつもそうやって裸のひとたちばかりがいる場所に行き着いちゃうんだと思う？　うまく言葉にならず少し苦労したが、僕は尋ねた。

わからないけど、何もヌーディズムがどうのって話じゃないの。あの村を思い出したのは、いたのがお年寄りばかりだったから。年を取ったヌーディストの夫婦が、いろんな人生と失望の末に、めいめいあの村にたどり着いた。もしかしたら、わたしたちだってあんなふうになれるんじゃないかなって思って。もちろん今すぐにじゃなくて、もう少し年を取ったら、って話よ。何を恥じることもなく、誰の注目を受けることもなく生きるの。それって、そう悪くない未来じゃないかと思って。

お尻までこんがり焼けたドイツ人たちに囲まれてね。

馬鹿みたいよね、わかってる。

そしてプラスチック・ベルトランの古いヒットソングを聞くわけだ。

すると彼女は何も答えず、馬鹿みたいよね、とも言わなかった。だから僕が言った。いや、実際、そう悪くないとは思うよ。

でも、それまでどうする？　少し間を空けて僕はまた尋ねた。

ロレンツァは顔を上げた。今からするつもりの提案に勢いを与えようとするみたいな動作だったが、僕の腕は離さなかった。とりあえず引っ越しをしてみてもいいんじゃないかしら。少し前から考えていたんだけど、エウジェニオがもうじき大学に行くでしょ？　そうしたら、わたしたちはもっと小さな家に越してもいいかなって。できれば、ちょっとしたテラスがあるといいな。これであなたもやっと自分専用の書斎が持てるだろうし。

つまり家さえ変えれば、それで解決するってことか。

僕の喧嘩腰な物言いに彼女は驚いたようだった。ある意味、僕も驚いていた。

解決するって、なんの解決？

子どもを作るかわりにテラスで一件落着。名案だよ。よし、新しい家を買おう。

一瞬前までふたりは限りなく近づいていたのに、その言葉を聞いた途端、彼女は僕の腕からぱっと離れた。でも、とりあえず、まだ立ち上がる勇気はないようだった。

あのね、彼女は口を開いた。わたしたち、時々、お互いの年の差を実感するでしょ？　わたしだってはっきり感じるわ。でもわたしが年を感じるのは、あなたが考えているような理由のせいじゃないの。たとえば、あなたがやたらと気にする体の老化のせいなんかじゃない。自分の欲望に対するあなたの態度があんまり子どもっぽいからよ。あなたはいつだって、自分に足りないもののことしか考えないから。

それって間違ったことかい？

どうなのかな。でも、残念ね。

記憶によると、その時、僕はまっすぐ前方を見つめていた。僕らが旅先で買い求めた記念品が並ぶ棚の方角だ。あんまりたくさんあって、どこで買ったか見当もつかない物もあった。いずれもふたりでそれなりに時間をかけて選び、ふたりで話しあい、ふたりで値切った思い出の品のはずだった。それが今はつまらない物ばかりに見えた。そんな記念品を見つめながら僕は言った。最後にパリに行った時、僕は彼女を探した。クルツィアだよ。僕はクルツィアに会いにいったんだ。

ロレンツァは身じろぎひとつしなかった。少なくとも僕は、視界の隅になんの動きも認めなかった。彼女はそのまましばし待ち、その不完全な情報を処理し、文脈的に不自然な「探す」という動詞の意味をおそらく分析した。それからこう尋ねてきた。彼女、年はいくつなの？

僕は感覚が麻痺したような状態だったのに、顔面の焼けるような痛みだけは感じていた。本当に何かが筋肉から出てこようとしているみたいだった。年は、僕と同じくらいだよ。

先に断っておくけど、わたし、じたばたしないから。

どういう意味だよ？

最初からこっちがあんまり不利だもの。だから、じたばたしない。

そこで彼女は腰を上げた。そしてきちんと立ってから、顔はふたりの旅の記念品――もう段ボール箱にでも片づけるしかないがらくたばかり、彼女もそう思っているはずの物たち――のほうに向けたまま、こんなことを言った。あなたは実験してみるべきなのかも。

実験？　何を実験しろって？

だがそれは過ぎた要求というもので、ロレンツァにそんな指示まで与えるつもりはなく、僕がひとりで考えるべきことだった。彼女はキッチンに向かった。何かやることがあったのだろう。なぜならキッチンという場所には必ずやることがあるものだからだ。毎日、いついかなる時でも。

それから僕らはまた話しあい、そのあとで——午前二時か、三時にはなっていたと思う——セックスもした。時に夫婦に訪れるその手の長い夜にはよくあることではなかろうか。要するに、延々と続く議論に歯止めをかけるためのセックスだ。なぜならそうした会話はとにかく中断されるべきであって、ほかに手だてはないからだ。

セックスのあとにいつも待っている一連の行為を僕らは普段よりも若干わびしい気分でこなした。つまり、交代でバスルームに行き、朝になったら替えるつもりで、湿したスポンジでマットレスカバーを拭いた。

僕は睡眠薬を呑んだ。でもろくに眠れやしなかった。そのかわりやたらと夢を見た。ある夢でロレンツァと僕は車に乗っていて、彼女が運転していた。奇妙なことだった。ローマで暮らしだしてから、彼女は絶対に車の運転をしなくなっていたからだ。カーナビが狂ってしまったらしく、僕らは山道へと導かれ、ひたすら上へ上へと登っていた。日が沈みつつあり、高みからの眺望は素晴らしく、ロレンツァなど、こんなに美しい場所はこれまで見たことがないとまで言った。でも僕らは同時におびえてもいた。このまま二度と下に戻ることができないとわかっていたからだ。ただしおびえると言っても、夢のなからしい、ぼんやりとしたおびえだった。やがて僕が運転を交代すると、カーブをひとつ曲がったところで道路が消え、タイヤが地面をつかむ感触が消え、車は墜落を始めた。何百メートルもの落差を、鼻先からまっすぐ下に向かって、眼下の海へと。

僕は夢の内容を携帯電話のメモに書き留めた。暗いところでそんなふうに画面をこつこつ叩いていれば、またロレンツァに真夜中に誰かとチャットをしていると誤解される危険はあった。でもそれは単に、僕がどうしてもやめられない習慣のひとつでしかなかった。

目を覚ますと僕らはふたたび理性の支配下にあった。復活祭直前の日曜日、いわゆる棕櫚《しゅろ》の主日で、僕はカロルにミサに行くと約束をしていた。彼がどうしても来いと言うので断れなかったのだ。そこで僕とロレンツァは必要な会話だけかわし、静かに支度をした。

家を出ると、ローマの町は臨戦態勢にあった。防弾チョッキを着た憲兵、パトカーに乗った警官、徒歩の警官、馬に乗った警官、マシンガンを抱えた兵士、特殊部隊、装甲車、空にはヘリコプター。なんでも匿名の手紙がチュニジア大使館に届き、アテフ・Mという男がよりによって聖週間で大変な人出のローマでテロを起こそうとしていると警告したらしい。容疑者を正面と横からとらえた写真が公開されており、それを見れば、危険人物であることは確かに一目瞭然だった。まっすぐな額の生え際、フードパーカーの前をV字に開いた横柄な態度、いかにも凶暴そうな強い光をたたえた目。

それから何日かして、テレビの尋ね人番組がアテフ・Mをチュニジア東部沿岸の町、マーディアで探し当てることになる。容疑者はその町の住人だった。インタビューによれば、問題の手紙は彼の仕事仲間の嫌がらせで、金のからんだトラブルが背景にはあったらしい。だがそうとは知らぬローマはあの日、防備を固めていたのだった。やがてロレンツァと僕は、道路封鎖にぶつかってしまった。迂回路を選べば、ほかの道路封鎖と渋滞の可能性を考慮して、甘く見積もっても四十分は余計に時間がかかるはずだった。僕らの抗議に憲兵は肩をすくめた。もういいわ、ロレンツァは僕に言った。帰りましょう。

とりあえず行ってみようよ。

うまくいってもミサなんてとっくに終わってるわ！

でもカロルに約束したんだ。

僕らはまだ、並んで道をふさぐ憲兵隊のバントラックの前でぐずぐずしていた。憲兵が早く車を動かせというジェスチャーを繰り返した。ロレンツァは少し僕の様子をうかがってから、こんなことを言った。あなたってそうやってお友だちに妙に義理堅いところがあるけど、いったいなんなの？　本当にわかんない。

その台詞にはあまりに多くの含みがあって、僕には数えようにも数えきれないくらいだったが、それは彼女にしても同じだったのかもしれない。僕らはどちらもろくに寝ておらず、言葉の応酬を散々したあとだったのだから。

でも考えてみれば、それってとても皮肉な態度よね。あなたはカロルのところに行けばいいわ。わたし、ここで降りるから。

彼女はバッグを手に取ると、なかをひっかき回し始めた。家の鍵か何かをちゃんと持っているか確認するようなそぶりだったが、実際は僕に考え直す時間を与え、彼女の提案に従う時間を与えようとしたのだろう。きっと僕はそこで彼女の手を止め、こう言うべきだったのだ。よし、海にでも行こうか、ミサもカロルもどうだっていいよ、こんなにいい天気なんだし、大切なのは君と一緒にいることなんだから！　でも僕はそうしなかった。

家の近くまで送ろうかと言ってみたが、今度は向こうが断ってきた。彼女は車を降り、僕はUターンをした。憲兵はそのあいだずっとフロントガラス越しにこちらの様子を眺めていた。僕らのことをどう思っただろう？　彼の視線から読み取れたのは無関心だけだった。

僕が教会に入った時、カロルは福音書を朗読していた。ベンチには空席がまだちらほらあったが、こちらの姿に彼が気づくように僕は立っていた。彼との約束を守るためにどれだけ苦労したか、あとで恩着せがましく言ってやるつもりだった。

朗読のあとの説教で彼はやや難解な語り口で選択について語り、あらゆる断絶に隠された機会について語った。だってキリストの復活について考えてみてください。あれが人類史上、最大の断絶でなければいったいなんでしょうか。ひょっとしてカロルは僕の話をしているのではないかと思ったが、考えてみればそれこそ説教の手管、いや、宗教という宗教の手管であって、いつ誰が聞いても自分のことを言われているように聞こえるものなのだ。いずれにしても、僕は彼の話を最後まできちんと聞いていなかった。車のなかでのロレンツァとの短いやりとりが気になって仕方なかった。外に出て彼女に電話をし、問題を一刻も早く解決したかった。僕はいつだって問題を一刻も早く解決したくなってしまう。僕と断絶一般との関係は理想的とは言いがたかった。

ミサが終わると、僕は教会の入口の階段の下で、頭のなかで丁寧に練り上げておいたメッセージを書いて送った。平然としつつも後悔のにじむ言葉だ。そして返事を待った。

女性の声がして、僕は顔を上げた。あなたよね？

目の前にいたのは、二十歳を少し超えたくらいの、栗色の髪をヘアバンドで後ろにまとめた娘だった。彼女があの娘であることは瞬時にわかった。

彼の友だちって、あなたでしょ？

だと思う。エリーザだよね。

握手のために手を差し出した僕は、彼女の手を握りながら、どういうわけか、そのまま人目につかない場所に引っ張っていきたい衝動にかられた。でも、エリーザは落ちついたもので、僕をやけに間近で凝視するのだった。少し貪欲そうな強い視線には、長いこと空想してきた人間をじっくり観察してやろうという意思が感じられた。

ちょっとつきあってほしい場所があるんだけど、と彼女は言った。相談したいことがあって。

本能的に僕は教会の入口を振り返った。カロルはそこでひとりずつ信者たちと挨拶をしていた。

彼ならあとから来るから、心配いらないわ。

僕は彼女について行った。そうするほかなかった。駐車場に着くと、地下鉄とバスで来たので、車に乗せてくれないかと頼まれた。だからふたりでうちの車に乗った。彼女の道案内に従って運転しながら、僕は一瞬、ロレンツァの視点からその状況を眺めていた。後部座席の中央に彼女が黙って座ってこちらを見ているみたいに。

僕とエリーザは道中、余計な会話は一切交わさなかった。やがて彼女はピザ屋の看板を指差した。あそこよ。

僕らは四人の席が用意されたテーブルに座った。彼女の名前で予約済みだった。

奥さんは来ないの？

ぎりぎりで用事が出来てしまってね。

残念、会いたかったわ。でも逆によかったのかも。このほうが落ちついて話せるし。

ウェイターが水と小袋入りのグリッシーニを持ってきたので、僕らは袋をひとつずつ開けて、グリッシーニをかじった。

彼女とはいつもここで会ってるの？　気づけば僕はそんなことを尋ねていた。あまり若い娘だったから、そうしてふたりきりで向かいあっているのが居心地悪くて、僕は彼女から目をそらし、壁のだまし絵とか、既にグリッシーニのかけらだらけのテーブルクロスとか、あらぬ方角ばかり見ていた。

ぱっとしないお店でしょ？　でも、わたしも彼も愛着が湧いちゃって。それにピザはおいしいの。とっても薄いピザよ。

大学は生物学科だったね。

うん、でも選択を間違えたかなと思ってる。何か文系の学科にしておくべきだったかも。そっちのほうがずっと興味あるし。もう手遅れだけどね。

手遅れ？　そんなことはないさ。好きなことをなんでも実験してみるがいいさ。

思いがけず強い口調になってしまった。しかも、時に言葉と言葉のあいだで起きる感化のせいだろう、僕はロレンツァに深夜に投げつけられたのと同じ「実験する」という言葉を気づけば選んでいた。いっぱい食わされた気分だった。まずはカロルに。明らかに彼が仕組んだ状況にそんなかたちで引きずりこまれたのが悔しかった。それにエリーザにも腹が立った。昼時にそんな店に連れてこられて、こっちは結婚生活が今にも破綻しそうだというのに、彼女の大学生活への不満などどうして聞かねばならないのか。

彼女は言った。カロルにアイフォーンをくれたのってあなたなんでしょう？　だからあなたのおかげでもあるの。あのアイフォーンがなかったらわたしたち、こんなに連絡を取りあうこともできなかったろうし。

確かに僕は彼に古いアイフォーンを譲った。二年ほど前のことだ。画面のガラスが三度目に割れた時、うんざりして新しい機種を買ったので、いらなくなった5Sだった。

だから相談相手にはあなたがいちばんだろうって思って。本当を言えば、ほかに話せる相手が誰もいないんだけど！

彼女はひきつった笑い声を上げた。つかの間、落ちついた大人の仮面が砕けて、年相応の娘らしくなった。

カロルとわたし、つきあっているの。もう聞いていると思うけど。

どう反応したものかわからず、僕は無表情のままでいた。

彼と出会ったのは大変な時期だったわ。わたし、同い年の恋人と別れたばかりで。それがちょっとひどい男だったの。というか、最悪な男だった。エリーザは左右の頬を吸ってへこませると、口のなかで噛もうとしているみたいな顔をした。その手はグリッシーニの包装紙をいじっている。わたしの家はローマでもことは反対側にあるの。ほら環状線がこうやって町を囲んでるでしょ？　うちはここで、今わたしたちがいるのはここ。

直径を挟んで真逆だね。

そう、直径を挟んで真逆。だから、わたしこの教区を選んだんだ。逃げ場がほしかったたし、わたしのこと何も知らないひとたちに会いたかった。それで、できるだけ遠い教区にしようって決めたの。そしてカロルと出会った。でもこういう話、全部、彼に聞いてるんじゃない？

いいや、聞いてない。

そうなんだ。

エリーザは小さく失望し、ちょっと思案顔になった。なんにしても、今のがふたりのなれそめの超ダイジェスト版ね。でも改めて振り返ると、本当にこれでよかったのかなって思っちゃう。

どうして？

あんまり偶然任せな気がして。つまり、わたしがこの地域を選んだのも、この教区を選んだのも偶然だったから。もし別の教区に行っていたら、たとえば隣の教区に行ったとしても同じだったのかな？　誰か別のひとに出会ってた？　それもやっぱり神父さんだったりして。こんなこと言って、軽薄な女だと思われたくないんだけど。でもひょっとして、わたしが新しい恋をしようと必死だったから、たまたまカロルを巻きこんじゃったんじゃないかと思って。

ウェイターが戻ってきて、注文は決まったかと尋ねてきた。まだ全員揃っていないので待たせてほしいと答えると、もうじき店は客でいっぱいになるので、待ち時間が長くなると警告された。ウェイターが行ってしまうと、エリーザはこらえていた息をいっぺんに吐き出した。わたし七月に卒業するの、と彼女は言った。それから大学院に進むつもりなんだけど、場所がパドヴァで。カロルがもうすっかり一緒に来るつもりになっちゃってて。

パドヴァに？　彼も向こうの教区に転任したがっているってことかい？

気づいたら、ちょっととんでもないことになっちゃってて！

彼女は急に涙を浮かべた。子どもっぽい涙だ。悲しみの涙というより、緊張のせいか。それで、あなたから彼に考え直すよう言ってほしいの。

カロルはその時、店に入ってきた。ジーンズとシャツに着替えていた。近づいてきたウェイターに対して僕らを指し示すと、彼はにこにこしながらやってきた。僕はとっさにエリーザにうなずいてみせた。わかったよ、もちろん君に協力するし、君のためならなんでもしよう、というふうに。彼女の顔にあの感極まった表情の跡はもはやなかった。

厄介な昼食だった。僕らは三枚の違うピザを注文して三等分し、みんなが三種類とも味わえるようにした。カロルとエリーザは内輪の冗談をひたすらに言いあった。こちらもそれにつきあい、楽しむのが当然だと考えていたようだが、無理な相談だった。彼らはいつもふたりで座る席を何度も僕に示した。だけどその日の彼らはふたりきりではなく、ふたりを目撃し、ふたりが一緒にいたことを証言できる第三者と初めて一緒にいるのだった。

食後のコーヒーが来ると、カロルはエリーザの手に自分の手を重ねた。勇気を出してそうしようとずっとがんばっていたらしい。親指で彼女の手のひらをリズミカルに撫でながら、少なくとも十五分は手を離さなかった。僕に向かって、ほら見たか、嘘じゃなかったろう？　とでも言いたげな仕草だった。全部、本当の話なんだ！　彼女は実在しているんだよ！

エリーザは手を引っこめようとはしなかった。でも、みんなで席を立つ寸前になって、初めて会った時のような強い視線をまたこちらに投げてきた。きっと助けてくれと念を押すような目だった。メッセージへのロレンツァの返事はまだなかった。

その週末について今も覚えている次の情景のなかで僕はベッドの端に腰かけている。ホテルの部屋だ。部屋の壁は明るい茶色。僕の横には肩掛け鞄がひとつ。その荷物が必要になるのはほんの数日かもしれず、あるいはそのまま二度と帰らぬ旅となるやもしれなかった。ホテルはアウレリア街道沿いにずらりと並ぶ、企業のコンベンション向けの大型ビジネスホテルのひとつだった。前を車で通ったことは何遍もあったが、そこで一夜を過ごす日が来ようとは夢にも思わなかった。

カロルたちとの昼食のあと、家でまた口論になった。今度のそれはずっと短くて、ふたりの口調も前とは違っていて、主にロレンツァの言い分を聞かされた。あったばかりの出来事なのに、その口論までやけに遠く感じられた。

夕食の時間は過ぎていたが、空腹は覚えなかった。それでも僕は一階に降りた。食事用の広間はやたらと大きかった。ガラス窓の外に、照明の変化に合わせて噴き出し方のパターンが変わる噴水があった。僕はとにかく目のやり場がほしくて、テレビが見やすい席を選んだ。結局、ローマでテロは起きなかった。

食べ残して夕食を終えようとしていたら、アドレス帳に登録されていない番号からメッセージが届いた。エリーザです。もしかして、もうカロルとあの話はしちゃいましたか。時間がなかったのでまだしていない、と僕は返信した。

よかった！！！　なんだか自信がなくなっちゃって。もう少し考えてみたいんです。

それから続けて、こんな言葉が届いた。素敵なものを捨てるのは嫌だし、そんなの無意味だから。

そしてさらにまた一通。あなたはどうしたらいいと思いますか？

僕は、自分ほどアドバイスを与えるのに不適格な人間はいないし、とりわけ今夜は駄目だと答えたが、それ以上の説明はしなかったから、彼女はこちらの暗示に気づかなかった。僕の電話番号は、自分の書いた詩を僕に批評してもらうためという言い訳でカロルから聞き出したそうだ。そうそう、せっかくだから、迷惑じゃなければ、本当に詩の感想を聞かせてくれない？　みんな自分のために書いた詩で、地味なのばっかりなんだけど。

自分のために書いた詩ならどうして僕に読ませるの？　と、いったんからかってから、僕はこう続けた。詩は詳しくないけど、それでもよければ、もちろん読ませてもらうよ。

そんな調子でまだ少しメッセージのやりとりを続けてから、エリーザはワードファイルをひとつ送ってきた。僕はそのまま食事用の広間で、本当に彼女の詩を読みだした。感想など何ひとつ思い浮かばず、思い浮かべる努力もしなかった。

アウレリア街道のホテルには五泊した。ある晩、同じ食事用の広間で、偶然、テレビでノヴェッリを見た。民放のトークショーへのゲスト出演だった。一コーナー丸ごと彼の特集で、「ノーベル賞受賞者、集中砲火を浴びる」というタイトルがついていた。僕はウェイターに頼んでテレビのボリュームを上げてもらった。

その数日前からいくつかの出来事が立て続けに起き、僕も一応、防音ガラス越し程度にはかかわりを持った。まず月曜日の朝、パリの大学の教授会が緊急会議を開き、ノヴェッリを停職処分とし、担当教務のすべてから外した。期限は未定。大学は声明文を発表し、ノヴェッリ教授の極めて問題のある立場に公式に反対し、それが大学の立場とは完全に無関係であるのみならず、ガイア・センシをはじめとするあらゆる女性科学者を傷つけるものだと主張し、センシに対する強い連帯を示した。

彼ほどの教授となれば当然だが、ノヴェッリは欧米諸国はもちろん、中国からオーストラリアにいたるまで、相当な数の教育機関と関係を結んでいた。ところがパリの大学の声明文を皮切りに、二十四時間も経たぬうちに彼はそのどこからも追放された。僕は彼の失墜の最新情報をツイッターのタイムラインで追った。そうした教育機関のなかで、ただひとつエマージング・ワールド・クライメート・フォーラムの声明文だけは、ノヴェッリを評議員から解任するに当たり、長年にわたる彼の貴重な働きに感謝していた。

水曜日、彼から一通のメールが届いた。文面は英文だった。ノヴェッリは僕たち――同僚、友人、知人一同――に対して、自分の闘いを支持してほしいと訴えていた。なぜならそれは彼個人の闘いではなく、真実を語る権利を主張する闘争だからというのだった。彼は例の会議での出来事を自らの観点から振り返り（そして、わたしはデータを並べただけだ、という主張をまたしても繰り返し）、その結果、リンチを受ける羽目になった顚末をまとめてから、こう続けていた。このまま行けば、科学者は発見するものを恐れ、言葉にすることを恐れるようになってしまいます。それが我々の望む進歩でしょうか。もしあなたがたがわたし同様、違う未来を望み、研究の独立を重視するならば、ひとつ大切なお願いがあります。同僚のロバート・T・フリードマンが自主的に書いてくれた、わたしの立場を支持する手紙に署名してください。明晩、各国の複数の新聞社に宛てて送ることになっています。添付ファイルがその手紙です。

僕はその時、半分寝そべって、ノートパソコンを腹に載せた格好だった。僕は添付ファイルの文書を読み、もう一度読んだ。それからロバート・トーマス・フリードマンなる学者をグーグルで検索し、ミズーリ州の大学で何かのスキャンダルに巻きこまれた過去のある人物であると知った。重要な論文はしばらく前から発表していない様子だった。それからノヴェッリのメールをもう少しよく調べてみた。それは僕に直接宛てたメールではなかった。宛て先は彼自身になっていて、僕からは見えない宛て先にコピーを送るBCC機能を利用しており、実際に何人に一斉送信されたかは見当もつかないメールだった。僕は翌日まで様子を見ることにした。

翌朝、二通目のメールが届いた。タイトルは英語で「Reminder（再度のお知らせ）」だったので、僕は開封もせず、そのまま何時間か放っておいた。ついにはノヴェッリが直接、電話をかけてきた。歯を磨いていたら、アイフォーンが虫のように机の上で振動したのだ。それから少ししして、手紙は読んでくれたか、という彼のメッセージが届いた。それで、署名してくれるかい？

そこまで来ると僕も無視できず、返事を書いた。悪いのだけど、君の発言には賛成できない。それに公開書簡はことを余計にややこしくするだけだと思う。

僕はバスルームに戻り、そこで座って、返信を待った。そうか。それがノヴェッリの返事だった。何かまだ書いてくるのではないかと思って待ったが、それきりだったので、また僕が書いた。ここしばらく大変だったみたいだね、J。

わざと彼のファーストネームの頭文字を書いたのは、いろいろあっても僕は味方だという気持ちをいくらかでも示したかったからだ。でも彼が欲していたのは僕の気持ちなどではなく、署名だった。もし考えが変わったら七時まで時間はあるから、そんな答えが返ってきた。最後通牒のような通告であり、実際、最後通牒そのものだったが、その対象は問題の手紙だけではなく、もっと広かった。何しろ僕の彼に対する忠誠、ふたりの友情、ふたりのきずなのタイムリミットを告げていたのだから。

そして今、ノヴェッリ教授は、アウレリア街道沿いの僕の新しいダイニングルームの、位置の高過ぎるテレビに映り、収録スタジオ中央の肘掛け椅子に少々だらしない姿勢で座った姿をさらしていた。

反省した様子もなければ、たいしてしょげた顔でもなく、むしろ腹を立てているように見えた。メディアが騒ぎ立てるせいで、わたしは時間を無駄にさせられて、極地の氷の異様な融解をはじめとするずっと深刻な問題に集中できやしない、とでも言いたげだった。

議論は相当前から本題に入っていたようだったが、グーグルアラートのへまのせいで、僕は序盤を見逃してしまった。いずれにしても進行中の討論の基本的な論調は明白だった。それは、伝統的なメディアの立場と対立さえしていれば、どんなに少数派の立場でも、その善し悪しは問わずに支持するタイプのトークショーだった。そして当時、ノヴェッリを擁護するという行為こそはまさにそうした立場に当たっていた。

司会者はノヴェッリのことは常に教授と呼び、会場にはいない彼のライバル、ガイア・センシのことは単にガイア・センシと呼んでいたが、その不平等な扱いに異議を申し立てる者はなかった。出演者たちがめいめい表現の自由を巡り、混乱気味な意見を述べたあと、マイクがノヴェッリに戻ってきた。ノヴェッリはお得意の言葉遊びを披露し、表現の自由については表現を遠慮させてください、と言ってから、こう続けた。それはジャーナリストとかインテリが論じるべき話題です。わたしは科学者です。科学では表現の自由は問題になることすらありません。仮定、データ、実験による確認、学界の追認。科学はそれがすべてですから。

間髪いれず司会者が訊いた。性的平等についての論文をお書きになったのに科学誌が掲載の検討もしてくれない、というのは本当ですか。そのようですね、とノヴェッリが答えると、司会者は直接カメラに向かって語りだした。みなさん、おわかりですか。政治的に正しいか否か、いわゆるポリコレの名の下に、今日の社会はひとりの教授の研究成果まで排除しようとしているのです！　論文を批判するならばまだしも、一顧だにしないのです！　これは新たな形態のファシズムではないでしょうか？　ノヴェッリ教授はほかでもない、かのノーベル賞の受賞者なんですよ？

そうしたかたちで彼を受賞者扱いするのはやり過ぎだったが、視聴者には間違いなく響いたはずだ。ノヴェッリもあえて発言を訂正しなかった。

もう一周、出演者たちの意見が手短に問われる場面が続いた。そのあいだ「雲のひと」はかすかにうなずくだけで、時とともに議論への関心を失いつつあるようだった。最後に司会者はそれまでとは異なる優しい声で彼に問いかけた。今、どんなご気分ですか、教授？

ノヴェッリは急に話を振られて慌てたらしい。椅子の上で姿勢を改め、組んでいた脚を下ろし、反対に組み直した。そして咳をしてから、混乱気味な口調で、こんなことをもごもごと言った。もはや我々は真実の概念に不慣れで、世界からは事実という事実が追放され、そのかわりに都合のいい解釈ばかりが用いられるようになってしまいました。わたしは二十年以上前から気候危機を扱っており、このテーマに関しては誰よりも詳しいというのに。

ええ、でも、今の教授のお気持ちをうかがいたいのですが。

するとノヴェッリは僕もよく知っている表情になった。閉じた唇をぐっと横に引き、うつむいたのだ。ちょっと失望しました。彼はそう答えた。でも、大学や新聞社に失望したわけではありません。ああしたものはただの……組織であって、抽象的なものですから。

では何に失望したのですか、教授？

人々にです。わたしは人々に失望したんです。

食事の広間はもう誰もいなくなっていたが、外の噴水は一連のショーを繰り返していた。番組が終わると、僕はノヴェッリに一通、メッセージを書いた。文面は覚えていないが、重たい空気を和らげるつもりで冗談を書いたのに、出来がよくなかったことだけは覚えている。彼の既読のマークがついたあと、僕は二十分ばかりぼんやりと返信を待った。それから勘定書にサインをして、宿泊費と一緒の後払いにすると、エレベーターに向かって歩きだした。

数日後、僕はトリノに行った。後退し、過去に戻るのが理にかなった選択に思えたからだ。それにローマには腹が立っていた。僕の身に起きた最近の出来事はみんなローマのせいなんじゃないか、そんな気がしていた。町の汚さも、乱雑なところも、日が暮れると道という道が真っ暗になるところも、ぼんやりした観光客の群れも、いきなり通行止めになる通りも、検問所もうんざりだった。そうだ、きっとローマ暮らしが悪かったのだ。僕がローマに暮らすようになってからというもの、両親がトリノから絵葉書を送ってくるようになったのも、ふたりが僕よりも先にそうしたことを理解していたからなのかもしれない。年に二通ほど絵葉書は届いた。まるで今や息子がはるかオーストラリアにでも住んでいるみたいに。

実家のドアを叩く前に僕は団地の庭を歩いてみた。子ども時代と何ひとつ変わっていなかったが、草木は以前より繁茂していて、ところどころ藪になっていた。もう誰も来ないのかもしれなかった。

ロレンツァ抜きで帰っても別に驚かれなかった。以前から、天涯孤独な過去の亡霊のように、実家にはたいていひとりで帰っていたからだ。母さんは戸口でちょっとだけ僕の姿を観察した。

そして、隈が出来てるじゃないの、少しは健康に気をつかいなさい、と言った。形ばかりのやりとりは手短に済ませ、僕らはすぐにテーブルに着いた。

父さんには夕食の席で必ず一席、短い講演をする癖があり、その内容は長年のあいだに何度も変わったが、定期的に繰り返される話題がいくつかあった。たとえば石油危機、常温核融合、インフレーション、世界の全人口をひと桁減らすだけであらゆる問題はまたたく間に解決するという理論がそうだ。エネルギー問題が特に幅を利かせていた。朝、目が覚めたら急に世界の原動力が失われていたらどうしたらいい？　そんな恐れをあのひとは密かに抱えていたのかもしれない。

でもあの晩、父さんの懸念の対象は水だった。珍しい話題だが、完全に初めての話題でもない（あいまいな記憶だが、子どものころ、近い将来、水資源が枯渇するという説明を聞かされた覚えがある）。お前、知ってるか？　最近、水道水から性ホルモンが高濃度で検出されたそうだ。特にエストロゲンが多いとか。

もちろん僕は知らなかった。父さんが知っていることを僕はまず知らなかった。というより、そうした新たな知識を相変わらず次々に見つけてくることが僕にとっては驚きだった。実家に帰ってきた息子を驚かせたくて、毎回その手の話題をわざわざ用意しているのではないかと疑ってもいた。

要するに我々は毎日、女性ホルモンのジュースを飲んでいるようなもんなんだ。お前たちローマじゃ、水道水を飲んでいるのか？

僕は浄水器を使っていると説明した。ミネラルウォーターを買うよりエコだからだ。

ローマの水はひどい味だな。

父さんにとっちゃ、ローマはなんでもひどい町じゃないか。僕はおどけて会話の調子を和らげようとしたが、うまくいかなかった。

父さんは続けた。さまざまな内分泌攪乱物質、いわゆる環境ホルモンをお前も含めて我々の誰もが、日々摂取している。これが生殖能力に特に深刻な被害をもたらすんだ。とりわけ男だ。そりゃ当然だろう？　我々がエストラジオールをがぶ呑みするようになろうとは、進化にしたって予想していなかったろうしな。非雄化《デマスコリニッザツィオーネ》の傾向は魚については明確なデータが出ている。しかし人間の場合は話が別だと言いきれるだけの根拠はどこにもないぞ。実際、この六十年間だけでも男性器の長さは平均二センチ短くなっているんだからな。

そこで母さんが僕に声をかけた。あなた、ちょっとまぶたが震えてるわね。左のまぶた。

僕は人差し指を左まぶたに当てた。そのあいだも父さんは精子数検査について何か語っていた。はたして今夜の話題は明確な意図をもって選ばれたものなのだろうか。僕は疑問に思った。僕とロレンツァの失敗に終わった数々の試みについて両親に説明したことは一度もなかったが、僕ら夫婦のあいだに子どものできる気配がもはやどう見てもなさそうなのもまた明白な事実だった。

このボッリート（ピエモンテ州の郷土料理。牛の煮こみ）、おいしいね。僕は言った。

子牛の頭は買わなかったの。母さんが答えた。お肉屋さんにやめておけって言われて。

よかった。僕はぼそりと言った。どうせ頭は気味悪くて前から苦手だったから。

話題が食事の内容にそれたせいで、父さんのモノローグが止まった。しばらくはこちらをじろじろ眺め、話を再開するタイミングをうかがっていたが、そのうちあきらめたのか、こんなことを言った。で、あのノヴェッリというのは？　かなり変わった男のようだが。

テレビで見たわ。母さんも言った。あなたがバカンスでお世話になったひとね。

ありゃ、ちょっと混乱していたふうだったな、と父さん。

そうそう、サルデニアに行ったのよね、と母さんが続けた。

ふたりの言葉はどれも質問ではなかったから、僕は何も言わずに済んだ。なんにしてもふたりとも状況をよく理解している様子だった。息子が夏に世話になった科学者が最近よく、時代遅れな女性差別主義者の代表格としてテレビのトークショーにゲスト出演している、というふうに。

僕は父さんに尋ねた。非雄化《デマスコリニッザツィオーネ》なんて言葉、本当にあるの？

もちろんあるさ！

ちょっと怪しいな。デマスコリニッザツィオーネ。発音するのもひと苦労だし。

夕食のあと、僕らはソファーに移動して、父さんがデジタル化した昔のスライドをしばし鑑賞した。デジタル化は彼がそのころずいぶんと熱中していた作業で、最終的には本格的な写真アーカイブが完成しそうだった。一部はプリントするつもりだよ、と父さんは言った。自分の人生が全部、たった一本のUSBメモリーに収まってしまうというのはなんとなく不愉快だからな。

一枚、我が家のバルコニーから撮影したポー川の写真があった。堤防が決壊した日の光景だ。地下室が浸水して、父さんが創刊号から集めていた『サイエンティフィック・アメリカン』誌のイタリア版『レ・シェンツェ』のコレクションも泥の塊になってしまった。それを僕とふたりで交互に手押し車に載せて捨てにいった時、父さんはやけに静かだった。おそらくは喪失の悲しみに包まれていたのだろう。

あの洪水は覚えているか。僕がその写真に見入っているのに気づいて、父さんは尋ねてきた。

もちろん、覚えてるよ。

僕も父さんにあの失われた『レ・シェンツェ』を覚えているかどうか尋ねてみたかったけれど、やめておいた。それは父さんに訊けずにいたことのひとつだった。僕が大学の専攻科目に物理学を選んだことを父さんははたして喜んでくれていたのか。もしそうなら、その選択にはあのひとの悲観主義的な刷りこみと、洪水で駄目になったあの『レ・シェンツェ』のコレクションが関係していたのを知っていたのか。大学を出たあと、僕はよく父さんにアインシュタインの名言を得意げに聞かされた。本当に彼のものかどうか疑わしいが、それはこんな言葉だった。「三十歳までに科学に重大な貢献ができなかった研究者は、おそらく一生そのままだろう」。僕がたいした貢献もできぬまま研究者の道を下りた時、父さんは反対しなかった。ただ一度だけ、ソファーで腕を組んで座るあのひとに、でも物理学はどうするんだ？　と訊かれたことがあった。物理学はもういいよ。僕はそう答えた。そうか、物理学はもういいのか。

もしかすると父さんは、僕の科学からの脱走を自分に対する裏切りと受け止めたのかもしれない。物理学を捨てて正確には何がしたいんだ？　作家としてこの先、どんな分野を究めるつもりなんだ？　そうした疑問をぶつけられたことはなかったが、もし尋ねられていたら、僕はきっとこんなふうに答えていたはずだ。ずっと勉強ばかりしてきたからね、今度は無能を目指してみたい。やっと専門のない人間になれるんだ。

もともとは実家に泊まるつもりでいたが、両親に予告はしておらず、バッグもまだ車のなかだった。僕はふたりとハグを交わし、家を出ると、車で地区のなかを三十分ばかり回った。自分でも何を探しているのかよくわからなかったけれど、ささやかな感動、故郷に戻ってきた感慨、そんなものではなかったか。それから車を路肩に寄せて、ホテルを探した。直前割引の空室があるホテルのリストから、ボストンに決めた。折衷主義のファサードに前々から興味を引かれていたホテルで、内装が部屋ごとに違うのも知っていた。レセプションで、トリップアドバイザーで写真を見た天井にワニの吊るされた部屋に泊まれないかと訊いてみたが、空いていなかった。

僕の部屋はぶ厚いカーテンがかかっていて、褐色のフローリングがきしみ、裸足で歩くのが気持ちよさそうだったので、まず靴を脱いだ。その時、僕がそこにいることを知る者はなかった。当然、レセプションの女性だけは例外だが、彼女にとって僕はなんの意味も持たない人間だった。

服を脱ぎ、アイパッドで音楽をかけると、ベッドと窓のあいだの空間でしばらくパンツ一丁で踊った。少年時代の僕はよく踊った。不意の闖入者に見つからぬよう、いつも部屋のドアに耳を澄ましながら。誰も見ていない時にするあれこれ。それだけで前に進むには十分ではないか。踊り、何ひとつ責任を感じることなく、つかの間の多幸感のために生きればいいのだ。

中庭を覗いてみた。トリノの中心部にしては、立派な庭だった。黒っぽい色をした、大きめの四角い水槽まであって、つやつやした真っ赤な鯉が何匹もてんでばらばらに泳いでいた。屋根の上の空はあの町らしい層積雲に覆われていた。形らしい形を持たぬ、輪郭の不明瞭な低い雲だ。その背後に、ごくかすかに、ぼんやりにじんだ月が見えた。

それから何ヵ月ものあいだ僕は常に旅の空にあった。ずっと家に帰らなかったということではなく、きちんと帰っていたのだが、いつも最低限必要な時間しか留まらなかった。そして別の列車に乗るか、別の飛行機に乗り、車で行ける場所なら車を運転して、また別のホテルにチェックインして、一週間かそこら滞在した。要するに、出発・帰宅・また出発を休みなく繰り返す日々だった。

表向きの理由は例の本のための取材旅行ということになっていた。（ほぼ）どんな奇行の言い訳としても通用する点、作家という職業は確かに便利だ。ロレンツァとカロル以外、僕がそうして駆けずり回っている真の理由を知る者はなかった。それにロレンツァと僕は、少なくともまだ今のところは、自分たちに起きていることの真相を誰かに告げる必要はないと考えていた。そもそも説明するにしても、僕ら自身、それをなんと呼んだものかわからずにいたのだから。

僕は町の見物にはまず行かなかった。町は本当にどうでもよかった。どこもみんな同じか、そうでなくても事前に想像していたとおりだったからだ。関心があったのはホテルの部屋だけで、中庭の駐車場に面した部屋ならなお結構だった。

チェックインのあとはいつも同じことを同じ順序でやった。まず自慰をして、火傷しそうに熱いシャワーをゆっくりと浴びて、冷蔵庫の中身を確認して、ルームサービスでトーストサンドイッチを頼んで、会話が成立しなくなるほど酔ってしまう前にロレンツァに電話して、また飲んで、余力があれば、また自慰をした。ホテルの部屋の照明スイッチとの格闘に夜な夜な自分が合計どのくらいの時間を費やしたのかは見当もつかないが、それが常識的な想像をはるかに超えるレベルでいい暇つぶしになることならば知っている。そして夜の九時ごろにはたいていある種のカタルシスに達し、ほんのつかの間だが完全な無我の境地にいたり、そのまま眠りに落ちた。

原爆の本の執筆はどうなっていたかと言えば、もうしばらく前から停滞していた。目的地がどこであれ僕は必ず、核抑止を論じた同じ一冊を抱えて向かった。この本が荷物のなかにある限り、自分はきっと仕事をするだろう。そう思えたからなのかもしれない。結局、あの時期は三十ページくらいしか書けなかったはずだ。あとは新聞に記事を何本か、僕が死んだと世間に勘違いさせぬために最低限必要な量だけ寄稿した。想像とは異なり、情緒不安定な日々は創作意欲をちっともかき立ててくれなかった。少なくとも僕の場合は効果がなかった。先が見えず、不安を抱えて生きるのはロマンチックな状態かもしれないが、書かずにいる絶好の言い訳にもなった。

そうしてホテル暮らしを続けるのは、いくら高級ホテルではないと言っても、やはり物入りだった。アーティスト・イン・レジデンスを利用してみようかと思い、情報も集めてみたが、どこも外国人向けで、しかもできれば米国人がいい、という雰囲気だった。それにあの手のレジデンスはたいてい共同プロジェクトへの協力とか、ミーティングや授業への参加が求められ、強制的な交流がついて回る。でも僕が望んでいたのは、没個性的かつ静かな空間、折り畳んだタオルの用意された薄暗い部屋、一切の責任を免除してくれる場所、それだけだった。

僕は合理的なやり方で状況に対処することにした。まずは過去数年分のメールから、かつて自分が参加を断った招待状をピックアップした。国内外のフェスティバルにブックフェア、ワークショップにセミナーへの招待状だ。そして「埋めあわせ」をさせてほしいと提案する、ほとんど同じ文面のメールを五十通ほど送った。そんな自己推薦はもちろん常識外れで、当惑されても仕方のない代物だったから、大半の主催者は返事をくれなかったが、例外もいた。いったん連絡が確立した相手には、執筆のためにできるだけ長く滞在させてもらえるとありがたいと伝えた。

ユトレヒト、コゼンツァ、ブラチスラヴァ、ハノーファー、ゴリツィア、フランクフルト。グーグルマップはそのころの僕の移動経路をきちんと記録していて、履歴を表示すると、地図は錯綜する線だらけになる。

アブダビ、リヴィウ、エルサレム、リマ、カルタヘナ・デ・インディアス。目的地は遠ければ遠いほどよかったが、遠い目的地ほど招待してもらうのも難しかった。長時間のフライトでは席のモニターで観られる映画のリストから『ロード・オブ・ザ・リング』を探して、ピーナッツとプロセッコを山ほど飲み食いしながら全三作を順に観た。『ロード・オブ・ザ・リング』がなければ、窓の日よけ《シェード》に頭をもたせかけてまどろんだ。ある夜、隣に座っていた婦人にオーロラの写真を撮りたいので窓から頭をどかしてもらえないかと礼儀正しく頼まれた時も姿勢を変えなかった。そしてこう説明した。オーロラなんてどうってことのない代物ですよ。地球の磁場のなかを垂直に落ちてくるただの荷電粒子ですから。

僕は相変わらずロレンツァに電話をしていた。いや、それどころか一日に何度もかけていた。矛盾した話に聞こえるだろうし、おそらくは矛盾していたのだろう。実際、僕らの矛盾はそこに留まらなかった。こちらはほぼずっとホテル暮らしだというのに、ふたりで新しい家を探しだしたのもそうだ。よさそうな物件のリンクを互いにシェアして、一緒に部屋を見にいったことも何度かあった。そんな時は家具の配置を話しあったり、違法建築のままで追認許可を受けていないベランダや、張り替えなければならないほど傷んだ床といった、情報の不正確な箇所に気づいて、まるで家探しの初心者みたいにふたり揃ってショックを受けたりもした。僕らは自分たちが夫婦として終点に来てしまった可能性を考慮すると同時に、ふたりでともに過ごす未来の計画を練っていたのだ。

だから二〇一八年から一九年にかけて僕がたいていホテルに泊まっていたというのは事実だが、一面の真理に過ぎない。ほとんど離れて暮らしていたあの時期もロレンツァと僕が力を合わせて対処していたことは以前同様にたくさんあったのだから。バスルームが水漏れしてしまい、二週間ばかりシャワーのかわりにバケツを使って行水せざるを得なかった事件もそうなら、エウジェニオの高校卒業資格試験もそうで、試験勉強を見てやっていたら、僕をどこにも行かせまいとするようにあの子がこちらの前腕に手を置いた日にしてもそうだ。セックスだってまだあった。滅多にしなくなり、不信感も漂っていたが、あるにはあった。僕がローマに帰投した当日の夜には絶対にせず、積もり積もった疑心を先に処分する必要こそあったが、そのうちきっと機は満ちた。

長い歳月をともに過ごしてきたロレンツァと僕は、危機におちいったひとつの愛の物語であるのみならず、複雑にからみ合ったその他の無数の様相でもあった。つまりふたりは、確立された習慣の数々からなるひとつのシステムであり、さまざまな人脈のネットワークであり、官僚制組織なのだった。僕らは機能し続けねばならなかった。そして、機能し続けるのは実にたやすいことだった。

費用を先方が負担する旅はその見返りにプレゼンテーションや討論会、各種イベントへの出席義務が待っていた。イベントが終わるたび僕は会食や酒席を避けるべく全力を尽くしたが、いつもうまくいくとは限らなかった。そうして酒を飲んだあと誰かを連れてホテルの部屋に帰ることもあるにはあったが、たまの話で、いずれにせよ相手が朝食の時刻まで居座ることはなかった。その手の想定外の出来事があっても罪の意識は感じなかった。むしろ、これこそまさに、今、自分が流れ者みたいな新しい生き方をしている理由ではなかったか、あなたは実験してみるべきだというロレンツァの指示にこれで忠実に従ったことになるのではないか、と思った。僕の解釈によれば、「実験してみる」という言葉の意味するところは何よりもまず、とにかく誰でもいいから、彼女以外の人間とふたりきりでエレベーターに乗ることだったから。

そうした出会いを繰り返すうちに、一度、僕のアイフォーンが消えてなくなるという事件があった。財布のなかの現金も一緒に消えた。僕はバルセロナにいて、異常に気づいたのはまだ深夜、四時ごろだった。既に僕には一時的な解離の症状が出るようになっていた。目が覚めると、少しのあいだ、自分がどこにいるのかよくわからなくなってしまうのだ。バルセロナの部屋は壁紙が縞模様で、色調の異なるブルーの縦縞が交互していた記憶がある。僕はベッドを下り、床のズボンを拾った。ポケットというポケットを探り、バックパックのなかも探したが携帯電話はそこにもなかった。一方、財布はナイトテーブルの上にあったけれど、自分でそこに置いた覚えはなかった。開いてみたら中身は空っぽだったが、これには驚かなかった。正確には、カードと身分証明書の類いはすべて残っていて、現金だけがなくなっていた。

僕はバスルームに入り、長いこと鏡のなかの自分を見つめた。左肩に紫色の円い輪があった。嚙まれた痕だ。不思議なものを見つけた気分で僕はそこにそっと触れた。少し頭が痛くて、本当なら水を飲み、シャワーを浴びるべきだったが、部屋に戻り、ベッドを直すと、普段、家のダブルベッドで自分が寝ている側に横たわった。まっすぐに伸ばした背を重ねた枕にもたせかけて。眠気は戻ってこなかったし、二度寝をするつもりもなかった。そのまま朝日がカーテンのいちばん薄い層からにじみ出る様子を眺めていたが、八時ごろになってやっと部屋の備えつけの電話からロレンツァにかけた。警戒した声でなぜこんな番号からかけてきたのかと尋ねられたので、携帯電話をなくしたと説明した。すると彼女はしばし黙り、その情報が含む言外の意味を咀嚼してから、こう言った。わたしこれから出かけるところ、というか、もう遅刻なの、あとで家で会いましょう。彼女が電話を切る寸前に僕は確かつぶやいたはずだ。ごめん、と。

そうしたエピソードの数々は僕とロレンツァのあいだで未解決のまま、雲のように曖昧模糊とした状態で保留された。その前の年の秋にカレーで起こったこともまさにそうで、いつかの夜にいったんほのめかされたものの、二度と話題に上らなかった。でもカレーでの一件については、二〇二二年三月十六日の今、ここで語ってしまおうかと思う。なぜならあれから今まで想像を絶する事件が世界でいくつも起きたせいで、僕らはみんなますます生存者《サバイバー》めいてきているからで、そんな生き残りの視点からならばなんでも語れる気がするからだ。

あの時、パリ・オルリー空港で、自分が乗るはずだった便を見送ってから、僕はスリフティ社のレンタカーを借りた。安いモデルなのにUSB端子があったので、僕は携帯電話をつなぎ、『スケルトン・ツリー』を聞きながら高速道路を走った。ニック・ケイヴがその真っ黒なジャケットのアルバムを発表したのは、息子のアーサーがドーバー海峡の白亜の絶壁から墜死したあとのことだった。アルバムの楽曲の大半はアーサーの事故以前に作られたものだったが、歌詞のどこを聞いても、どのハーモニーを聞いても、喪失感が伝わってきた。あのころの僕は『スケルトン・ツリー』ばかり聞いていた。そしてアーサーのことをよく考えた。

それは一種の治療行為だった。子を授かることの陰にそんなにもつらい別れの可能性が隠れているものならば、僕は父親になるにはこの上なく不向きな人間のはずだった。だとすると僕は機会を逸したのではなく、「難を逃れた」ことになる。ニック・ケイヴの歌を繰り返し聞き、アーサーの不慮の死という受け入れがたい悲劇を嘆くその声を聞いていれば、息子がほしいという僕の願望もいつかは払拭されるはずだった。

僕のメッセージ――カレーに会いにいくから、どこにいるのか教えて――に対する返信でクルツィアは感情を一切漏らさず、ただホテルのリンクを送ってよこした。高速道路脇の待避所で僕は同じホテルに部屋を予約した。部屋なんていらないだろう、荷物を置いて、せいぜいシャワーを浴びるくらいか、とも思ったが、そのほうがスマートな気がしたのだ。

いかにも格安チェーンのイビスらしいホテルだった。部屋には大きな窓がひとつあったが、鎧戸もなく直射日光にさらされていた。ひとつしかない肘掛け椅子に座って、僕はしばし待った。奇妙なほど頭が空っぽだった。ロレンツァにはバスが遅れて飛行機に乗れなかったと伝えた。空港に向かう道の途中で事故があってね。もうひと晩、どこかで泊まるつもりだけど、ノヴェッリの家には帰りたくないし、このことは彼に伝えてもいない。せっかくだから明日はキュリー博物館に行ってみようと思う。本の役に立つかもしれないし。

つまるところそれは、実際の状況と大差ない説明だった。僕は本当に飛行機を逃し、今はホテルにいて、ノヴェッリには連絡をしておらず、翌日、パリに戻ってキュリー博物館を見学する時間だってあったのだから。それ以上は今のところまだ何も起きていなかった。不倫の一線を目前にしてそこまで迷いもなく冷静でいられようとは、自分でも思いがけなかった。興奮も一応はしていたが、微弱な電流の流れる銅線のようにかすかな感覚だった。

僕は冷蔵庫を開き、メキシコふうのスナック菓子の小袋を取り出すと、ロレンツァにまたメッセージを書いた。ひどい部屋だよ！ たった一泊で助かった。彼女に電話をしたいという、どう考えてもおかしな衝動にかられたが、こらえた。僕は靴を脱ぎ、待ち続けた。

クルツィアがホテルに戻ったのは外がほとんど暗くなってからだった。彼女からフロントのホールで待っているというメッセージがあった。僕のほうはシャワーを浴びて、着替えも済ませ、とっくに準備ができていたけれど、慌てて下りてきたと思われたくなくて、もう十五分待った。小ぶりのソファーが並ぶスペースの、奥の四人席に彼女はいた。テーブルの上にはカメラと撮影機材が散らばり、椅子のひとつは厚手のジャケット二着で覆われていた。若い男がひとり一緒だった。クルツィアは座ったままで声をかけてきた。久しぶりね！　僕は腰を折って、彼女の両頰にキスをした。それから彼女の仕事仲間に挨拶をした。名前は確かサシャだった。ふたりとも泥だらけのトレッキングシューズを履き、スポーツ用品チェーンのデカスロンのフリースを着ていて、頰が寒さに赤らんでいた。僕はまず、ふたりの姿がいかにも難民キャンプから来ましたという感じだと言ってから、今度は言葉を選んで、取材先で彼らが見たものについて質問をした。サシャは一眼レフカメラの背面モニターで僕に写真を少し見せてから、カレーには何をしにきたのかと尋ねてきた。本を書くための取材なんだ。それって第二次大戦と関係のある本？　どうかな。僕の返事に彼はいぶかしげな顔になり、クルツィアを見やった。まあ、関係があると言えばあるんだけどさ。

もう八時近かったので、僕としてはサシャにさっさと消えてほしかったのだが、クルツィアが言った。わたしお腹ぺこぺこ、何か食べにいこうよ。彼女の視線からして、その誘いが僕とサシャの両方に向けられたものなのは明らかだった。三人で彼らの借りたレンタカーに乗った。運転はサシャ、僕は後部座席だった。クルツィアはカーステレオのボリュームを上げ、アラブ音楽に合わせて体を揺らしだした。本当にそんな音楽が好きなのかと彼女に尋ねたら、大好きだという。

でも歌詞がわかるの？　ううん、ハビビのひと言だけ。ハビビってどういう意味？　僕の質問にサシャがまた顔をしかめ、バックミラー越しにこちらを見た。本当に知らないの？　ハビビっていったら、大切な君とか、愛するひとの意味でしょ？　みんな知ってるわ。

クルツィアは両手を宙でくねくねと動かした。僕は訊いた。よくアラブの音楽なんて聞く気になるな。テロでうんざりじゃないのか。自分でもどうしてそんなことを言ってしまったのかよくわからない。彼女はぴたりと動くのをやめ、何を馬鹿なこと言ってんの？　と言い返してきた。

パブに入った。前日の夜にもうふたりで行ったことのある店だという。ロレンツァと一緒だったら、まず選ばないような店だった。候補のリストにも入らなかっただろう。僕は相変わらず彼女の視線でも物事を眺めていた。ここまで長い関係というものは本当にひとつの病気なのかもしれない。これもまた、長い歳月のあいだに僕が育んだ若年性白内障の一種なのか。

クルツィアとサシャにウェルシュを食べてみろとしつこく勧められた。何って、地域の名物料理だよ。駄目駄目、何が入っているかは先に見ないで、とりあえず注文してみて。わかったよ、それにしよう。

溶けたチェダーチーズが浅鍋を満たし、そこにべとべとした食パンがひと切れ沈んでいて、そんな脂肪分たっぷりの池の上に目玉焼きが載っているという代物、それがウェルシュだった。なるほどね、きれいに平らげてみせるさ。賭けてもいいよ？

クルツィアとサシャは彼らの記事について話しあいを再開した。ふたりが納品について話を詰める横で、僕は早くもウェルシュにうんざりしかけていた。

そしてホテルに戻った。駐車場でサシャは煙草を二本、手で巻き、僕とクルツィアに一本ずつ配ると、写真の編集があるからと言って部屋に向かった。僕と彼女はどうしたものかと迷うように、わびしい駐車場にそのまま突っ立っていたが、やがて彼女が言った。わたしも部屋に戻るわ、くたくただし。実際、クルツィアは疲れはてていた。一日中、外で、難民キャンプを追い出された若者たちにインタビューし、寒さに震え、人々の苦しみを受け止めてきたのだから無理もない。そうだろうね、と僕は答えた。足なんかもう感覚がないわ。そうだろうね。僕は同じ言葉を繰り返した。ただし今度は彼女を責めているように聞こえたのだろう、前よりも長い沈黙のあとで、クルツィアは言った。あのね、あなたが何を勘違いしたのか知らないけれど、こっちにその気はないから。

彼女は僕に近づき、その駐車場らしき場所の真ん中で僕を抱きしめると、こちらの胸に頭をもたせかけ、そのまま数秒、休んだ。そして僕の頬にひとつキスをしてから、ホールに入っていった。

翌朝、僕は彼女に会いたくなくて、かなり早めに朝食の間に向かった。でもサシャがいた。挨拶がわりにうなずいてから、僕は離れたテーブルに座った。それからチェックアウトを済ませると、また車に乗った。

息子の事故のあと、ニック・ケイヴは一年以上コンサートを開かなかった。あんなにも圧倒的な喪失のあとで、どうしてまた歌い、演じることなどできようか。それでも最近、彼は復活を遂げ、観客への最初の挨拶でこう告げた。俺たちはずっと奇妙な場所にいた。俺は今、そこから外に出る途中で、まぶしい光に目をしばたたいている。そして見えたのが……タスマニアの君たちだ。

復活後の初公演の舞台に彼が選んだのは、タスマニアの州都ホバートのコンサートホールだったのだ。そこにいれば助かるかもしれないとノヴェッリが言った、あの島だ。

来た道を戻り、フランスの北部沿岸から遠ざかり、アーサーの墜落した断崖から遠ざかり、空振りに終わった人生初の不倫現場から逃げだしながら、僕は心に決めた。エウジェニオをニック・ケイヴのコンサートに連れていってやろう。あの子がアメリカから帰ってきたら、すぐにでも行こう。エウジェニオが望むなら、例のトラップ・ミュージック好きな、あの寡黙なガールフレンドも誘おう。僕はエウジェニオにメッセージまで書いた。すると彼は返事のかわりに、喜びのあまり踊りだす赤ん坊のＧＩＦを送ってきた。彼のＧＩＦは何が言いたいのかわからないものが多かったが、今度ばかりはよくわかった。

バルセロナで携帯電話を盗まれたあと、僕はしばらく家に寄りつこうとしなかった。二〇一九年の春はローマのクルツィアの家にしばし厄介になった。何も彼女の衣装だんすに自分の着替えをしまったとか、そんな話ではなくて、居間に小ぶりのスーツケースを開きっぱなしにして、居候させてもらっていただけだ。カレーでのあの事件、より正確には、あの未遂事件のおかげで、本気で実現する気はないのに何カ月ものあいだその可能性を保っていたふたりに関する妄想は完全に一掃された。しかもそれはおそらくほぼ僕ひとりの勝手な妄想だった。カレーの一件はふたりだけの逸話となり、僕らはそれを「フランスの大いなる勘違い」《il Grande Fraintendimento Francese》、または略してＧＦＦと呼んだ。ＧＦＦを乗り越えたふたりは、皮肉という堅固な柱に支えられた自由な友情を謳歌できるようになった。

モンテ・サクロはローマでも僕のよく知らない地区だったから、別の町に暮らしているつもりになるのは結構簡単だった。でも実際には僕が保留中の生活から地下鉄でたった数駅という場所だった。朝はいつも川沿いの長い散歩をした。考えごとをするためもあったが、何時間か家を空けるのが主な目的だった。クルツィアは僕同様、自宅で働いていた。でも僕と彼女のあいだには、そんなにも長い時間、同じ部屋で一緒にいられるだけの信頼関係がなかったのだ。

ある日、僕は地区の市場にたまたまたどり着き、つい夢中になって買い物をしてしまった。キッチンの台の上に買い物袋をいくつも下ろす僕を見た彼女は、コンピューターの画面からちらりと目を離してこう言った。まさかあなた、今日から僕が夕食を作るよ、なんて言わないよね？

彼女の家はいつも散らかっていて、誰かがふらりとやってきては深夜までぶらぶらしていることもよくあって、室内でも煙草が吸えて、ゴミ出しも本当に必要になるまで行かなくてよいことになっていた。そんなふうに彼女の暮らしぶりを何かとあげつらうものだから、クルツィアは僕をお坊ちゃん呼ばわりしたのだろう。でも僕は彼女のような暮らしをしたことが一度もなかった。ジュリオとアパートメントをシェアしていた学生時代にしても同じだ。僕らはふたりとも几帳面で、自分の部屋にこもって勉強ばかりしていて、毎月初めに決める掃除当番だって絶対にさぼらなかった。

買い物で失敗したあと、料理をしようという考えを僕は完全に放棄した。僕らはテイクアウトと宅配サービスを際限なく利用した。でも個人的には反対だった。僕に寿司でも届けようとして交通事故に遭う、自転車に乗った配達員のイメージがどうしても頭に浮かんでしまうからだ。ただクルツィアに言わせれば、あなたが上から目線でのたまうその手の御託は偽善以外の何物でもないし、家まで夕食が届くのはやっぱりとても便利だ、ということになるのだった。

そうやってしょっちゅう挑発してくるくせに、彼女は僕がいるのを喜んでいた。それは彼女にとって楽な時期ではなかった。ジャーナリストという職業は運に波があり、欧州で頻発していたテロの終息が彼女にとっては業務終了の宣告となった。クルツィアが記事を寄せていた通信社は長いこと彼女をイスラム過激派テロ担当とみなしていたため、今さらどこに再配置したものかわからずにいた。現実の残りの部分は、移民問題はこの記者、欧州議会選挙はあの記者、国会の与野党衝突はまた別の記者と、すべて彼女の同業者たちに割り当て済みだったのだ。そして彼らは自分の領分を死守した。クルツィアは立場が逆なら自分だって同じようにふるまっていただろうことは自覚しつつも、そんな記者たちを呪った。朝、ネットで記事のネタを探し回ってから編集長に電話をかけて、せめて自分の存在を忘れられまいとする彼女をよく見た。幸運な日であれば、午後には記事を書き始めるのだが、ぎりぎりになって十行また十行と文字数を削られてしまうことも多かった。そして夜になれば彼女はたいていヒステリーを起こした。結局、ちっぽけな囲み記事のスペースしか残してもらえなかったんだから！

彼女はしばしば愚痴をこぼした。いや、しばしば、どころか、ほとんど病的なレベルだった。今じゃ外部の記者の稿料は四十ユーロぽっちだって知ってた？　馬鹿にしてる！　掃除のバイトでもしてたほうが儲かるわ。

残念ながら君の苦手な仕事だけどね。

またしても皮肉だ。それが僕らのあいだで唯一使用の認められた言語だった。仮に僕が状況をもっと真剣に分析するような真似をすれば、あなたに何がわかるっていうの？　あなたと違ってこっちはあとがないんだから、そんなふうになじられるに決まっていた。

僕は彼女によくロレンツァの話をした。会ったこともないくせに、彼女は僕の妻に夢中だった。

僕の描写するロレンツァが好きだったのだ。あと彼女はよく、僕が一度使った「猶予をもらう」という表現をネタにしてからかってきた。僕は今、猶予をもらっているところなんだ。そんな台詞だったと思う。以来、クルツィアは毎晩のように、もらった猶予で今日はどんな素敵なことをしたの？　と尋ねてくるようになった。そして僕のほうはたいてい、何もしなかったと認めるほかなかった。

ふたりでノヴェッリの話もしたけれど、始めた途端に意見を闘わせる羽目になることが多かった。たとえばクルツィアは、僕が彼の意見に表立って反対しなかったのに腹を立てると同時に、彼に対する支持をはっきり示してやらなかったことにも怒っていた。じゃあ、いったいどうすればいいんだい？　君だったらどうしてた？

わたし？　わたしは、つきあう相手を先にきちんと選ぶもの。

その少し前から気候危機の意識が流行的な広まりを見せるようになっていた。ローマで若者たちによる初のデモがあった時、クルツィアの通信社は別の記者を既に指名していたのに、彼女は何時間もいらいらした挙げ句、とにかく現場に行ってみると宣言した。僕は取材につきあおうと申し出た。僕が写真を撮って、君のお気に入りのサシャ役をやるよ。

あなた、写真下手だし。サシャは天才よ。

僕らはノメンターナ街道を恐ろしいスピードで駆け抜けた。スクーターを運転する彼女にしがみついていたら、あっという間に、行進するおびただしい数の若者のまっただなかにいた。自分だけ観光客か何かみたいに浮いている気がした。高校時代、世間で反グローバリズム運動が盛んだったころも、僕はデモには数回しか行ったことがなく、自分の消極的な姿勢をみんなよりも賢いふりでごまかしていた。もしも、と僕は思った。今、十七歳だったとしたら、いつもどおり僕は学校に向かったろうか。そして教室には僕のほかには数人の生徒と担任しかいなくて、教師は与えるべき課題を考えながら、心のなかでやっぱり僕らを軽蔑しただろうか。

僕はクルツィアとはぐれ、しばらく人波に流されるがままになった。とても軽そうな張り子の地球儀が、若者たちの頭上であっちに弾かれこっちに弾かれされていた。その軌道を目で追っていたら、歩道に立つエウジェニオが見えた。考えてみれば当然だった。あの子が来ていないはずがあるか？　地球儀は彼に背後からぶつかった。優しくぽんと当たった程度のはずだが、それでもエウジェニオはさっと振り返った。彼には常に神経を張りつめているところがあった。幼いころからそうだった。理由は僕には見当もつかなかったし、どうすればその癖を改めさせることができるのかもわからなかった。

彼は地球儀を軽くトスして、また飛ばした。女の子たちと一緒で、サラもいた。彼女らの様子を見るに、エウジェニオを説得して腕に何か書こうとしているらしかった。彼はついに降参し、少し大げさな身ぶりでジャンパーの袖をまくると、サラがマーカーで何か書くのをじっと待った。もしかしたら文字ではなくイラストだったのかもしれない。

表向きの言い訳――僕が家にいないのは例の本の取材でずっと出張中だから――をエウジェニオも信じているはずだった。ただ実際のところはどうなのだろうとも思っていた。あの子はロレンツァとあれこれ話して、僕が把握しているよりもずっと多くのことを既に知っているのではないか。最近は母親とふたりで夕食を食べることも多かったわけだし。もしそうであったとしても、エウジェニオは何も態度に出さなかった。家を離れているあいだに彼を思えば、普段よりもほんの少しだけ強い罪悪感を覚えたから、僕はできるだけ考えまいとしていた。あの子に寂しい思いだけは絶対にさせまい。ずっとそう心がけてきたからだ。

だからデモの時も僕はエウジェニオに近づかなかった。腕に何か書かれながら、彼は一度あたりをちらっと見回した。僕のいる方角も見た。見つかったのではないかと思ったけれど、視線は僕を素通りした。彼が女の子たちとまた歩きだしたので、僕は少しだけあとをつけてから、横道に入った。

クルツィアはベネチア広場にいた。もう十分だと思う、と彼女は言った。帰りましょう。

家に戻ると、彼女は集中するため部屋にこもり、僕は居間にひとり残された。ソファーに座り、エウジェニオにメッセージを書いた。デモには行ったかい？

当たり前じゃん。今どこ？

実は僕も行ったんだ。ちょっと見物しただけだけど。

残念、会いたかったな。新聞の取材だったの？

僕の返事がないのを見て、また彼がメッセージをよこした。今夜はうちに帰ってくる？

また出発なんだ。

あの子は悲しい顔の絵文字を送ってきた。

僕はコリエレのB・Sに電話をかけ、ローマの気候ストライキのデモ行進になかば偶然、参加したと説明した。きっとグレタ・トゥーンベリの話題でどのページもいっぱいだろうけれど、何年か前に、ほら、パリ協定の記事を書いたろう？　ひょっとしたら、COP21と今度のデモのあいだには何か意味のあるつながりがあるんじゃないかと思ってさ。結果、B・Sは僕に七十行のスペースをくれた。

クルツィアが居間に戻ってきた時、僕はまだ原稿を仕上げている途中だった。彼女はソファーにどさっと身を投げ、そのまましばらく動かなかった。

わたしの記事、載せてくれるって。出かけましょ、ピザが食べたいの。

三十分だけ待ってくれ。

彼女は僕のノートパソコンの画面を横目でちらりと見た。何を書いてるの？

新聞の記事さ。

どんな記事？

今日のデモだよ。

書けって頼まれたの？

まあ、せっかく行ったからね。

すると彼女は起き上がって座り直し、少し間を置いてから言った。あなたって、本当にとんでもない男ね。

片耳だけずらしておいたイヤホンをそこで僕は両方とも外した。

取材につきあうなんて言っておいて、ひとのネタを横取りするなんて。

僕のはただのコメントだよ。

そうね、ただのあなたのコメントでしょ。一面に載るの？

掲載紙が違うんだから、何面に載ろうが変わらないだろう？

一面に載るの？　載らないの？

そんなこと知らないよ！

クルツィアはぱっと立ち上がると、出かける支度をした。わたしお腹減ったし、もう行くから。書き終わったら、電話して。別にしなくてもいいけど。それだけ言うと、彼女はすぐに家を出ていった。

僕は原稿をメールで送った。たいして出来のいい原稿じゃなかった。そんなことはなかったのかもしれないが、とにかく出来のいい原稿だと思えなくなっていた。形容詞を徹底的に削ったあとも、まだ饒舌で、気どった感じがした。エウジェニオの姿を見た影響もあったのかもしれない。

僕はシャワーを浴び、それから少しツイッターを見た。十時になってもクルツィアは電話もメッセージもくれなかった。感傷的に過ぎる気はしたが、ポストイットを一枚、彼女の机から拝借し、メッセージを書いた。謝る必要はさほど感じなかったから、謝りはしなかったけれど、互いへの誤解が生じてしまったことは残念だと書いた。それは本心だった。僕と君はどちらもひどく厄介な時期を過ごしているところだから、きちんと支えあうことはできなかった。でも毎日、アレクサを君と一緒にいじめるのは楽しかったよ。

僕はタクシーに乗った。車中、目的地を決めかねたまま、僕はロレンツァに、こんな時間にいきなり帰ったら迷惑かとメッセージで尋ねた。平気よ、という返事があった。でも、ずいぶんと妙なことを訊くのね。自分の家に帰るのにわざわざ許可を求めるなんて。

それからしばらくしてジュリオがローマに来た。南アフリカの労働ビザつきのパスポートを受け取りに行くというので、大使館の外で待ちあわせをした。勤め先の大学の許可を得て、彼は半年間の有給休暇を取ることにした。規則では学術的に有用な活動を滞在先で行うことになっていたので、少なくとも公式には、ケープタウンの大学の経済学部で講師を務める予定となっていた。

でも実際は？

実際はレンジャーになるための講習に登録した。場所はクルーガー国立公園だ。

クルーガー国立公園か。僕はおうむ返しに言った。ライオンがいるんだろうね。

たくさんいる。ハイエナも、カバも、バッファローもいる。

蛇は？

うじゃうじゃいるさ。

ジュリオは僕が極度の蛇嫌いであるのを知っている。学生時代、一緒に山へハイキングに行った時にばれてしまった。

こちらが関心あるものと勝手に決めつけて、彼はスピッティング・コブラの話を始めた。一部の動物行動学者は、スピッティング・コブラが毒液を吐く能力を獲得したのは人間から身を守るためだったと考えている。我々の祖先はコブラ狩りに槍を使った。そこで毒蛇のほうも、離れた場所からの攻撃に対して身を守る方法を見つけたというわけだ。牙の内部にある管は進化の過程で直角に曲がった。管を通る毒液がそこで加速される仕組みだ。

つまり自然は俺たちを殺すためにあの蛇を選択したのさ、とジュリオはまとめた。研究者が標的役を務めた実験もある。三メートルの距離から顔面に命中だそうだ。それも十回のテストで十回とも。動画を観せようか。

遠慮しておくよ。

なんにしてもたいていの場合、スピッティング・コブラの毒の効果は失明がせいぜいだ。ブラック・マンバは違う。あれは真剣に危ない。凄く素早くて、しかも攻撃的なんだ。ブラック・マンバの対処法も講習で習うぞ。

対処法ね。僕はつぶやいた。なるほど。

ジュリオは幸せそうだった。時おりジャンパーのポケットに手を突っこんでパスポートに触れ、きちんとそこにあるかどうか確認するようなそぶりを見せた。以前よりも髪を伸ばしているのは、野生の大地での日々に向けた変身の始まりなのかもしれない。しばらく留守にするんだよね。僕は尋ねた。そのあいだ、アドリアーノはどうするんだい？　思わず咎めるような声が出てしまった。

ジュリオは携帯電話をポケットに戻した。少し離れて暮らしてみるのも悪くないと思うんだ、と彼は言い、すぐにこう続けた。お前にはどこまで話したっけ？

君とコバルトが書面で合意を結んだところまで。

そう、合意はあるし、彼女も内容を認めた。でも形ばかりの合意さ。

合意文書には養育費と時間の分担が正確に定められていたが、ある金曜日、地下鉄の運行中止のせいでジュリオが三十分遅刻すると、本当に三十分だけだったのに、コバルトはアドリアーノを引き渡してくれなかった。おかげでジュリオの週末の予定はすべてふいになってしまった。男の子が風邪気味なら、それだけでもう彼女は引き渡しを拒否することができた。それに学校で保護者会議があるたび、コバルトはわざと彼に教えず、あとから無責任だと非難した。そんなことばかりなんだ。ジュリオは言った。なかなか疲れるよ。

クリスマスは息子とふたりでノルウェー旅行に行くつもりでいたのに、出発の二時間前になって奇妙なことにアドリアーノのパスポートが消えてしまった。あれは実に奇妙だったよ、とジュリオは強調した。それから、コバルトとのメッセージの激しい応酬の画面を保存した一連のスクリーンショットを見せてくれた。

彼女とのチャットをみんな保存してるの？

最悪なやつだけだ。最初は弁護士の指示でやってたんだが、ずっと続けてる。

あのパスポート事件の時はさすがに俺も少々、我を失ったよ。短い間を置いて彼はそう白状したが、どんなふうに我を失ったのかの具体的な説明はなかった。

それから彼は何度かソーシャルワーカーの立ち会いの下でアドリアーノと週末に会った。ソーシャルワーカーは黙ってそばにいて、親子の様子を監視していた。面会用に指定された部屋には、いかにも発癌性がありそうなプラスチックの玩具が置かれていたが、アドリアーノは触るのも嫌がったから、父と子はひたすらに黙り、相手へのいらだちをつのらせているだけ、ということも多かった。ジュリオは極端な恥ずかしがり屋だ。そんな彼が見知らぬ女性の監視下でアドリアーノと何時間も過ごす姿を僕は想像した。新手の拷問としか思えなかった。やがて男の子は面会に来ることを拒否し、父親と会うことを拒否した。

あの子の誕生日なんて俺、プレゼントをエレベーターのなかに置いて帰れって言われたんだぜ。ジュリオは言った。でもコバルトもさすがにこのままではまずいと思ったらしい。ふたりだけで会いたい、って言われたよ。何年ぶりだったかな。とにかく妙な時間だった。アドリアーノのことを話しあうはずだったのに、俺たち、自分たちの話ばかりしていたんだ。それこそ何千年も昔の、まだアドリアーノがいなかったころの出来事を蒸し返して。まったくひとってやつは嘘みたいなことにこだわるもんだよな。何もかもうまくいってる感じだった。俺たちの会話はほぼ……文明的だった。でもコバルトはそのうち罪悪感にかられたらしい。ずっとふたりの話をしている自分に驚いたんだろうな。それでリュックの話をしだした。彼氏だよ。いきなりリュックだらけになった。リュックに言わせると、リュックの考えでは、って。彼女の言葉だけ聞いているとまるでリュックは、ビッグバンからこの方、なんにつけ明解な意見を持っているみたいだった。俺はコバルトをちょっとからかってやった。だって俺たちそれまで、リュックとはなんの関係もない話をしていたんだから。嘘じゃない。するとあいつは激怒した。あのひとを馬鹿にしたら許さない！　って具合に。わかった、悪かったよ、って俺は謝ったけれど、あいつ、リュックのおかげで幸せいっぱい、というふうには見えなかったな。

君はどうなんだい？　誰かいい相手は見つかった？　僕はいきなり尋ねた。

いや、特にいないよ。

少し間を置いて、ジュリオに訊かれた。そういうお前こそどうなんだ？

その問いかけに対して僕はあからさまに驚いてしまったのだろう。彼はこう続けた。知らなかったのかもしれないが、ロレンツァとコバルトは時々メッセージのやりとりをしているんだ。ずっとそうやって連絡は取っていたみたいだな。それとも最近再開したのか、その辺は見当もつかないが。

昼食はフィウーメ広場のバールで一緒に済ませた。それからジュリオにまだ時間はあるかと問われ、バックパックを買うために町の中心部までつきあうことになった。持っているバックパックが大き過ぎるのだという。僕らは九月二十日通りを歩いた。そのあいだほとんどずっと彼がしゃべりっぱなしだった。そのかわり、こんな話、退屈だったら言ってくれ、と何度も訊かれた。

ひと月ほど前、彼の携帯に見知らぬ男性からの電話がかかってきた。ジュリオさんですか。ええ、どなたですか。ちょっとお知らせしたいことがありまして。ケラー通りのあちこちにあなたの書類が落ちています。それが結構プライベートな内容の書類みたいで。ジュリオさんの電話番号もそれでわかりました。よかったら写真もお送りします。

見知らぬ男性はフランス人ではなく、フランス語の発音も下手だったから、ジュリオもまずは何かの詐欺ではないかと疑った。俺の書類が道に落ちている、だって？　どうしてそんなことが？　しかし電話の主が告げた通りには確かに彼の弁護士の事務所があり、話には奇妙な信憑性があった。

ほどなく彼の離婚裁判の判決書類の写真が一枚届いた。ジュリオは学生との面談を途中で投げ出し、ケラー通りに急いだ。現地に到着すると、本当にその手の書類が地面に散らばっていた。パリでは風の強い日が続いており、突風が彼の裁判関係の書類一式を数十メートルにわたり、歩道のみならず車道にまでばらまいたらしい。

俺の人生が丸ごと、道路にぶちまけられていたんだ。彼は言った。いろいろな身分証明書のコピーもあれば、個人的なメールのコピーもあったし、アドリアーノの写真も、銀行の口座番号もあった。とにかくありとあらゆる俺の個人情報だ。裁判が終わったものだから、弁護士事務所の連中が俺の書類を全部まとめて道ばたのゴミ箱に突っこんだんだ。ゴミ収集用の蓋つきの容器ですらなく、ただのゴミ箱だよ。あんまり馬鹿げた話だから、俺も最初は信じまいとした。ファイルが事務所の窓からひとりでに飛び出したんだろう、なんて訳のわからないことまで考えたよ。でも道路の書類をみんな拾い集めるまでに真相を理解した。だから作業が終わると、俺は弁護士の事務所に飛びこんで、ひと騒ぎしてやった。まずは秘書のところで、次は本人のところで。彼女、俺を部屋に入れようともしなかった。俺の怒り狂った様子を見て、コバルトの言い分にも一理あったようだと思ったんだろう。なんにしてもやっこさん、動じなかったよ。書類の破棄はうちの事務所のいつもの手順よ。だってほかにどうしろって言うの？　なんて言ってさ。

せめて紙ゴミとして分別してもよかったんじゃないか。僕は空気を和ませようとして口を挟んだ。

せめて紙ゴミとして分別、まったくだ。

僕らは目的地のスポーツ用品店の前にいた。でもまだなかに入る気にはなれなかった。

事務所を出てから、俺はしばらくあたりをぶらついたんだ、とジュリオは話を続けた。茫然としちまってさ。

電話してくれればよかったのに。

最近、お前はつかまえるのが難しそうだったから。

彼の口調は、何も意地悪でそう答えたのではなく、単に、誰だって連絡がつきにくい時はあるものだ、とでも言いたげなそれだった。

最終的にジュリオはこのまま水に流すわけにはいかないと決意した。だから被害届を出すために最寄りの警察署に向かった。受付の警官はいったい何が問題なのかよくわからない様子だった。わからぬふりをされたのかもしれないが、ジュリオの決意は固かった。証言のために四時間は待たされた。そうして警察署のロビーで、出自も地位もさまざまな人間に囲まれて、彼はどん底にいた。おそらくあれは人生最悪のどん底だったよ、と彼は言った。何しろ俺という人間が丸ごと、文字どおりに踏みにじられたあとだ。でもその時、俺は……うまく言えないんだが、ともかく結構、いい気分だったんだ。

自由になれたって感じ？

自由よりも正確な言葉がある気もする。ともかくそこで、昔行ったクルーガーを思い出したんだ。特にある光景が目に浮かんだ。森のなかの草地だ。道の終点で急に目の前に開ける草地の光景だ。そして思ったよ。ああ、あそこに行きたい、って。単純にそう思ったんだ。どうして俺はあの草地ではなくこんな警察署にいて、ひと様の人生を道に投げ捨てるのは絶対になんらかの犯罪行為に当たるはずだ、なんてことを警官相手に力説しようとしているんだ？　次の日、俺はレンジャー講習に申し込みをして、有給を申請した。

それで今、新しいバックパックが必要なんだね。僕は言った。

僕らは店に入った。ざっと見比べて、三つのモデルを選んでから、ポケットのサイズや縫製を調べ、ファスナーは防水仕様か否か、背面の構造はどうなっているかを調べた。ジュリオに色のえり好みはなかったが、派手過ぎな色は動物を刺激するから駄目だと言った。最終的に彼が選んだのは、コンパクトで真面目な感じのアークテリクスのバックパックだった。ジュリオは買ったバックパックをその場で背負い、僕らは店を出た。

それからコルソ通りまで歩いた。バックパックを背負った彼は今からそのまま、徒歩で、ローマの町の中心部から南アフリカを目指して出発するところみたいだった。

お前も一緒に来いよ。おもしろいぞ。

蛇がうじゃうじゃいるんだろう？

そうか、蛇がいたな。忘れてたよ。

なるほどね。僕は言った。今から君はレンジャーになるんだな。その前にコブラに毒液を吐かれなければ、だけど。でもそのあとはどうする？　アフリカに移住して、サファリのガイドでもやる気かい？

ジュリオはちらりと太陽を見やった。とりあえずレンジャーになる。あとのことはそれからだ。今の世界情勢を見ていると、誰でも自分のプランBを用意しておくべきだと俺は思う。俺には南アフリカがある。むしろそっちはどうなんだ？　お前にプランBはあるのか。

とりあえず僕は、彼のパリの部屋に引っ越せることになった。僕が留守を守れば、ジュリオとしては何ヵ月も家を空ける罪悪感を免れることができるというのだ。彼は言った。光熱費は払ってくれてもいいが、家賃は駄目だぞ。僕は条件を呑んだ。君を世界最悪の資本家にするのは可哀想だから、我慢するさ。

彼は鉢植えの世話の仕方、ボイラーが機能不全におちいった時の対処法を教えてくれた。南アフリカに一緒に来ないかという誘いは懲りずに繰り返され、いつかそれは一種のゲームになり、僕は誘われるたびにあり得ないような言い訳をでっち上げた。本当について行けばもの凄く喜ぶのはわかっていたけれど、僕は彼のように我が道を行けるタイプではなく、大胆でもなかった。僕はジュリオのそんな性格に前々からあこがれていた。特に恐れ知らずなところだ。獰猛《どうもう》な野獣だろうが、一般相対性理論の難解な計算だろうが、抗議デモの先頭だろうが、彼は一切恐れなかった。でも生き方としては相当に大変そうでもあった。

出発の日はシャルル・ド・ゴール空港までつきあった。彼が保安検査場に向かうところまで見送ってから、僕は市内に戻る列車に乗った。いかにも大陸の平野部らしい大空を眺めるうちに、自分が何も感じていないことに気づいた。その瞬間に対しても、その先の予定ひとつない日々に対しても、なんの感慨も湧かなかった。

住む町をころころ変える生活に比べれば、パリ暮らしはみんなにもそこまで不審がられず、知人に友人、コリエレの面々はもちろん、うちの両親とエウジェニオにも、好意的に受け入れられた。あんな大都市にひとり暮らしとなると、さぞかし羽目を外すものと思われていたのかもしれないが、僕の日常は地味なものだった。毎朝、寝坊して、午前中は書くか読むかして、午後はかなり長い散歩に出かけ、ヘルスケアアプリに記録された前日の歩数を越えようとがんばり、夜はモンパルナスのシネコンに出かけることもあった。でもたいていは家にいて、窓からゲテ通りの往来を、夜遅くまで、飽きもせずに眺めていた。立ち並ぶ劇場に出入りする人々、あちこちのビストロの大画面でスポーツ観戦をする人々を、やがて人通りがぱたりと途絶える深夜まで見ていた。あとは何をしていたかと言えば、アルコールは午後六時まで飲まず、赤身の肉は週に二度しか買わず、毎晩少なくとも三十分はノヴェッリに連絡するかどうか迷い、結局しなかった。

ある日の午後、散歩から帰ってきたら、コバルトとアドリアーノが入口の大扉の前にいた。パパの家に置いてきたレゴがほしいとアドリアーノが言って聞かなかったらしい。コバルトはわざわざ弁解をした。こうなるともうどうしようもなくて。

僕はふたりを部屋に招いた。でも三人で縦一列になって三階まで階段を上るのはちょっと変な感じだった。玄関のドアを開けるとアドリアーノはなかに駆けこんでいったが、コバルトは踊り場に残り、迷う顔をした。入ってよ、と僕が誘うと、彼女は首を横に振り、ううん、やめておく、と答えた。

そう言わずにさ、と僕は粘ったが、確かにジュリオは喜ばないかもしれないという疑念が頭をよぎったのも事実だった。

コバルトは戸惑い顔であたりを見回した。何度も想像した部屋なのに、実際に来てみたらあちこち予想と異なっていた、というふうに。彼女は男の子のディパックを壁際に下ろすと、コートは着たままで肘掛け椅子に座った。コーヒーを淹れるよ。僕は彼女に言った。アドリアーノは別の部屋で好きにやっているらしく、おもちゃ箱をかき回す音が聞こえた。

レゴなんてただの言い訳だと思うの。やがて彼女は言った。

あの子にとっては自分の家なんだし、好きな時に来ればいいよ。

彼女が一点を見つめだしたので、視線を追うと、そこにはプリミティブな感じの小ぶりな彫像があった。木材は黒檀のようで、頭には逆立った髪の毛が生えていた。それ、あのひととパプアで買ったの。彼女はパプアという地名をフランス語式に語尾にアクセントを置いて発音した。ジュリオは偽物だって言ってたから、まだ持ってたなんて意外ね。

彼女はそのまま少しぼんやりしてから、今も物理学の勉強はしているのかと尋ねてきた。趣味レベルでは続けてるんでしょう？　僕が力学の簡単な問題すらもう解けないと告白すると、まさか《パ・ヴレ》、ちょっとやればすぐに思い出すわ、と言われた。

もしかすると君と僕とでは趣味という言葉のとらえ方がちょっと違っているかもしれない、そう言おうかと思ってやめた。コバルトの物理学への傾倒は相変わらずのようだった。その他の分野の知識にも一応興味は示すのだが、物理学は彼女のなかで明らかに別格だった。

あなたとふたりで話す機会って今まであまりなかったわね。彼女は言った。

言われてみれば、そうだね。

もしかしてだけど、わたし、あなたに妙な誤解されてるのかな。

妙な誤解なんてしてないと保証すると、彼女は肩をすくめた。ロレンツァと四人一緒に過ごしてたころは楽しかったな。それがこんなふうになっちゃって、残念。

コバルトはコーヒーを半分残し、アドリアーノを呼んだ。その時に彼女が発した言葉を僕は理解できなかった。フランス語で話すと彼女はひとが変わった。頼りなさが完全に消え、あのサマースクールで出会った時に僕が強い印象を受けた断固とした感じを取り戻した。ただあのころと比べると覇気がなかった。アドリアーノが来たがったらいつでも連れてくればいいと念を押しておいたが、彼女はそうしないのではないかという予感がした。実際そのとおりだった。


キュリー博物館を訪問したことがまだなかったので、せっかくだから行ってみることにした。開館時間は短く、午後の早い時間だけだった。その小柄な建物は大学キャンパスの一角にあり、五区の落ちついた通りに面していた。館内に見るべきものはたいしてなかった。解説パネルと展示ケースに収められた実験道具は一応、見て回ったけれど、僕の気持ちは盛り上がらなかった。キュレーターは明らかに放射能の発見を医療や発電といった有用な成果にのみ結びつけて紹介しようとしていた。放射線の発癌リスクについてはひと言も言及がなく、原子爆弾については言うまでもなかった。

実験室には入ることもできなかった。入口にロープがかかっていて、そこからなかを覗くことしかできないのだ。白いタイルで覆われた作業台、釣り鐘状のガラスの覆い、ビーカー、蒸留装置、壁際に設けられた流し、陶製のコイル、大きな取っ手のついた電源スイッチがふたつあった。どれも複製品だったが（本物は汚染されており、今後、何世紀もそのままだという）、全体の眺めに僕は何か神聖な雰囲気を感じた。黒い服を着たマネキンも一体あった。マリア・スクロドフスカの、あの飾り気のない上っ張りだ。まるで彼女の幽霊が今も実験室を守っているかのようだった。僕はジュリオの話を思い出した。放射線量が非常に高いカラバシュを訪れた時、危険な場所だという事実ゆえにそこが魅力的に思えたというあの話だ。僕は携帯電話をゆっくりと横に動かしながら実験室を動画に収めた。できるものならそんな心の揺れを記録して、あとで利用できるようにしておきたかったのだ。

博物館を出る前に、中庭に面した手すりに寄りかかったマリー・キュリーの写真入りの絵葉書と、彼女がふたりの娘、イレーヌとエーヴと生涯を通じて交わした手紙をまとめた本を買った。まだ部屋には戻りたくなかったので、キャンパスのベンチに腰を下ろした。学生たちが行き交っていた。校庭の片隅に細長いガスボンベが鎖でひとまとめに束ねてあった。アルゴンガスと二酸化炭素ガスのボンベだった。大学時代、回路を冷却するために初めて液体窒素を使った時のことを思い出した。実験室の技術補佐員の監督の下、湯気の立つ窒素をデュワー瓶からそろそろとこぼした時の緊張も。あのころはジュリオも僕も、正確な式さえ発見できれば、あらゆる自然の力を制御し、全宇宙を制御できるという幻想をまだ抱いていた。

続く日々はマリア・スクロドフスカの手紙と娘たちの返信を読んで過ごした。それまで書簡集に興味を持ったことはなかった。退屈で古くさい読み物だと思っていたのだ。でもそれが逆にパリでの新しい生活にはお似合いだった。僕のフランス語は初歩的だから、読み進めるには時間がかかったが、それもよかった。序章にはマリーが夫ピエールの急逝後、幼なじみに宛てたメッセージがあった。「わたしの人生は台無しになってしまいました」だ。訳せばそんなところだろうとは思ったけれど、フランス語の原文では saccagée というもっと強烈な動詞が使われている。「強奪された」という意味だ。だから直訳すれば「わたしの人生は強奪されてしまいました」となる。

マリーは、娘たちへの愛情が亡夫への愛情に取って代わることはけっしてない、そんな埋めあわせはあり得ないと知っていた。己の冷淡さを自覚してか、あるいは己の苦しみの深さを悟ってのことかはわからないが、彼女はイレーヌに代数学と三角法を教えることにした。そうして娘に愛を伝えようとしたのかもしれない。イレーヌに宛てた一通の手紙は楕円の作図方法で締めくくられていた。イレーヌがまだ知らなかったのだろう。数式に暗号化された、母親の愛情表現がそこにあった。

今、キュリーの手紙を読んでいるんだ。僕はクルツィアに宛ててメッセージを書いた。とてもおもしろいよ。

本当におもしろいの？　怪しいな。それが彼女の返事だった。

距離を置いて、メッセージという簡潔な方式で、僕らはつきあいを復活させた。あなたが今どんな状態だか手に取るようにわかる、彼女はよくそんなことを書いてきた。どうせ、病的なこだわりだらけの暮らしをパリでもしてるんでしょ？　考えるだけでぞっとするわ。今すぐ飛行機に乗ってそっちに行くから、という脅しも一度ならず受けたが、ふたりともそれがただの冗談であることは承知していた。そうして「フランスの大いなる勘違い《il Grande Fraintendimento Francese》」をちょっと思い出し、わずかな残滓となった互いへの思いを活気づけようとしていただけだった。

　パリ支局員だという例の友だちが自宅でカクテルパーティーを開くことになった時、クルツィアが口をきいて僕を招待させた。カクテルパーティーだって？　困るよ、そんなの。僕は断った。

いいから行って。ちゃんとした格好をしてね。

　どういうわけだか、パーティーの晩が近づくにつれて、僕はやたらと緊張してきた。当日になると不安はもはや制御不能なレベルで、過剰なほど熱のこもったファッションへのこだわりというかたちで表出し、僕はフランク・プロボーで髪を切り、新しいパンツまで一本買った。手持ちのパンツがどれもカジュアル過ぎる気がしたのだ。あれこれ迷う僕に対し、ロレンツァが遠くから彼女らしい簡潔なsì（はい）かno（いいえ）のメッセージで指示を出してくれた。

　思っていたとおり、パーティー会場に顔見知りはひとりもいなかった。最初におしゃべりをすることになった相手は同年輩の男で、彼はこちらの職業を礼儀正しく尋ねてから、自分は投資関係の仕事をしていると教えてくれた。当然の疑問のつもりで、どこの銀行に勤めているのかと訊き返したら、笑顔でこう答えた。銀行で働いているわけじゃないんだ、僕の説明が言葉足らずだったかもしれないね。彼は投資ファンドの代表だった。改築中の家の写真でも披露するように、インドの農村部で出資中だという空港の写真を見せられた。

料理の並ぶテーブルの横でしばらく休み、勇気を取り戻した僕はもう一周、偵察に出かけた。あるグループはかなり高齢の女性の独演会になっていた。ルイーザ・Tという彼女の名には聞き覚えがあった。それもそのはず、パリから文化関係のニュースを三十年ばかりイタリアに届けていた元記者で、あの文豪ともこの文豪とも交遊したことがあり、著名なサロンの数々にも参加していたという。聞いていると今という時代が頼りなく、浅はかに思えてくる、ありがちな二十世紀の自慢話だった。僕の存在には気づいているようないないような気配だったので、河岸を変えようとしたところでお声がかかった。ねえ、そこのあなた。どうしてそんなふうに目をぐるぐると動かすの？

わざとじゃないんですよ。白内障を患いまして、時々、無意識に動かしちゃうんです。

そんなお若いのに白内障？

僕の眼球を観察して、言葉の真偽を確かめようとするみたいに彼女は近づいてきた。その隙にまわりの人々が退散したものだから、彼女とふたりきりになった。ルイーザは尋ねてきた。あなた、お名前は？　それから彼女は僕の手を普通よりもほんの少しだけ長めにつかんで、質問を重ねた。それにパリで何をなさってるの？

自分でも何をしているのかよくわからないと答えると、彼女はやっぱりというふうにうなずいた。

　そのうち僕はルイーザをうまくまいたが、あとで踊り場でまたつかまってしまった。横柄にうながされ、コートを着る彼女に手を貸した。あなたのこと、グーグルで調べましたよ、と彼女は言った。ごめんなさいね、わたし、最近の作家はもう読まないの。小説はみんな退屈だから。それどころか、読むといらいらするの。でも息子があなたのファンよ。あなたも帰るところ？

　表に出て、タクシーをお呼びしましょうか、と彼女に尋ねたら、家はソルフェリーノだから歩いて帰れると言われ、こんな言葉が続いた。ねえ、その仰々しい態度、いい加減やめてちょうだい！

　そう言えば、と少し間を置いて、彼女は自分の左手の薬指に意味ありげに触れながら続けた。今日は奥さんはどうなさったの？　ローマにいます。離婚されたの？　いえ、違います。じゃ、別居中？　それも違います。まあ、ずいぶんもったいぶるのね！

　そんなやりとりのあとで僕らは歩きだしたのだが、今までとは違う緊張感が漂っていた。少なくとも僕のほうはそうだった。やがてルイーザはある建物の大扉の前で足を止め、暗証番号を入力した。入ってちょうだい。お茶を淹れるわ。アルコールは何もないから我慢してね。

　彼女の部屋は歴史的な館の一階にあった。かつて門番が住んでいた部屋で、中庭を横切り、階段下に設けられた物置きの扉から入るようになっていた。まるで禁酒法時代の隠れ酒場《スピークイージー》の入口みたいですね、僕は言った。

　ええ、でもあんまり期待しないでね。みんなここまでは驚くんだけど、この先はどうってことないから。

事実、部屋はワンルームで、あとは窓のないバスルームがひとつと、申し訳程度の狭い調理スペースがあるだけだった。それでも庭に面して二枚、大きなガラス窓があった。館の残りの部分はスイス人実業家のものだが、いつも留守だそうで、その日も明かりは消えていた。だから全部わたしのものだってつもりになれるの、とルイーザは言った。

僕は腰を下ろし、彼女は茶の支度をした。ずいぶんと天井が高いお部屋ですね。沈黙を破るために僕は言った。彼女は天井を見上げてからこう答えた。おかげでカーテンを外すには消防隊を呼ばないといけないから、あきらめたの。埃だらけだけど、もうこのままね。

続いて恋愛遍歴を聞かされた。元夫がふたり、子どもが四人、孫が八人、完璧なねずみ算よ。幸いみんな、遠くに住んでいるけどね。会話の自然な流れであなたにも子どもはいるのかと訊かれたので、妻の連れ子がひとりいますという無難な回答をした。妻は僕より年上なんです、ともつけ加えた。

なるほど。だからちょっと偉いでしょ、って感じ？

どうでしょうね。そうなのかもしれません。僕は認めた。

黙って茶を飲みながら、どうやってカーテンに話を戻そうかと考えていたら、ルイーザに先を越された。夫ふたりは別に恋しくないの。ひとり目も、ふたり目も。でも時々、あのひとたちについてわたしが知っていたあれこれが懐かしくなるわ。ふたりのことはなんだって知ってた。何年もかけてあのひとたちの情報を一生懸命集めたのに。それが今じゃ……まるで無意味。こんな無駄な努力ってないわ。ところで今は何を書いてるの？

僕は原爆の本の話をした。記録文書の内容と当事者の生の証言を結びつけようとしていること、日本語がわからぬために一次資料の利用が難しいこと。ルイーザは無感動に聞いていた。

僕が口を閉じると、彼女は席を立ち、僕の手からカップを取り上げた。ふたりの即興のデートはこれでおしまい、というふうに。

あなたのことわたしはほとんど知らないも同然よ、と彼女は言った。だってご存じのとおり、さっきグーグルで検索したばかりだもの。でも、なんとなくだけど、今、あなたが直面しているのはきっと、ある種の……危機なのね。そうでしょ？　そんな時にあなたは七十年前に日本で起きた、今じゃ誰も関心がない出来事についての本を書いている。おもしろいわね。いったいどんな基準で何を書くか決めているの？

そんな社交性のテストをなんとか通過すると、僕は以前の孤独な生活に戻った。今日も明日も似たような日ばかりとなると、パリ暮らしは一日が前より短く感じられた。ずっとこんなふうに暮らすのも悪くないな。よくそう思った。何もかも放置して、あらゆる干渉を避けて生きるんだ。でもみんなはまだ存在していた。ある日、マリーナから電話があった。彼女のほうからかけてくるなんて珍しいことで、実際、今、忙しいのではないかと心配された。ちっとも忙しくないから心配いらないと僕は正直に答えた。

どうしても自分から伝えたかった知らせがあるのだと彼女は言った。あなたが修論の副査を務めた学生がいたでしょ？　クリスティアンっていう……。クリスティアンね、もちろん覚えてるよ。彼がね、とうとうやり遂げてしまったの。

ジュリオの家にはさいころ形のオットマンがあって、以前はアドリアーノがよく跨がって遊んでいた。僕はそこに座った。

クリスティアンはどんな方法でやり遂げたのか——彼女の用いた婉曲表現を僕も自然と真似ていた——と尋ねると、彼女はこう答えた。いちばんクラシックな方法よ。ガレージでロープを使ったの。今回はきちんと用意して、冷静だったみたい。少なくとも妹さんの話によると、だけど。つまり君たちはまだ連絡を取りあっていたんだね。僕は言った。特に含みのない言葉のつもりだったが、責めるように響いてしまい、彼女に言い返された。わたしだって変なのはわかってたけど、なんだか彼が他人に思えなくなっちゃって。

マリーナは僕の知る限り最も自制心の強い人間のひとりだったが、その彼女がそこで静かに泣きだした。泣き声はすぐに途絶え、ひとつ咳をすると、彼女は言葉を継いだ。教授会で花輪を贈ることにしたの。みんな無神論者だから当然、花輪なんて好きじゃないんだけど、ほかにいい案が浮かばなかったから。ニコはリボンにうちの学校のモットーを書こうって言ってる。徳と知識がどうのってあれ。個人的には凄く冷たい感じで嫌なんだけど、どうでもいいわ。もしあなたも加わりたいなら、二十五ユーロよ。また授業で来る時に払ってくれればいいから。

空っぽな時間のせいで、僕はクリスティアンのことをよく考えた。ローマで普通の生活を送っていたら、ここまでは考えなかったろうというほどに。マリーナに与えられたわずかな情報（一本のロープ、場所はガレージ）を頼りに、僕は彼の最期の数分間を詳細に想像した。もしかすると自殺の目的とは、そんなものがあるとすればだが、まさにこうしてあとに残された者の頭を離れない呪縛となることなのかもしれなかった。

僕は後悔もしていた。以前に彼が入院した翌日、教室で僕はその事件についてまったく触れなかったのだ。彼の名前さえ口にしなかった気がする。騒ぐようなことは何も起きていないとでもいうかのように。でも何より奇妙だったのは、彼のクラスメイトたちがひとりとしてこちらの説明を期待しているようには見えなかったことだった。状況が深刻過ぎて僕にどうにかできるはずもないとあきらめていたのか、ひとりの教師から人生の苦しみについて何かを学べるはずもないと考えていたのか。ただ授業の途中で、最後列に並んで座っていた女子のひとりがいきなり立ち上がると、僕の話をさえぎり、トイレに行ってもいいかと許可を求めてきた。許可を求める必要などないと説明すると、彼女はまた質問を繰り返した。じゃあ、行ってもいいんですね？　その激しい口調は、質問の内容とはまったく違う何かを伝えようとしていた。

あの時、何もしなかった僕が、今さらクリスティアンのために何ができるはずもなかった。とどのつまり彼のことなどろくに知らないのだから。何時間か授業をし、ひと晩、トリエステの町をともにさまよい、その数カ月後、スカイプで一度、彼の貧弱な修士論文の発表に耳を傾けた。それだけの関係だ。クリスティアンの入院後、マリーナは教師陣と話しあい、学年の半分も履修しなかった彼を卒業させることに決めた。クリスティアンは自分がモデナのプラネタリウムで担当していた仕事に関するリポートを一本書き上げていた。彼の仕事とは、見学に来た学生たちの案内役を務め、長年、自分が深く学んできた宇宙の誕生や恒星内元素合成、銀河団やブラックホールについて、できるだけ噛み砕いて解説するというものだった。修士論文の審査には副査もひとり必要で、ぎりぎりになってマリーナが僕にやってくれと頼んできたのだった（正直に言えよ。僕は誰かの代役なんだろう？　ううん、彼にそうしてくれって頼まれたの）。

僕は彼の論文に満点評価を与えた。クリスティアンは感謝のメールをよこし、いつか是非、プラネタリウムに遊びにきてください、先生のためなら喜んで個人ツアーをやります、と書いてきた。でも僕は、いつか行ってみようかとすら思わなかった。何カ月かぶりで彼のメールを開いてみたら、返信もしていなかった。

そのうち左目が前よりも見えなくなった。シャワーボックスに入った時は普段どおりだったのに、浴び終わって外に出たら、視界がひどくかすんでしまっていた。今でもふたつの出来事を原因と結果とみなすことには抵抗を覚える。でも順番は確かにこうだった。まずマリーナからクリスティアンの自殺を伝える電話があり、その数日後、僕の目は誰かに殴られたみたいにぼんやりとしか見えなくなってしまったのだ。

二十年前に僕の目の病気が謎のデビューをはたして以来、その感知不能なほど緩慢な進行を追い続けてきた眼科医に連絡をすると、パリの専門医の住所を見つけてくれ、急いで診察を受けるように言われた。パリの医師は僕の視力が十分の二まで落ちていると認め（10／10「十分の十」が健常な視力）、子どものころに風疹になったことはないか、最近、激しい運動を続けるか、強いストレスにさらされた時期はなかったか、と尋ねてきた。

視力は今すぐにもさらに低下する恐れがあった。症状の急激な悪化がよく見られる病気なのだ。そしていったん悪化してしまうと、手術での完治が——手術自体は単純だが——ずっと難しくなるという。僕はロレンツァに相談してみた。すると今すぐこっちに帰ってきなさいと言われた。彼女の声は医療上の指示でも下すように冷淡だったのに、急に胸が熱くなってしまった。僕は翌日のイージージェット便のチケットを買った。そして、ほとんど逡巡せずに、ノヴェッリにワッツアップでメッセージを書いた。今、ちょっとパリに来ているんだけど、明日にはもう出発するんだ。もしも市内にいるなら一杯やらないか。

彼の希望で、ル・セレクトで夕食後に会おうという話になった。でも約束の時間から四十分が過ぎても彼は姿を見せなかった。ウェイターはもうこれ以上は待てない様子で、狭いテーブルの上にコースターを一枚投げるように置き、あからさまに注文をうながしたが、僕は相手が近づいてくるたび、ひとを待っているからと断り、耐え忍んだ。

空気の澄んだ夕べだった。僕は道路を挟んだ向かいに並ぶ看板の明かりを眺め、テロの頻発した歳月のあいだも何ひとつ変わることのなかった大通り《ブールバール》のそのあたりの豪奢な雰囲気を味わっていた。まぶたを片方ずつ閉じれば、右目は僕に濁りのない世界を見せ、左目はぼやけた平板な世界を見せた。左目で見る世界は今にも消えてしまいそうだった。

タクシーが一台、歩道に寄せてきて停まった。停車時間はごくわずかだった。ノヴェッリが道側のドアを開き、まず車の屋根越しに頭が見えた。ぴかぴかに磨かれたセダンを回ってこちらに来ると、彼はようやく僕に気づいて眉を上げた。

彼は黒いジャケットの前を開いていた。シャツのサイズのせいか、胸がやけに張り出して見えた。同じく黒いパンツは正面にまっすぐ折り目が入っていて、足元は白いスポーツシューズで決めていた。思わず目を吸い寄せられる白さだった。手にしていた裏地のない薄茶のトレンチコートを彼はぞんざいなそぶりで椅子の背にかけた。

注文はまだだよ、君が来てからにしようと思って。僕は言った。

僕は間抜けなことに、ハグでもするみたいに立ち上がっていた。でもハグなんてせず、手と手を触れあわせただけだった。ウェイターはすぐに戻ってきて、顔なじみなのかノヴェッリに微笑みかけた。ノヴェッリはグラスでサンセールを頼んだ。君も同じでいいか？　じゃあ、二杯で。

彼は道のほうを向いて座った。そして、やれやれ、とつぶやいたが、その言葉の意味を察するためのヒントはくれなかった。

なんだかスタイルが変わったね。僕は言った。

どういう意味だい？

僕は彼の服装を仕草で示し、次にビストロの豪華な店内を指した。前は僕ら、もっと大衆的な場所で満足していたじゃないか。

ル・セレクトが気に入らないかい？　昔からある店だよ。

ウェイターがワインのグラスをふたつと、金属製の小さい椀をふたつ持ってきた。椀にはそれぞれ味つけオリーブとピーナッツが入っていた。ノヴェッリはオリーブの椀は無視して、ピーナッツのほうを引き寄せると、一度に少しずつだが、せわしなく食べだした。そのうちジャケットの内ポケットで携帯電話が鳴り、彼は誰かに現在地を伝えた。イタリア語だった。電話の相手が何か冗談を言ったらしく、ノヴェッリは笑いだした。ああ、まったくだ！

電話を切り、愉快そうな表情を真顔に戻しながら、彼は言った。アンブロジーニが合流するそうだ。彼と会ったことはあったかな?

いいや、ないと思う。

わたしのポスドクのひとりだ。とても優秀だよ。元はカルテックにいたんだが、散々苦労して引き抜いた。でもその甲斐はあったぞ。

つまり君は今も大学で教えているんだね。

ノヴェッリは戸惑い顔になった。もちろんだとも。どうして?

彼は両手の塩をはたき落とすと、また携帯電話を手にした。きれいな写真だろう? アンブロジーニが撮ったんだが、これで独学だというのだからやるじゃないか。

見せられたのは一枚の夜景だった。角張った建物の並ぶスカイラインの上に青い空が広がり、そこにもっと明るい色の線が何本か走っていた。

撮影時間は夜中だよ。露出時間を非常に長くする必要があったんだが、アンブロジーニはその時、三脚《トライポッド》を持っていなかった。トライポッドはイタリア語でなんと言ったっけ? なんにせよ彼は身じろぎもせず、息を止めるようにしてシャッターを切ったそうだ。ほとんどぶれてないだろう? この写真を見ればたいていの人間は、特殊なフィルターでも使ったか、合成写真だと思う。でも違うんだ。

彼は写真を拡大した。この上のほうのやつは夜光雲《ノッテイルチエンテイ》だ。今度の本のタイトルもノッティルチェンティにすることにした。とても詩的な言葉だから。英語だとノクティルーセントで、こちらの響きのほうがわたしは好みなんだが、出版社に英語は駄目だと言われた。noctilucent なんて誰も発音できなくて、てんで勝手な読み方をされるのがオチだからだとさ。

ノッティルチェンティ。僕も声に出してみた。実際、美しい言葉だった。

ノヴェッリは携帯電話をテーブルに置くと、また口を開いた。尋常じゃない高度で発生する雲でね。高度八十キロ付近だ。太陽がとても低い位置にあるために水平線の下から光線が届くんだが、その角度だと中間圏まで届いて、光の要素は青色だけが残る。するとまるで雲自体が発光しているように見えるんだ。実に見物だよ。でも実は――結論を急ごうとする僕に警告するように、彼は人差し指を上に向けた――近年、夜光雲が以前よりもよく観測されるようになったという事実は不気味なことなんだ。それどころか最悪の知らせだ。なぜならあの高度には水蒸気なんてほぼ存在しないから。わかるだろう？　あの高度の雲は、ほかのろくでもない物質が密集したせいで発生するものばかりなんだ。特にメタンさ。つまり、夜光雲の増加は、どれだけ見物にせよ、地球温暖化の直接の物差しでもあるんだよ。

彼は自分の説明に衝撃を受けたように椅子の背にもたれかかった。そしてまた指を椀に入れ、空っぽであることに気づくと、オリーブに移った。

それがアンブロジーニとわたしが今度の研究を始めたきっかけなんだ。まあ、事実上、わたしの着想だが。彼はまだ若過ぎて抽象は不得意だから。

つまり今、彼と本を書いているんだね。僕は言った。

出版社のほうから話があったんだ。

ノヴェッリはほっと息をつき、にわかにリラックスした顔になった。

本の話題にこちらは少し追いつめられた気分になった。だから話をそらすべく、カロリーナの近況を尋ねた。

カロリーナは忙しくしてるよ。それも並大抵じゃない忙しさだ。

パリにいるの？

ノヴェッリは首を横に振った。ジェノヴァだ。例の高架橋が崩落してから、あいつ、法的正義の追求に夢中になってしまってね。署名を集めたり、鑑定書を作らせたり、ローカルテレビに出たりしてるよ。ほら、覚えているかわからないが、若い時分に法律を学んだことがあるから。

彼はオリーブを次々に丸呑みした。あんまり急いで食べるものだから、ひとつ気管に入ってしまい、しばらく咳きこんだ。

おかげでわたしは自分が革命家と結婚したことに今さら気づいたよ。将来なんてわからないもんだな。あいつは真実が必ず勝つって意気ごんでる。真実なんて誰も気にしちゃいない時代だって残念ながらわかってないんだ。

ひと呼吸置いて、彼はこう続けた。こっちとしては、子どもたちの面倒も少しは見てほしいんだがね。

結局、子どもたちは父親と一緒にパリに残り、ノヴェッリの母親が息子を助けるために同居を始めたのだという。以前に聞いた話から彼と母親の関係は複雑らしいと僕は察していたが、質問は控えた。

話題はまた彼とアンブロジーニの本の計画に戻った。というより、彼がまた蒸し返した。ふたりは六つの目的地を巡る取材旅行を計画中で、パタゴニアを含む行く先々で、珍しい気象現象の撮影を試みるつもりでいた。僕はまるで場違いな嫉妬を覚えた。ノヴェッリも気づいたらしい。顔を初めて上げ、こちらの目をじっと見つめると、長いことそのままでいた。

で、そっちは？　彼に尋ねられた。パリにはずいぶん前からいたようだけど、何をしていたんだ？

そんなに前からはいないよ。

クラウディアのパーティーに行ったそうじゃないか。赤茶けたひげの男と話したろう？　あれは、わたしの友だちなんだ。

投資ファンドの代表だっていう？

今度の本のための研究もあの男が出資してくれるんだ。間接的な出資、と言ったほうがいいかもしれない。

どういうこと？

彼のためにひとつ、なんと言ったものか……避難生活の適地を探してほしいと頼まれているんだ。だから我々はそんな場所を探しつつ、自分たちの研究を進めるのさ。

彼はプレッパーなの？

まあ、今の時代に不安を覚える点が二、三あるんだそうだ。けっして間違った考えではないだろう？　それで金はあるから、万が一に備えておこうってわけだ。

それで土地探しを君に頼んだ。

そんなに不思議かい？　これでもわたしは『ネイチャー』に四本の論文が載った研究者だぞ？　わずかに不快感のにじんだ口調で彼は実績を強調した。僕は本能的に衝突を回避した。いや、不思議じゃないよ。ただ、君はその手の選択には反対なのかと思っていたから。

その時、キックスケーターに乗った若者が僕らのほうにやってきた。上品な服装はノヴェッリと同じスタイルだ。ほら来た！　ノヴェッリは席を立ちながら、大きな声を出した。

若者が誰かは言うまでもなかったが、やはり紹介された。彼がマッテオ・アンブロジーニ君、わたしの共犯者だ。

ポスドク君は隣のテーブルから椅子をひとつ取ると、僕とノヴェッリのあいだに座った。ノヴェッリは若者の肩に手を置き、そのまま離さなかった。先ほどまでとは打って変わってご機嫌だった。それからふたりはしばらく、午後に中断した作業について小声で話しあった。ウェイターが追加の注文はあるかと訊いてきた時、アンブロジーニは僕とノヴェッリを見やり、ここにまだ残るか、それとも移動するか、と視線で尋ねた。

ノヴェッリは時計を見て、もう行くことにしよう、と答えた。それから僕に言った。君も一緒に来るかい？

どこへ？

カステルさ。踊りにいくんだ。

へえ、あの店、まだあるんだね、と僕は答えた。でもその言葉の真意は僕の驚きを示すことにあった。もう真夜中だというのに、ノヴェッリは自分のポスドクを引き連れてクラブへ踊りにいこうとしていたのだから。

もちろん、まだあるさ。

このあいだの土曜日なんて、僕たち、朝の四時までいたんですよ、とアンブロジーニがつけ加えた。教授が踊りだしたらもう止まらなくて。

わたしの踊りはちょっとレトロだってみんな言うんだよな。足を動かし過ぎるって。今は足は動かしちゃいけないらしい。

最近は同じ場所に立ったまま踊るのが主流ですね。でもカステルなら、教授流でも大丈夫です。

ノヴェッリはまたアンブロジーニの肩を揺さぶった。嬉しくてたまらないようだった。そして彼は言った。妻に逃げられて、子どもと取り残されてから、自分がどんなに踊るのが好きだったか思い出すんだからおかしいよな。さあ、君は来るのか来ないのか、どっちなんだ?

翌日、僕は機上のひととなり、その数週間後にはウンベルト一世病院の手術室にいた。担当の外科医は僕に手術の内容を説明する手間を省き、どちらかと言えば遠くの物に焦点が合うようにしたいか、それとも近くがいいか、それだけを知りたがった。僕は何か自分という人間について深遠な問いかけでもされたみたいに、遠くの物がよく見えるようになりたいと答えた。

いずれにしても、ネットの動画をいくつも見て手術のプロセスは予習しておいたから、彼らがどこを切開するのかはもちろん、どんなメスを使うのかも、僕の水晶体をどうやって除去するのかも知っていたし、人工のそれをふたつ折りにして狭い切れ目から挿入することまで知っていた。にもかかわらず、薄水色の目隠しの下からずっと様子をうかがっていたのに、今、手術のどの段階なのかがまるで把握できなかった。目は覚めていたけれど、片手に注射された薬剤のせいでぼんやりしており、しかも自分の上に横たわる別の誰かが手術を受けているような、とても奇妙な感覚だった。途中でフリオ・イグレシアスの歌が流れだして、外科医が後生だから曲を変えてくれと言うのが聞こえた。僕はつい笑ってしまったが、医師に動かないよう注意された。

手術のあとは、ほかに四人の患者がいる部屋に移された。四人とも男性で、全員、術後の経過観察中だった。そのうち三人はやはり高齢者だったが、四人目はまだ二十前の若者だった。彼も僕も眼帯を着け、直角をなすふたつの壁にそれぞれの背中をもたせかけていた。僕らは麻酔でろれつの回らぬ舌をなんとか動かし、少しだけ話をした。

そうして夢うつつで待っていたら、不意に誰かの手が、僕の顔の無傷な側に添えられた。その感触でロレンツァの手だとわかった。ささやき声で大丈夫かと尋ねられたので、大丈夫だけど、ひどく疲れたと答えた。すると彼女は、じゃあ休んで、わたしは外で待ってるから、と言い、僕の額にそっと口づけをしてから、またいなくなった。

家に帰っても、僕は読むことも書くこともできず、音楽も神経に触るので、窓を閉めきって暗くした寝室でベッドに座っているほかなかった。痛みは波のように繰り返しやってきては消えた。ロレンツァも時おり様子を見にきてくれたが、夕方になると僕の横に寝そべり、仕事をひと休みした。携帯電話に何か素早く入力している彼女の髪の毛を僕は人差し指でいじくった。ふたりのことを話しあういい機会だったのに、僕は気づけば他人の話をしていた。

彼女にノヴェッリと会った晩のことを話した。彼との会話がどうでもいいような話題に終始したこと、誘いを断りきれずカステルに連れていかれたこと。カステルなんてまだあるの？　ロレンツァに訊かれた。僕も彼に同じことを訊いたよ。

ノヴェッリとアンブロジーニは女の子たちをナンパした。慣れた様子だったよ。三時を過ぎるとアンブロジーニも僕も家に帰りたかったのにノヴェッリが反対したから、ポスドク君と僕はふたりで、テロが頻発していたころのように人影の途絶えた夜のパリを歩くことになった。サン・シュルピスの噴水で僕らは水盤に向かって立小便をした。事態は切迫してたから、いちばん無難な解決策に思えたんだ。そのついでに僕は勇気をふるって彼に訊いてみた。どうしてノヴェッリとあんな性的平等に関する研究をして、わざわざ会議で発表するような真似をしたのか、って。すると彼は、自分はノヴェッリに巻きこまれただけで、もともとはただの遊びのはずだったと誓った。遊びだって？　僕は訊き返したよ。なんにせよアンブロジーニはノヴェッリが本当に研究データを発表するとは思っていなくて、カルテックからは引き抜かれたどころか、追放されたも同然だったそうだ。あの時はもちろん腹が立ちましたよ、当たり前でしょう？　と彼は言った。でも、もう過ぎたことです。なんだかんだ言ってもやっぱり教授は権威ですし、天才ですから。それに僕にとっては大切な友人なんです。

ふたりとも千鳥足だった。左手に延々と続く、公園の柵に沿って歩きながら、友だちだからといって何もできない場合だってあると僕が言うと、向こうはこちらの言葉尻をとらえて、こうやり返してきた。あなたに見捨てられて、教授は苦しんでましたよ。

夜道の残りの行程で僕は、例のジェノヴァの公募がノヴェッリのためにお膳立てされていたわけではなかったことを知った。そんなにノヴェッリ教授がほしければ、大学から直接に声がかかるはずでしょう？　わかりきったことだというふうにアンブロジーニは説明した。ところが普通の公募が行われたのは、別にうちの教授がご指名ではなかったから、それだけの話ですよ、ってね。それでもノヴェッリは自分の肩書きにものを言わせて無理を通そうとした。どうしてもジェノヴァに帰りたかったんだろう。カロリーナのことがあるからね、と僕はつぶやいた。すると彼も、そう、カロリーナさんのことがあるからです、と繰り返した。僕らはその時、どちらのほうがあの教授をよく知っているかを言外に競いあっていたんだ。僕はまた言ってやったよ。いったい君らはなんだってあんな馬鹿げた研究をしようと思ったんだ？　それで彼とは別れた。

いかにもって話ね。ロレンツァは少し間を置いてから言った。

どのあたりが？

ノヴェッリが新しい聞き手を見つけた、ってところが。

それ、本気で言ってるのかい？　彼にとって僕はただの聞き手だったってこと？

僕は長い時間、話し過ぎていた。ゆっくり話したつもりなのにもうへとへとだった。

サルデニアでわたし、彼のカヌーに乗せてもらったことがあったでしょう？

それがどうしたの？　ちょっと不安そうな声が出てしまった。

馬鹿な想像しないで。でもある意味では、もっとひどいかも。岩陰に来たら、彼、あなたの仕事のこと、あれこれ尋ねてきたの。わたし、あいまいなこと言ってごまかした。だって結局、何が知りたいのかよくわからなかったから。でも、ついにはっきり訊かれたわ。あなたはいくら稼いでるのかって。

ロレンツァは首を後ろにねじって、僕の無事なほうの目を見つめると、こう言った。あなたって時々、ひとのこと誤解するから。

眼帯の下では涙が相変わらずぼろぼろ出ていた。術後のそうした反応は本物の涙とは無関係なはずなのに、おかげでもう何時間も妙に感傷的な気分が続いていた。それが突然、心の弱り具合が変質して、今度は極端に無防備な気分になってしまった。ロレンツァも僕の変化に気づいた。

どうしたの？

なんでもない。というか、よくわからないんだ。

彼女は立ち上がり、少し離れた場所から僕の様子をうかがうと、言った。きっと麻酔のせいよ。

でも部分麻酔だったのに！

ゆっくり深呼吸して。窓、開けようか？

いや、まぶしいからやめてくれ。

麻酔のせいよ。彼女はまた言ったが、少し声がおびえていた。

彼女はマットレスの上にひざまずくと、僕の頭をそっと支えた。手術が終わってから彼女はずっとそうして優しい態度で接してくれていた。僕は謝った。悪かった、どうか許してほしい、本当に自分が恥ずかしい、と。

恥ずかしいって、何が？

結婚準備講座の時のことさ。僕は言った。

あの講座が今、どうして出てくるの？

彼女はまったく覚えていなかったが、僕は覚えていた。悔やんでも悔やみきれずにいたからだ。あの講座でカロルに五感のうち四つを捨てねばならないとしたらどうするかと言われて、僕は視覚も捨ててしまった。

だから何？

だから僕は間違っていたんだ。あの答えは嘘だった。現にこうして、君を見つめられないのは辛いし、これまでずっと君とろくに会えなかったのもひどく辛かったから。

二十四時間、眼帯を外せないだけの話でしょ。失明したわけでもないのに大げさよ！

僕が言っていたのはそういうことではなかった。その時に限った話ではなく、過去一年、いや、もっと前からの話だった。ひとりでいたずらに過ごした時間が恥ずかしく、ひとのことを誤解してしまう自分が恥ずかしかった。彼女の言うとおりだ。でも、僕は自分のことまで誤解していた。誰よりもまず自分という人間がわからず、自分が何を望んでいるのかさえわかっていなかった。

四十にもなって、自分の望みもわからないなんて、普通じゃないだろう？

だから麻酔のせいよ。ロレンツァはまた言ったが、麻酔は関係なかったし、彼女は僕の話を聞かねばならなかった。盗まれた携帯電話も、あのバルセロナの夜のことも、そのほかのいくつもの夜のことも僕は恥ずかしかった。それに、グアドループだってそうだ。なんと言っても、僕はグアドループのあの一件が恥ずかしかった。それまでふたりとも一度も触れずにきたけれど。

そこで彼女は立ち上がり、こちらに背を向けると、しばらくそのままでいた。窓枠が古いので、閉めきっていても隙間から外の光が入ってきた。僕はあきらめかけていた。きっとロレンツァは部屋を出ていく、これで僕らも終わりだ。

ところが彼女はベッドを回って僕の横に腰かけ、頭の高さを揃えた。そしてこちらにぐっと顔を寄せてきた。今や彼女の唇は僕の耳をかすめそうな位置にあり、家には僕らふたりきりなのに、次の言葉を彼女はささやき声で告げた。ねえ、あなたをあそこに連れていったのはわたしよ？　わかる？　あれは、わたしがしたことなの。

僕は無事なほうの目で彼女に焦点を合わせようとした。でも、塩辛い分泌液の膜越しではうまく像を結ばなかった。でも、どうして？

そうする必要があったから。ただそのためには遠い場所に行かなくてはいけなかった。それも凄く遠くて、わたしたちのことを知る人間がひとりもいない場所に。あの時、あなたはわたしと一緒だったし、わたしは最初から最後までずっとあなたの手を握ってた。それは覚えてる？

うん。でも、どうして？

わたしが横にいれば、あなたは何も考えずに自由にしていいんだって証明したかったから。そうしたってあなたはきっと無事だし、ふたりとも無事だってことを証明したかったから。だってほら、現にふたりともまだ生きてて、こうして今も一緒にいるじゃない？　これでわかった？

頭が少しくらくらする上、びしょ濡れのガーゼが今にもずれ落ちそうで不安だった。よくわからないよ、と僕は言った。本当に麻酔のせいなのかも。

するとロレンツァがまた耳元でささやいた。わたしに対して恥ずかしいなんて思わないで。絶対に。だって、あなたのことでわたしに受け入れられないことなんて、何ひとつないんだから。

医師は眼内レンズを入れると色の祭典が見えると僕に予告していた。聞いた時は色の祭典なんて大げさだと思っていたが、そんなことはなかった。眼帯を外したら、家のなかがかつてなく光り輝いて見えたのだ。特に居間に置いてある家具が凄かった。非常に古いものだと言われて買ったものの、どうも怪しいと思っていた家具なのだが、それが尋常でなく鮮やかな深紅に輝いていたのだ。ロレンツァとエウジェニオはもちろん、誰の目にも以前からこんな色に見えていたのか、それとも本当に新しいレンズのおかげなのか。そのどちらにせよ、効果が長続きすることを僕は祈った。

術後三日目、カロルが会いにきてくれた。出迎えに外まで下りた時、僕は彼をハグする前に、ちょっと相手を眺めてから言った。これはどういうことかな。物が歪んで見えるレンズを僕が入れられてしまったのか、それとも君の体が本当に前より大きくなった？

ウエイトトレーニングを少しがんばってるからね。彼は認めた。

教区の信者のみなさんの反応はどう？

彼はぼんやりと自分の腹に触れると、こう答えた。健康的な司祭が嫌いな人間はいないよ。

僕らは地区を散歩した。僕はやたらとびくびくしていたが、彼は我慢してくれた。どんなふうに見えるかと訊かれ、こう答えた。少し潤んでいて、時々きらりと輝く。悪くないよ。

カロルと会うのはあの棕櫚の主日、つまり前の年の三月末以来だったが、電話で連絡を取りあっていたから、彼の恋がその後どうなったかはある程度まで知っていた。

十月、カロルはパドヴァのエリーザのところになんの予告もなく現れた。彼は本気で、彼女の下宿先で暮らすつもりでいた。大学院の授業は始まったばかりだったから、エリーザは新居の同居人たちとも知りあってまだ間がなく、司祭の登場は――カロルは自分の正体をごまかそうともしなかった――彼女の下宿先にかなりの混乱を巻き起こした。彼に電話で、エリーザの対応がやけに冷たいのだがどうしたらいいかとアドバイスを求められた僕は、今すぐそこを出ろ、エアビーアンドビーでもなんでもいいから泊まる場所を別に見つけるんだ、と告げた。しかし彼は僕の警告に従わなかった。

彼はエリーザのところに三日三晩滞在した。状況は時を追うごとに険悪な様相を増していったのだろう、とにかく電話が頻繁にかかってくるようになった。エリーザは当初カロルに出ていってくれと頼んでいたが、やがてふたりの関係を終わりにしたいと言いだし、ついには二度と会いにきてくれるな、あなたにここにいられるとわたしが迷惑だ、とまで言うようになったそうだ。

カロルはローマに戻ったが、それからも彼女と僕を悩ませ続けた。彼のしつこさが次第に僕も鬱陶しくなってきた。それにあのころはこちらも流れ者みたいな暮らしをしていて、どことも知れぬホテルの一室にいたから、彼の苦しみにしても残響がぼんやりと届くだけだった。僕は理性的で薄情な返事ばかりするようになり、やがて電話に出るのをやめ、彼もかけてこなくなった。

僕がその時のことを今さらながら謝ると、彼は肩を軽くすくめ、すぐに許してくれた。そして言った。あのころ僕はもう少しで駄目になるところだった。興味があれば話すけど、退屈させたくはないからね。

もちろん、興味あるとも。

パドヴァから帰ってきた時の僕はちょっとまともじゃなかった。

うん、それは覚えてる。

とにかく息苦しくてね。ものたとえじゃないよ。呼吸はしているのに、窒息しそうだったんだ。明日にはきっとよくなっている、そう自分に言い聞かせて過ごしていたけれど、次の朝には余計にひどくなっていた。いつまで経っても治る気配はなかった。キリストの受難はひどく残酷なものだったけれど、少なくとも三日で終わった。ところが僕の苦しみは何カ月も続いたんだ。

彼がそんなたとえを真面目な顔でさらりと用いたのが気になったが、黙っていた。その分野については向こうのほうが専門家だからだ。

医者に診てもらっても、何も問題はなさそうだった。単なる空気飢餓感だと診断されたよ。そんなふうに言われたら、どうってことのない症状に聞こえるよね。精神安定剤を呑むように言われたけれど、僕が薬一般に反対なのは知っているだろう？　そんなある日、ＳＮＳでエリーザの写真を見た。若い男と一緒に写っていた。実際は特に問題のない写真だったんだけど、僕のなかで何かが弾けた。仕事の約束がいくつもあったのに、全部放り出して、また列車でパドヴァに向かった。そして彼女の下宿の下まで来た。もう暗かったな。前もって連絡はしていなかったんだけど、呼び鈴を鳴らす前に、僕は彼女の部屋がある階を見上げた。すると部屋は明かりが点いていて、同居人の女性のひとりが窓の前まで来て、叫ぶのが見えた。悲鳴じゃなくて、楽しげなやつだ。ひゅーひゅーみたいな。窓のなかではいかにも気楽な空気が流れていそうだった。すぐにわかったよ、これは僕に対する警告だ、って。いきなり飛びこんでいって、あの気楽な空気を壊すわけにはいかない。自制しろ、って。

気づけばサンタ・マリア・マッジョーレ教会の前まで来ていて、カロルはそこからどの方角に向かったものか迷う顔をした。どちらでもよいことだった。僕らは適当に歩いていただけなのだから。

一晩中、パドヴァの町を歩いて過ごしたよ。彼は話を続けた。もう列車がなかったから。そうしたら駅前の広場でコロンビア人の若者と出会った。名前はウィンストンだ。それで彼と話しこんだ。夏は海辺で働いて、できるだけお金を貯めて、残りの季節はホームレスなんだそうだ。墨絵を描いていて、画風は素朴派っぽいけれど、結構いい感じの女性像で、たまに売れると言っていた。僕も一枚買ったよ。あれこそ百パーセント自由な生き方だ。ウィンストンに会ったおかげで、僕は自分が信仰の道を歩みだしたころを思い出した。それで決心したんだ。巡礼からまた始めよう、もう一度、清貧の誓いを立てるぞ、ってね。ローマに戻って、聖フランチェスコの作品をすべて読み直したよ。あと一歩で僕はウィンストンに連絡して、一緒に放浪の旅に出るところだった。嘘じゃない。あと一歩のところまで行ったんだ。

それで、どうしたの？

カロルは両手で何かを振り払う仕草をした。何もしなかったよ。よくある話さ。

今も彼女と電話で話すことはあるの？

エリーザかい？　あることはあるけど、残念ながら滅多にないな。でもメッセージならほぼ毎日やりとりしているよ。彼女は変わってしまった。生物学の研究でなんというか――彼は適切な言葉を探して一瞬黙った――とても理性的になってしまった。僕はそんな彼女の変化と闘っているんだ。もっと詩を読むように勧めたり、インスピレーションが湧くように曲を送ったりして。ほら見て。

彼は携帯電話の画面をこちらに向け、延々と続くプレイリストの画面をスクロールさせた。画面が近過ぎて曲のタイトルは読み取れなかったが、並んだアルバムのカバーには見覚えがあった。僕がパリでへとへとになるまで歩き回っていた時に聞いていたアルバムばかりだった。偶然の一致ではない。そのアイフォーンをカロルにプレゼントした時、スポティファイの契約をそのままにしておいたから、彼のライブラリーは僕のそれと同期されていたのだ。

そうだ、何かお勧めがあれば教えてよ。彼は言った。最近、君が追加した曲はどれもひどかった。特にこれだ。

エイフェックス？

何度挑戦してみても、僕にはわからなかった。ただの騒音としか思えない。君が少し心配になったよ。

こちらに対する彼の懸念の表明は完全に無視して、僕は言った。なんにしても君が治ってくれて嬉しいよ。

カロルは足を止めた。アイフォーンの角であごをこすり、何か考える様子だった。治る、というのは違うと思う。彼は言った。僕は病気になったわけじゃないからね。空気飢餓感を除けば。僕の言い方が悪かったかもしれない。

エリーザに対してひどく失礼だよ。

君があの恋を乗り越えてくれて嬉しい、単にそういう意味だったんだ。お似合いのカップルとはちょっと言いがたかったからね。

すると彼は僕の前腕をつかみ、僕の視線を強制的に自分の目に誘導してから言った。エリーザと僕は今も恋人同士だよ。

表情が変わっていた。僕とのあいだにあった誤解の正体にはたと気づいたという顔だ。彼の手を慎重にほどくと、僕は適切な言葉を探しつつ、また口を開いた。彼女はほかの男とつきあいだした、そういう話になっていた気がしたんだけど。元彼とよりを戻したって。君が電話で言ったよね？

カロルはしばらく黙って道路の表面を凝視していた。両手はポケットのなかに戻っている。それからとても穏やかな声でこんな説明をした。あんな男はどうでもいいんだ。僕と彼女の結びつきはもっと別の次元に属するものだから。不可避なんだよ。でも、理解してもらうのが難しいのは承知している。

僕は不意にわからなくなった。彼は今、極めてもろい状態なのだろうか、それともかつてないほどに堅固なのだろうか。

エリーザは今、年相応の若者として生き、それが何を意味するかを実感する必要があるんだ。あの男はそんなつかの間の過程に属する存在だ。でも僕と彼女は時間を超越しているから、待つのはわけないいんだ。ふたりの未来はとっくに決まっているからね。

君たちはきっと一緒になる、ということか。

カロルはちょっと驚いたような目でこちらを見てから、答えた。もちろんさ。

また空虚な数秒が過ぎてから、彼はエリーザにビデオ通話をしてみようと言いだした。今から？　ちょっと挨拶するだけでいいからさ。きっと喜ぶよ。彼はフェイスタイムで彼女にかけ、僕らは画面を見つめて待った。

エリーザは出なかった。たぶん授業中なんだろう、カロルはそんな言い訳をした。どうせ来月には彼女、こっちに来ることになってるから。あれだったら、例のピザ屋にまた行こうよ。今度はロレンツァも呼んで、四人全員でさ。

僕が返事をしなかったせいで、あやふやな感じのまま、僕と彼はカヴール通りを下りていった。

カロルの背中を眺めながら、僕は言った。ウエイトトレーニング、相当、熱心にやってるんだな。

ベンチプレス、百三十キロを上げるよ。

なんだかとんでもなく重そうだけど。

努力すればできるようになるさ。

地下鉄の駅まで彼を送っていった。少し前から頭のなかで、するかしないか迷っていた質問があった。それで、ひとつ訊いてもいいかな、といったんは断ったけれど、やっぱりやめることにした。だって、あんまり踏みこんだ質問だからさ。

構わない、とカロルに仕草でうながされ、僕は尋ねた。君はその、個人的な受難を体験したあとでも——受難という言葉を僕は皮肉抜きで使った。彼が先にそうしたからだ——つまり、エリーザとのことがあった今でも、まだ神様を信じているの？

彼はためらうことなく答えた。神はもうどうでもよくなった。でもキリストのことは信じている。いや、むしろ、神のことを気にしなくなってから、僕はやっと真にキリストを信じるようになり、理解し始めたんだ。主の肉と血。僕はこの言葉を長年、何度も説いてきた。そんな資格などなかったのに。でも今は、何を意味しているのか完璧にわかるよ。

一連の気候変動指標によると二〇一九年は過去二千年で二番目に平均気温の高い年だった。過去二十年でもなければ二百年でもなく、過去二千年だ。夏には欧州全土に分布する八十四の気象観測所が観測史上最高気温を記録し、グリーンランドでは例年よりもひと月早く解氷が始まり、ベネチアは過去半世紀で最も水位の高い異常な高潮《アクアアルタ》に見舞われた。気候変動に関する政府間パネル《IPCC》の報告書では、例のごとく堅苦しい文章で、全雪氷圏の危機的状況が解説された。つまり、もはや北極圏と南極圏に限らず、あらゆる氷河と永久凍土をも含んだ問題であるということだ。このまま行くと、二一〇〇年までに最低でも五十センチの海水面上昇が見込まれ、その後も同様の変化が何世紀も続くという。

もちろん問題は地球温暖化だけではなかった。フィリピンのダバオ湾のビーチで発見されたクジラの死骸の腹のなかには四十キロのプラスチックゴミが詰まっており、エベレストでは山頂で記念写真を撮るために出来た長蛇の列が原因で登山家二名が死亡し、イエメンでは未曾有の規模で襲来したバッタの大群が農作物を食べ尽くした。この天災の原因となったメカニズムは実に象徴的だった。異常な大雨（これもおそらくは気候変動が原因だろう）により、通常ならば砂漠に等しい地域でバッタが産卵し、生まれてきたバッタは特異な性質を発達させて——普通の個体よりも大きく、強くて、遠距離を飛べた——巨大な群れを形成し、また産卵し、凄まじい勢いで増えていったのだ。

多くの者はもはや逃げるしかないと主張していた。だからイーロン・マスクも核弾頭を火星の北極と南極で爆発させて、連鎖反応を導き、かの惑星を（うまくいけば、だが）新しい大気で包もうなどと言いだすのだ。ツイッターを中心に、一部のメディアでは彼のアイデアが真剣に議論された。しかし火星探査車キュリオシティから届けられた火星の映像に人々は失望した。砂埃に覆われた単調な地表のほかは何も見当たらず、この上なく住みにくそうだったのだ。人類はまだ当分は今いる場所を離れることなく、これまでどおりにやっていくしかなさそうだった。つまり、次々に届く天変地異のニュースによって僕らの生活が大きく左右される、ということはなかった。少なくとも僕の生活と、僕の周囲の人々の生活に限って言えば。それどころか、翌年になれば状況はさらに悪化し、その後も年々ひどくなるものと見込まれていた。今、二〇一九年の年末を振り返って僕が思い出すのは、どうせ避けようはないのだという投げやりな空気だ。まるでみんなの脳の奥底まで幻滅が染み渡っていたみたいだった。

十二月いっぱい、ローマの最高気温は十度を優に超え続けた。大晦日も気温は穏やかで、その異常さについてあえて不平を漏らそうとする者はなかった。僕だって同じだ。あのころロレンツァと僕は新しい友人を作ろうと努力していた。過ちの起きない、軽いつきあいがよかった。だから年越しの晩餐は、上の階に越してきたばかりの夫婦を我が家に招いた。

家のなかを案内して、上の家との間取りの違いを（ほぼ同じなのに）延々と話しあい、居間で腰を下ろした時には、四人の会話の種は尽きていた。客人の夫のほうはエンジニアで、本気かどうかわからなかったが、僕のレコードプレーヤーに興味を示し、こう尋ねてきた。レコードのコレクターなんですか。いいえ、違います。でもこのプレーヤー、使ってるんでしょう？　それがぜんぜんで。一時の物欲に負けて買ったんですけど、さーっというノイズが出るので、そこで飾り物になっているんですよ。僕がそう答えると、彼はどのような雑音だかどうしても聞きたがり、こちらも礼儀知らずな真似はしたくなかったので、プレーヤーを置いた棚の下に潜ってコードを接続した。やがて彼は宣言した。よし、分解してみましょう。え、今ですか。ええ、構いませんよね？

そんな具合であの夕べはほとんどの時間、エンジニア氏が床の上であぐらをかき、ユーチューブで修理方法を解説する動画を参照していた。ロレンツァは初め、居間で夕食にするのを嫌がった。皿を膝に抱えて食べるなんて落ちつかない、と。でも結局は折れた。エンジニア氏はプレーヤーのパーツをひとつひとつ磨き、可動部分に油を差し、ついには完璧に組み直した。実のところ修理の成否など誰もたいして気にしていなかったが、彼が回転板の上に針を下ろすころにはそれなりに期待が高まっていた。曲が流れ始めた。だがノイズは前のままで、少しもよくなっていなかった。

真夜中になり、年が明けた時には四人が四人ともほっとした。翌朝から階段で彼らと出くわせば気まずい思いをする羽目になるだろうが、とりあえずはどうでもよかった。

ふたりが去ると、ロレンツァと僕は、始まったばかりの二〇二〇年を祝し、改めて乾杯した。今度はずっと感情のこもった乾杯だった。それから僕らはしばし離れ離れになり、自分の携帯電話と向きあい、新年を祝うメッセージを何本も書いて過ごした。ただ僕は奇妙な憂鬱にとらわれていた。早くも夕食の時間から、ジュリオを思い、カロルを思い、ノヴェッリのことまで思って気が沈んでいた。まるで、彼らのそれぞれと未解決の問題を抱えているはずなのに、何が問題なのか見極められずにいるような気分だった。三人とも僕のメッセージに応じ、お祝いの言葉を返してくれた。

六時ごろ、僕らはエウジェニオからの電話で叩き起こされた。彼は家に帰ってくる途中で、今が何時なのかも理解していたが、自分のいる場所にすぐに来てくれと言うのだった。違う違う、心配しないで。別に俺がやばいことになったとか、そういうんじゃないから。じゃあ、ナツィオナーレ通りの入口で待ってるから。

スウェットの上下を着て厚手のジャケットをはおると、僕は家を出た。

これは絶対に見せなきゃ、そう思ったんだ。僕と落ちあうなり、エウジェニオは言い、通りを指差した。見れば、路面はずっと向こうのほうまでハトの死骸で埋め尽くされていた。そこまで来るあいだにもちらほら落ちていたが、ナツィオナーレ通りには何百、いや、ひょっとすると何千という単位の死骸が落ちていた。

どうしたんだと思う？

花火のせいだろうな、たぶん。

でもどうして？　エウジェニオは僕を問い詰めた。

どうしてって、年越しには花火がつきものだからさ。

じゃあ、花火なんて禁止すべきだろ！

彼は目に涙を浮かべていた。緊張を緩めたくて僕はこんなことを言った。ほかに絶滅危惧種がたくさんいるって時に、僕だったらハトのことはあまり心配しないけどな。いや、それどころか。エウジェニオは僕をきつくにらんだ。その目には、彼がまだ時おり見せた子どもっぽい怒りがあった。

わかった、わかった。悪かったよ。

僕らは下り坂を歩きだした。ハトの大虐殺の現場にいるのは僕らだけで、足の置き場に気をつけねばならなかった。僕にはその瞬間を何かの前兆と解釈することもできたはずだが、しなかったように記憶しているし、今さらそんな解釈を加えてみても無意味だろう。

ハトはともかく、パーティーは楽しかったかい？

まあまあ、ってとこだね。

結構、飲んだ？

そうでもないよ。

心ならずも彼は、死んだハトの眺めに早くも慣れてしまっていた。僕が訊けばきっと否定しただろうけれども。二時間もせぬうちに市の清掃サービスがきれいに片づけ、彼もハトのことなど二度と思い出さぬはずだった。

無神経に聞こえるだろうけどさ、と僕は言った。朝食にしようか。そういう時間だよな。

やはり無神経に響いたらしいこちらの提案を検討してから、彼は訊き返してきた。でもどこで？

夜遊びの達人はお前のほうだろう？

するとと彼はあたりを見回し、あっちだ、と指差した。でもサン・ロレンツォまで行かないと。歩く気ある？

彼の背を追い、駅の方角に戻りながら、僕は家で過ごした年越しの宴がどれほど刺激に欠けていたかを語って聞かせた。エウジェニオはTシャツの上からジャンパーを着ていたが、前が全開で、僕は、ファスナーをちゃんと閉じろと言いたくなるのをこらえた。あの時、僕らはまわりの目にはどう見えていたのだろう？　年の離れた兄弟だろうか、風変わりな友だち同士だろうか。それとも親子？　一見、ふたりで徹夜で遊んだ帰り道ぽかったろうから、親子はないかもしれない。

あのトンネルを抜けるのかい？

だって近道だし。どうして、怖いの？

まさか。

でも実際は、確かに少し怖かった。僕は言った。なんにしてもさ、お前もひとりの時はあそこは通らないでほしいな。彼は僕の間抜けな指示を完全に黙殺した。子どもじゃあるまいに、と思ったのだろう。

　エウジェニオが幼かったころは、キャンプとチェスを好きになってほしい、そうすれば時間をともに過ごすのが楽になると思っていたが、そのどちらも彼の好みには合わなかった。次に数学好きになってくれないかと願ったが、彼に数学の才能はなかった。僕は長いことその手の違いがふたりの関係における、遺伝的なきずなの欠如の次に大きな障壁だと考えていた。何年か前のある日、列車の上から電話越しに彼の乗法公式の復習につきあったことがあった。翌日、学校でテストがあったのだ。僕は車窓に頭をもたせかけ、公式の暗唱に耳を傾けた。aプラスbの二乗イコールa二乗プラスb二乗プラス2ab、aプラスbの三乗イコール……。そして間違えれば、修正してやった。まわりの乗客の迷惑にならぬよう小声で。でもそうしながら僕はひどく落胆していた。あの落胆はなんだったのだろう？

　二項式の二乗の乗法公式は覚えているかい？　僕はエウジェニオに尋ねた。

　彼はちらりと振り返った。もちろん。でもどうして今、そんなこと思い出したの？

　さあね。ともかく思い出したんだ。

　どうかしてるよ。

　サン・ロレンツォ地区まで来ると、彼は切り売りピザの店を目指した。僕らはまずひと切れずつ頼み、またひと切れずつおかわりして食べながら、新年の抱負を言いあって遊んだ。エウジェニオが思いがけず真剣になったので、がっかりさせたくなくて僕もふたつばかり考えた。やがてこちらのぼんやりした様子に気づいた彼に、何を考えているのかと尋ねられて僕は答えた。別に何も。お前の話を聞いていたのさ。

もしもあの時、あくまでも仮定だが、僕が珍しくエウジェニオに対して心のうちを正直に明かそうとしたなら、まだ乗法公式のことを考えていたんだよ、そう答えていただろう。考えていたのは、あの列車の上での時間のことだけではなかった。彼のために幾度となく作ったパスタのことも、パーティーのたびに外の車のなかで待ったことも、それまで記入したさまざまな書類のことも考えていた。あれはするな、これはするなという余計な注意のことも、子どものころに彼が部屋の隅に置いていた、もはやどこにあるとも知れぬカラフルな加湿器のことまで考えていた。

そして、そうした一切合切が、それこそ僕らが二〇二〇年一月一日、予定外の朝食にふたりで食べていたそのピザも含め、全部まとめて——そんなふうに思うのは初めてで、自信はなかったが——父親であるということなんじゃないか。僕はそんなことを考えていたのだ。

ジュリオはよくクルーガー国立公園から写真を送ってくれた。インターネットにはベースキャンプからしか接続できなかったので、僕らはいつも夕食後の同じ時刻にチャットをしていた。彼の送ってくる写真は光の具合も被写体もあまりに完璧で、『ナショナル・ジオグラフィック』のホームページからコピペしたのではないかと疑いたくなるほどだった。キリン、水面から顔を出すカバ、骨だけになったシマウマの死骸のまわりをうろつく二匹のジャッカル、走るアンテロープの群れ、雄大な夕日。そんな写真だ。

赤外線センサー式のカメラトラップがとらえた夜間撮影の動画が送られてくることもあった。たとえば一匹のヒョウが画面を横切る動画だ。孤独な野獣はなんとも魅力的で、意図せぬままレンズに向けられた両目が一瞬、白く輝いた。

この土地は何かが違うんだ。彼はそんなことも書いてよこした。深い帰属意識みたいなものを感じるよ。動物は俺たちを認識し、こっちも向こうを認識する。人間と動物は何千年もともに暮らし、互いを食らいあってきた仲なんだ。ところが今じゃ俺たちを食らうのは弁護士と精神科医くらいなもんだ。

人間をミツバチの巣へと導いてくれるハニーガイドという鳥を何時間も追って過ごしてきた、そう報告してくる日もあった。ジュリオは興奮を隠しきれない様子で、あの鳥はひとを自分のほうに呼び寄せるんだ、と説明し、鳥の奇妙な鳴き声を音声ファイルで送ってくれた。ひとが近づいていくと、ハニーガイドは別の木に飛び移って、ここまで来いとまた呼ぶ。そうやって一歩一歩、はちみつのありかまでと導くんだよ。俺たちの遠い先祖があの鳥と契約を結んだのだろうな。ただ、人間のほうはそんな記憶はなくしてしまったんだ。

それではちみつは本当にあったの？

もちろんあったさ。

それでもクルーガーにしたって、と彼は続けて書くのだった。やっぱり幻だ。人間がまだほかの生物と同様にここの生態系の一部をなしているという幻、ここの自然は原始のころのままだという幻だ。そんなの完全に嘘だからね。自然公園はどこも慎重に調整された人工的なシステムで、人間が人間のために目立たないかたちで管理している場所なんだから。たとえば定期的に火事を起こして植生を低くするのは、金を落としてくれる観光客が動物を見やすいようにするためだし、ライオンの数にしても新しい雄の導入によって調整されているし（雄ライオンは自分のものではない子ライオンは片っ端から殺してしまうから）、保護区によっては象に避妊処置が施されている。

つまり、人間化《アンスロピゼーション》から逃れる術はないのだった。人類の行為が景観や自然環境に及ぼす変化を指すこのアンスロピゼーションという専門用語をジュリオはよく使ったが、僕には彼がその言葉でクルーガー国立公園よりもずっと大きな何かを暗示している気がした。人類から逃れる術はなく、現在から逃れる術はないのだ、と。

訓練の話もよくしてくれた。彼は動物の足跡を追う技術を学び、脅威と遭遇した際に自分の反応を抑制する技術を学んでいた。サバンナでは、本能が僕らに勧める対策のほぼすべてが誤りなのだそうだ。たとえばライオンを前にした時、本能は一目散に逃げろと命じるが、実は逃げたらおしまいだと彼は言った。こちらが弱みを見せれば、ライオンはつられて襲ってくるからな。じゃあ、どうすればいいの？　僕は尋ねた。交渉するんだ。でも交渉がうまくいかなかったら？　その時は全力で叫ぶ。

だいたいこんな具合だ。まずライオンが威嚇してくる。まだただの威嚇で、本気で攻撃する気はない。こっちはあくまで冷静に、その場を動かず、相手と同じくらい激しい威嚇をしなきゃいけない。怒鳴るか、ライフルを繰り返し叩くんだ。もしもこっちの威嚇に十分な説得力があれば、ライオンは足を止め、あとずさりする。そうしたらこっちも一歩後ろに下がっていい。そして一からやり直しだ。また威嚇をし、こっちも怒鳴り、ライオンが後退し、こっちもさらに一メートルの距離を稼ぐ。これが何時間も続くこともある。

なんだか凄く隠喩的だね。僕はそう書いた。

なんの隠喩だ？

でも僕はその思いつきを深追いしないことにした。何につけ隠喩を見出そうとするのは、実はまったく無意味な行為なのかもしれない。

妄想が膨らみ、ジュリオがレンジャー志望者の新しい仲間たちと叫び声の練習をしている姿を僕は思い描いた。キャンプの外に並んで立ち、漠とした草原《ヴエルト》に向かって、あらん限りの声を張り上げて吠えているジュリオたち。彼がかの地に探しにいったのは、まさにその種の自由にちがいなかった。少なくともそうであってほしいと僕は彼のために願った。

# 第三部
# 放射線

石の浴槽の縁に座ったジュリオと僕は、丸裸だ。それがここの規則だから。そして町を眺めている。高いビルのてっぺんでＡｓａｈｉという文字の背景がリズミカルにばらばらになったり、元に戻ったりしている。風景のなかで動いているのはその看板と、ずっと下の道路を走る車の流れだけだ。ほかに見えるのは、灰色と茶色の系統色の建物からなる町並みと、丘陵と、曇り空。リトル・ボーイの爆心地までは直線距離で約一キロあるから、僕らは完全破壊圏内にいることになる。七十七年前の八月六日、ヒロシマのここから見える範囲は一瞬にして、激しく燃える平板な瓦礫の荒野と化した。僕らがこうして目にしている一切は、あの丘陵を除けば何ひとつなかった。

ホテルに着いて初めて、十四階に大浴場があるのを知った。レセプションの若い女性は僕らが目立つタトゥーを入れていないかどうか恥ずかしそうに確認し、イラストに描かれた男性の腕、脚、そして最後に股間を指差した。大丈夫ですか。ではお風呂をご利用いただけます。大浴場は温泉で、洗い場に加え、熱湯の浴槽がふたつ、とても熱いサウナがひとつ、温度差を利用した健康的な刺激を味わうための水風呂がひとつあった。平時であればこの浴場もきっと観光客でいっぱいで、ヨーロッパの客もいるのだろうが、今年は違った。ジュリオと僕のほかには目の不自由な日本人がひとりいるばかりだった。その男性は白杖で行く手を確かめつつ、浴槽と脱衣場のあいだを嘘みたいに優美に動き回った。防疫措置のため、日本は外国からの訪問者を基本的にまだ受け入れておらず、職務上の緊急の理由がある者に限って入国が認められていた。まさに僕らのように。ただし慰霊式に参列してみたいという漠然とした好奇心を「緊急」とみなし、何年も前に始めたものの、未完成のままとなっていた意味の円環を完結したいという、さらにつかみどころのない理由を「緊急」とみなせるものならば、という条件つきだが。飛行機のなかで知りあったドイツ人男性から、日本人に食鳥処理機械を売る仕事をしていると聞かされて、ジュリオはまるで臆することなくこう答えた。そうですか、こっちは爆弾のために行くんです。

日本にたどり着くのは容易なことではなかった。移動自体も大変だったが――ロシア領空は閉鎖されていたか、いずれにせよエールフランスはそこを避けて飛んだ。いつミサイルが飛んでくるかしれない、ということだろう。僕らの便は南に大回りし、ジョージア、カザフスタン、ゴビ砂漠の上空を飛んだ――出発の準備からして何カ月もかかった。ビザの取得手続きも大変だったが、招聘理由書まで頼みこんで書いてもらわねばならず、ヒロシマとナガサキの慰霊式に参列したいという僕のリクエストが繰り返し拒否されるという場面もあった。しかも僕は二〇二〇年夏に最初の日本行きを見送っており、二〇二一年にもふたたび中止していた。いずれにしてもジュリオと僕は無事日本に到着し、そうしてヒロシマを眺めながら、ぽたぽたとしずくを垂らしているのだった。彼と会うのは久しぶりで、見れば、胸の真ん中にちょろっと生えた毛が白くなっていた。でも戸惑いは覚えなかった。同じ変化がこちらの体にも起きていたからだ。しばらくどちらも黙っていたが、やがて僕のほうが彼に尋ねた。そろそろどうだい？　行ってみないか。

約一時間後、地下道から外に出ると、そこは原爆ドームのすぐ横だった。原子爆弾の爆発後、爆心地でただひとつ崩れずに立っていた建築物だ。爆風が真上から襲いかかったため、壁の一部と丸屋根の鉄骨だけは破壊を免れたのだ。ジュリオも僕も本やテレビで幾度となく見たことのあるドームだが、実物にはやはり粛とした迫力があった。僕らは廃墟を観察しながらまわりを二周ほどした。川沿いをジョギングする者もいたが、かの有名なモニュメントには慣れきっているらしく、目をくれようともしない。公園の木々にはセミがいっぱいいて、僕らが聞き慣れたセミよりも高い周波数で鳴いていた。少なくとも僕にはそう聞こえた（ジュリオも同じ意見だそうだ）。写真だともっといかめしくて、荒涼とした印象を受けるドームだが、実際は穏やかな風景のなかにあり、町の中心部に位置している。目を上げれば、空も今や晴れ上がり、低い雲がちらほらとある程度で、その雲は、沈みゆく太陽のある側がレモン色に染まっていた。六百メートルという高さがうまく想像できなかったが、こんなにも空が澄んだ日であれば、落ちてくるリトル・ボーイのすらりと長い形を見分けることもできるはずだった。閃光が走る直前に、だが。ジュリオはこちらの考えを見抜き、彼にしては珍しくストレートな表現で、こんなことを言った。なんにしても、連中のやったことはまったく狂ってるよ。

僕らは写真を何枚か撮った。いや、正確にはジュリオが撮った。ちょっとずるいやり方だが、彼の日本への招聘状はフォトレポーターとして獲得した。ジュリオはカメラマンとしてはアマチュアを自認し、所有する機材を分不相応だと恥じているくらいだが、今回与えられた任務を真剣に務めようとしてくれているのは僕にもわかった。でも暗いと撮影は続けられないので、どこかで夕食にすることにした。僕はガイドブックで紹介されていた店に行きたかったのだが、ジュリオが観光客向けの既定の順路に誘導されることを恐れ、いかにも外国人旅行者っぽい行動を取るのを嫌がった。そんな真似をすれば、良心に二度と消えない傷を負ってしまうと言わんばかりだった。僕は言い返してやった。何言ってるんだい、ここには僕らしかいないじゃないか！　外国人なんて日本じゅうに僕らふたりしかいないんだよ！

彼は即座にこちらの提案を受け入れた。そして最終的には鶏の心臓と皮の串焼きに舌鼓を打ち、店のかなり伝統的な雰囲気にも満足した。食事のあいだ、出発の数日前に彼に教えられたある記事の話になった。記事の主旨は、人類滅亡の可能性をタブー視するのはいい加減にやめて、もっとおおっぴらに議論すべきだ、なぜなら気候変動の結末として十分にあり得るシナリオだからだ、というものだった。科学者たち（とジュリオ）の主張によれば、人類滅亡の可能性を考慮することで、八十年代の核の冬を巡る議論が軍縮への道を拓いたように、人々が衝撃を受け、行動に出るという好循環が生じるはずだという。

でも、本気でそんなこと信じているのかい？　僕は彼に尋ねた。

ジュリオは虚を突かれたらしい。どうして？　お前は違うのか。

だって、人類が滅亡するかもしれないからって、みんながふるまいをそこまで大きく改めるかな？

言われて自分の主張のおめでたさに気づいたみたいに、彼はちょっと顔を曇らせた。だが気を取り直し、我々の誰もが悲観主義に溺れることなく、今すぐに立ち上がらなければならないと反論を始めた。そして、海面から顔を出した火山島を対象にしたいくつかの研究の話をしだした。そうした島々でいかにして植物が次第に繁茂するかというと、まずは土も何もほとんど必要としない先駆植物が育ち、続いてその下の堆積物を糧に新たな植物が育つのだそうだ。つまり、彼がしていたのは再生の話だった。あくまで科学的な、彼に許された唯一の語り口ではあったが、それが再生の話であることに変わりはなかった。君の希望の構造は僕のよりもずっと頑丈だね。僕はそう指摘した。なぜなら彼は学び、議論して、行動するが、こちらはただ流されているばかりだからだ。今に始まったことではなく、大学時代からずっとそうだった。「希望の構造」なんて表現をどうして選んだのかは自分でもよくわからず、あまり的確な言い回しにも思えなかったが、ジュリオにはいっぺんで通じた。俺には息子がひとりいるからな、と彼は今度も無防備に答えた。ほかにどうしろと言うんだ？

僕らは十四階の大浴場にまた行って、町の夜景を眺めた。部屋に戻り、ホテルのパジャマを着たふたりは、まるで双子みたいだった。ジュリオは僕よりもずっと遅くまで起きていた。裁判の判決によりアドリアーノとの電話は毎週何曜日の何時と正確に定められており、日本では時差の都合で夜中になってしまっても特例は認められず、しかもジュリオは一度も欠かさずにかける覚悟でいたからだ。

八月六日、僕らはとても早起きをした。慰霊式は参列者受けつけが七時までで、原爆の投下された八時十五分に間にあわせるため、そのあとすぐに始まるからだ。僕らは別々のエリアに案内された。僕が外国人参列者（最低限に絞られていた）の席で、彼はカメラマンの席だ。式の冒頭、『ひろしま平和の歌』はウイルスの蔓延を避けるために歌わないようにという注意が参列者に対しなされた。その点を除けば、少なくとも僕の見たところでは、毎年、まったく同じ式次第が繰り返されているようだった。まずは原爆犠牲者への献水。これはピカドンの落ちた日、火傷を負った人々が水をくれと哀願したためだ。そして献花があり、悲痛な言葉で宣誓がなされ、日本国首相、ヒロシマ県知事、国連事務総長のスピーチがあり、全員起立して黙禱、鐘の音に耳を傾け、ハトが解き放たれた。しかし式典全体から僕が受けた印象は冷え冷えとしたものだった。何もかもが形式張っていて、きちんとし過ぎていた。もしかすると英語通訳をイヤホンで聞いていたせいで、距離が生まれ、うまく共感できなかったのかもしれない。出口でジュリオを見つけた。一枚も写真を撮らせてもらえなかったよ、と彼は不平を漏らした。でも、どうして？　さあね、俺にもさっぱりわからない。彼は暗い声で答えた。

まだ九時で、僕らの前にはちょっと恐ろしいほど長い、空き時間が待っていた。夕方には、やはり爆心地で、灯籠流しが予定されていて、終わったばかりの式典よりは感動的なのではないかと僕らも期待していたのだが、既にホテルのチェックアウトは済ませてしまっていたから、このままでは灼熱の町で逃げ場もなく、何時間もさまよう羽目になりそうだった。そこでミヤジマを訪れることにした。ミヤジマは内海に浮かぶ島で、それこそいかにも典型的な観光地の気配がしたが、とにかく向かった。お前、気づいたか。島に渡るフェリーの上でジュリオに訊かれた。慰霊式のスピーチで誰もアメリカには触れなかった。ひと言も、だ。まるで原爆がどこからともなく降ってきたみたいな扱いじゃないか。それこそ天災か何かみたいに。

あるいは天罰みたいに。

そう、まるで天罰みたいに。

ミヤジマで僕らは鰻を食べ、緑茶味のやわらかな菓子を食べた。上陸した時は大勢の日本人観光客と一緒だったが、昼食後に急に嵐がやってくると、島はいっぺんに空っぽになり、気づけば僕らは大雨のなか、島の神社を独占していた。雨が上がっても空の眺めは相変わらずドラマチックだった。日本にはニュウドウグモと呼ばれる巨大な積乱雲がある。ニュウドウは巨人、グモは雲の意味だ。夏によく発生するため、俳句では夏の季語になっている。今、本土の上に見えているのがそのニュウドウグモなのだろうか。ノヴェッリがいてくれたら。そう思った。

ヒロシマに戻ると、日も沈みかかっていて、爆心地周辺の川堤と橋はどこももうひとでいっぱいだった。若い女性はみな携帯型の扇風機を優雅な手つきで顔の前に構えるか、首にかけていた。ジュリオと僕は石堤に腰かけ、足をぶらつかせた。被爆者の体験談にもよく出てくるあの石堤だ。あたりが暗くなるにつれ、係留された小舟と堤の階段から、紙の灯籠がひとつまたひとつと水面に浮かべられていった。灯籠はX字形に組みあわされた木が水に浮く構造で、中央にロウソクが立っている。どうかしてまわりの紙が剝がれるか、ふやけるかすると、剝き出しになったXが、あたかも動く標的のように前進を続けた。灯籠がはたして平和のメッセージなのか、あの世に向かって旅する死者の魂なのか、単に美しい演出を狙ったものなのか、僕は知らない。でも、今日、この川のこの場所で、それが流れているというただその事実だけでも胸に来るものがあった。ジュリオは写真を撮りまくった。クルーガーで内部に砂が入ってしまったレンズを呪い、レンズを一度もクリーニングに出さなかった自分を呪いながら。彼に限らず、僕も含めて誰もが写真を撮っていた。できるだけいいアングルを求めて、それぞれ携帯電話を宙にかざして。僕はロレンツァとエウジェニオと作ったチャットグループに写りのましな写真を送った。そうこうするうちに、アスファルトにひざまずいて、咽も裂けよとばかりに泣きわめいていたひとりの男が警官に取り囲まれた。

最終列車で僕らはフクオカに着いた。もう夜も遅い上、僕は一日ずっと汗をかき続けて、みそぎでも済ませたような気分だったが、ジュリオがどうしてもフクオカのストリートフードを食べたいとこだわった。そこでまずは荷物を宿に置き、疲れた足で川まで歩いた。別の県の、また別の川だ。ようやく横になったのは夜中の二時だった。どちらも歯ぎしり予防のマウスピースをしていたので、僕らはもごもごとおやすみの挨拶を交わした。そのうちジュリオがいびきをかきだし、僕はノイズキャンセリング機能つきのイヤホンをして、緊急用のプレイリストをかけた。滝の音や雨音、嵐の音といった眠りを誘う自然界の音で構成されたリストだ。そんなホワイトノイズに身をゆだねていたら、火のともった灯籠が次々に遠ざかっていく光景を思い出した。そして今度は、あれは間違いなく魂だと思った。死者の魂がとてもゆっくりとした流れに乗って、海へと運ばれていくところなのだ。

二〇二〇年の八月にこんな騒動があったのを僕は覚えている。日本の当時の内閣総理大臣アベ・シンゾウがナガサキの原爆犠牲者のための慰霊式で、数日前にヒロシマの慰霊式でしたスピーチを使い回したことが問題視されたのだ。盗作かどうかを見極めるアプリの判定によると、彼のふたつのスピーチは九十三パーセント内容が一致していた。そのアベ・シンゾウがひと月前、ナラで選挙演説中に殺害されてしまった。元首相に向けて近距離から銃を二発撃った男、ヤマガミ・テツヤは、金属パイプ二本と粘着テープで拳銃を手作りした。銃の作り方はもともと心得ていたようだが、ヤマガミは犯行の前に一年以上の訓練を積んでいる。僕が単純過ぎるのかもしれないが、日本に到着するまで、きっと誰もがまだショックを受けていて、世間は元首相の死を悼み、事件の影響で警戒レベルも高まっているはずだと構えていたら、そんなことはなかった。アベ・シンゾウの痕跡はまるでなかった。あるいは僕の目が節穴なのかもしれない。ヒロシマの慰霊式ではスピーチでウクライナのことはもちろん、気候変動まで取り上げられたのに、彼について触れる声はひとつもなかった。後日、実際のところどうなのかと僕がはっきり尋ねた唯一の相手となる五十前後の女性はこう答えた。ヴェリー・サド（とても悲しいです）、アイ・クライド（わたしは泣きました）。でも、それだけだった。

フクオカで、ジュリオと僕はホテルの朝食の時間に間にあわず、町のカフェに入った。ところがその店のメニューには写真もイラストもなかった。幸いジュリオが携帯電話のカメラで文字をスキャンして、英語に翻訳できるアプリを持っていた。僕らはそのアプリで注文を済ませると、昨日、ミヤジマの神社で手に入れたおみくじも解読してみた。僕のおみくじの訳は、おおざっぱだが、理解可能だった。まずは「Correct your mind and happiness will come soon.（心を正せ、さすれば幸せはすぐに訪れるであろう）」。そして「Marriage is difficult, but if we work together, later good.（結婚は難しい、しかし我々がともに努力すれば、後々よいであろう）」。さらには「Now flowers didn't bring fruit, but flowers are still ready.（今は花は実りをもたらさないが、花の用意は依然として出来ている）」という具合だ。花の用意は依然として出来ている。なんのための用意だ？　よくわからなかった。ところがジュリオのおみくじのほうは「苦味」という単語が途中で一度出てくることを除き、さっぱり意味がわからなかった。

ハカタ駅でトヨタの車を一台レンタルした。ジュリオの携帯をカーステレオに接続したら、『ライオンは寝ている』一曲しか入っていなかった。僕はちょっと信じられない思いで尋ねた。歌が一曲しかないんだね。ああ、そうだな。でも、どうして？　どうしてって、いい曲だからさ。

二日間、僕らはほとんど休まず運転を続けた。正確には運転していたのは彼で、僕は道案内役を務めた。キュウシュウの内陸部は緑豊かで、高さの揃った針葉樹が山々の斜面を覆っていた。ふたりで長い黙想の行に繰り返し励むことになったが、ずっと同じ車のなかで過ごしていれば、ヨーロッパからの距離もあって、自然と互いにちょっとした打ち明け話にもなった。たとえばジュリオは、僕がエウジェニオと出会って間もなかったころのことを知りたがった。でも彼が本当に訊きたかったのは、あのころは彼も僕もまだ若かったのに、どうしてよりによってそんな複雑な状況を僕が選んだのか、ということだった。僕らはしばらく血縁関係について語りあい、なんのかんの言ってもその有無は大きい、といった話をした。ハンドル周辺のレバーは配置がヨーロッパとはすべて左右反対で、ウインカーの位置にワイパーがあるから、ジュリオはしょっちゅう間違ってワイパーを作動させた。

ユフインでは時間を取って湖まで散歩をしたけれど、行ってみたら湖というよりもぬかるんだ沼に近かった。散策路には、翅が黒く、胴体が玉虫色のトンボが何匹もいた。ジュリオはトンボの胴体がああもきらきらしているのは、おそらくではあるがキチン質の層によるものだろうと言った。カエデの葉の色を見ろ、と僕が言えば、彼は紅葉についても化学的見地から解説してくれた。何を訊いても、ジュリオには必ず答えの用意があった。どんな現象であれ、理解できずに翻弄されるのが耐えられないらしい。答えを知らなければ、そこに生じる空白を彼は質問で埋めた。彼は車道に描かれた菱形の意味を知りたがり、ポンズという調味料がいったい何で出来ているのかを知りたがり、今朝、鳴いていたいた鳥の名を知りたがり、それが本当にツバメであるとしたら、いったい冬は日本からどこに渡るのかを知りたがった。彼はなんでもかんでも知りたがり、僕は何ひとつ知りたがらなかった。お前には好奇心ってものがないんだな、と彼に責められた。ちょっときつい言い方だった。だからこちらも冷たく言い返してやった。ああ、そのとおりさ。今じゃそんなものはほとんどないね。実はジュリオも僕も、そこまで長い時間を誰かと過ごすことに慣れていなかった。ここで言う誰かとは、僕の場合、ロレンツァ以外の誰かを指し、彼の場合、誰であれ他人一般のことだ。必死の抵抗にもかかわらず、僕らは相手のことが急に我慢できなくなる発作にますます頻繁に襲われるようになっていた。しかも僕はただでさえぴりぴりしていた。日本での日々に何かを期待していたのに、それがなんなのか確信が持てないままだったからだ。万が一、何も見つからなかったらどうする？

八日夜、僕らは予定よりも遅くナガサキに到着した。ホテルは高台にあった。コンピラ山の中腹だ。おかげで港とハママチ地区を見下ろす眺めが素晴らしかった。僕らが車で通ってきた道こそは、タナカさんが原爆投下の三日後に母親と一緒に、無数の遺体と廃虚のなかを歩いた道なのかもしれない。いや、きっとそうにちがいなかった。やっぱりきちんとタナカさんと会う約束をしておくべきだった。僕はちらりと後悔した。彼が代表委員を務める団体とは何度かメールでやりとりをしたが、タナカさんはどうも慰霊式のために非常に忙しいらしく、その上、英語での連絡は誤解もたびたび生じ、なかなかに厄介だった。それでも僕は彼へのお土産にしようと思って、よい香りのするキャンドルを空港で一本買ってあった。日本ではキャンドルに不吉な意味合いもなければ、死を思わせる含意もないことはジュリオが確認してくれた。ぼんやりしている僕を見て、ジュリオがもう何度目になるともしれぬ忠告を繰り返した。だからタナカさんにメールを書けって！

うーん、明日にしようかな。

何が明日だよ。

ぶつぶつ言いながら彼はバスルームに消えた。僕が何を遠慮しているのかわからないのだろう。実を言えば、自分でもよくわからなかった。

ナガサキの原爆はヒロシマよりも投下時刻が遅かったので、慰霊式の開始時刻も遅い。おかげで当日の朝は時間に余裕があり、平和公園を歩き、爆心地を示す黒い石碑を眺め、公園のそばにある原爆資料館の見学もできた。薄暗い展示室では、原子爆弾の威力によって姿を変えられたさまざまな物がガラスケースに収められ、ずらりと並んでいた。熱波によって表面が文字どおり泡立ち、ぶつぶつが一面に残る屋根瓦、壁に入れ墨のように残されたひとりの男性とはしごの影、溶けて浮き輪のような塊になった有刺鉄線の束、ひしゃげた鉄製品、ぼろぼろになった衣服――そして、もちろん人々の肉体。遺体の一部がくっついたままの遺物、火傷ですべすべになった顔、まぶたのくっついてしまった目、溶けた唇。出口の手前には実物大のファット・マンの模型があった。色は黄色、それも美しい鮮やかな黄色で、中央を横切る継ぎ目は赤く塗られていた。この色は意外だった。僕が思い描く原爆はいつだって灰色だったから。だって爆弾が灰色以外の色をしているなんてことがあっていいものだろうか。模型のそばで流れるビデオが事実を証明していた。全員やけに若い、上半身裸の米兵の一団がファット・マンを格納庫から運び出す場面で、爆弾はもう、その冗談のような黄色で塗装されていた。若者たちは慎重かつ丁寧に爆弾を扱っていたが、秘密めいた雰囲気はまるでなく、大事な大きなおもちゃでも運んでいるみたいだった。

ヒロシマでの体験から、慰霊式にはあまり期待していなかった。式次第がヒロシマのそれとほぼ同じだという理由もあった。また献水と献花、また平和宣言と核廃絶宣言、また黙禱、そしてまた放鳩《ほうきゅう》が予定されていた。それよりも僕は暑さが気になっていた。今日の暑さといったらなかった。それに自分の場違いなジョギングシューズも気になっていた。僕が席を与えられた（ジュリオのチケットはどうしても取れなかった）前寄りの列の男性はひとり残らず黒いネクタイを締め、きちんと正装していたのだ。隣の席の女性もそうだった。彼女は長年、日本に暮らすシカゴ出身の記者で、会場の雰囲気にあった上品な格好をしている。僕に興味を持ったらしく、そこにいる理由を尋ねられたが、あまり説得力のある説明はできなかった。彼女が言うには、例年であれば今朝の十倍は参列者があるとのことだった。凍ったおしぼりを配る若者をつかまえて、ひょっとするとマナー違反なのかもしれないが、追加でふたつもらった。五百ccの水のペットボトルもひと息に飲み干した。念のための水分補給だ。それから、ほとんど暇つぶしのように、ほとんど考えもせず、タナカさんの団体にメールで自分の席番号を伝えた。もちろん、手遅れなのはわかっていた。みんなマスクをしていて、相当前にビデオ会議をしただけの間柄では、彼の顔が見分けられるとは思わなかったし、会うことはもうあきらめていた。メールを書いたのは、何かもっとできたのではないかとあとで自分を責める羽目になるのを避けるためでしかなかった。

既にほぼ全員が席についていた。手話通訳者が最後にもう一度、原稿の通訳を試して、宙にジェスチャーの下書きをしている。その時だった。僕は彼の姿に気づき、向こうもすぐにこちらの姿に気づいた。黒いスーツに白いシャツ、ネクタイを締めたところまではほかの男性と同じだが、彼の頭にはベージュのバケットハットがあり、おかげでみんなよりもずっと気さくな感じだ。携帯電話で何か指示を受けているのは、僕を探していたのだろう。列を数えながら、タナカ・テルミがこちらの席までやってきた時、僕はもう立ち上がっていた。

パオロさん？　と彼は言った。

はい、そうです。

理由はわからないが、彼の手を握りしめたら感極まってしまった。あふれそうな涙をなんとかこらえる。ふたりに意思疎通の手だてはなかったから、後ろでこちらの様子をうかがっているアメリカの彼女に助けを求めるべきなのだろうけれど、せっかくの瞬間が台無しになりそうで、僕はタナカさんに向かって、サンキュー、サンキュー、と、ただそれだけを繰り返した。彼はうなずき、にこりとしてくれた。とてつもなく優しい笑顔だった。そこで僕は地面のデイパックをつかみ、なかをひっかき回して例のお土産を取り出した。ただ、なんだか急にそれでは不十分に思えてきた。袋にはduty-freeの文字まで入っている。それでも僕は袋を彼に差し出した。覚えたてのこの国のマナーに従い、きちんと両手で。せめてふたりで記念写真の一枚も撮りたいところだったが、式典が始まろうとしており、若い女性スタッフがタナカさんに着席を求めていた。

たぶん彼に会えたからなのだろう。ナガサキの式典は、通訳すらなかったのに、儀式のひとつひとつがずっと深い意味を持つこととなった。優美な演出のすべてが——呼吸の合ったおじぎも、シンメトリカルな並び方も、献水と献花も、合唱も、解き放たれたハトも——その何もかもが、今日はずっと強く、この胸に迫ってきた。時々、数列前にいるタナカさんの様子を僕はこっそり眺め、彼には何が見えているのだろうと思った。そらで覚えてしまっている一連の儀式が見えるだけで、もはや意識もしていないのか、それとも彼の眼前には今なお、僕らの目には見えなくても、爆発直前の数分間が見えているのだろうか。少年だった自分が二階の部屋で畳から起き上がり、のんびりと窓に近づいていくその姿が。時刻は十時五十八分、あと四分、僕は今にも泣きだしそうな気持ちをどうにもできずにいた。そこである思いが浮かび、携帯にそのままメモした。それはこうだ。ひとはたったひとりの男の子の物語を通じて全人類の運命を嘆くことができる。

僕の場合、彼の物語がまさにそうだった。

ピカドンの一分前、黙禱のために僕らは起立した。今は鐘の音と、被爆者たちを撮影するカメラのシャッター音しか聞こえない。あと何年かで彼らはひとりとしてこの世にはいなくなるだろう。その時は何もかもが変わってしまうにちがいない。タナカさんの表情は帽子の陰で見えない。そして十一時二分がやってきた。

ジュリオは平和公園で待っていた。熱中症の初期症状が出ていた。待たせて悪かったね。僕は謝った。

いや、おもしろかったぜ。慰霊式に対する抗議デモがあったんだ。僧侶とか、ラジカルな平和主義団体とか、反原発グループとかさ。世界社会フォーラムが盛り上がっていたころを思い出したよ。

君の得意分野だな、つまり。

そのとおり。

次はタガミ・ツキエと会う約束になっていた。被爆二世の女性だ。僕の作品の日本語翻訳者、リョウスケに紹介してもらい、何カ月か前にズームで彼女にインタビューをしたことがあった。ツキエはナガサキで金融コンサルタントをしていて、両親ともに被爆者だ。親は今もふたりとも生きているが（二〇二二年八月現在。父親は同十一月に逝去）、父親は既に胃癌と直腸癌と大腸癌を患っている。幼いころのツキエはとても体が弱く、学校も休みがちだった。小学校には被爆者の先生がふたりいて、どちらも女性で、ひとりは首が重さを支えきれないみたいに、いつも頭をゆらゆらと揺らしていた。ツキエが一年生の時、クラスメイトたちと廊下を掃除していたら、もうひとりの先生がそこで急に吐血し、くずおれた。彼女はそのままツキエの見ている前で亡くなってしまったそうだ。

ツキエは人混みのなかに僕らの姿を認めると（難しいことではない）、元気に腕を振り、車のところまでついてくるよう指示した。ムーンよ、と彼女は名乗った。コール・ミー・ムーン（ムーンと呼んで）。ジュリオと僕は後部座席に座り、彼女がハンドルを握った。ツキエは黒い礼装に合わせて、肘まであるロングの黒い手袋をしていた。助手席にはひとりの青年がいた。英会話の助っ人に呼んだのか、単なる友だちなのかわからなかったが、とにかくシャイな若者だった。僕らは車で別の地域に移動した。科学博物館のあるあたりだ。ツキエについては、彼女の夫がやはり被爆二世であることも僕は知っていた。ふたりは長いこと子どもを授かろうと努力をし、彼女は二度妊娠したけれど、一度目は子宮外妊娠で流産、二度目は死産だった。いつか夫が彼女に言ったように「やっぱり原爆の影響が出てしまった」のだ。そして彼女が僕に言ったように「あとに残るのは、結局、放射能」なのだ。

僕らはいろいろな豆腐料理を食べ、酢の物や海藻の料理を味わった。一方、会話は言葉の問題で非常に単純なものに限られた。僕らはまず質問を選ばねばならず、必要とあれば、同じ質問を何度も言い換えた。どうしてムーンなの？　僕はツキエに訊いてみた。ツキエ、だと思っていたのだけれど。彼女は首からさげた三日月のペンダントをつまみ、ツキエ、ムーン、セイム（ツキエとムーンは同じ）と答えた。そしてバッグのなかを探り、黄色いチラシを取り出すと、その裏に漢字をひとつ書いた。

## 月

ツキエ、ムーン。彼女はまた言った。月面着陸の日に生まれたので父親が選んだ名前だそうだ。昼食は長時間にわたり、しばらくして、今度は彼女が僕にひとつ質問をしてくれた。ぶしつけな問いではないかと迷う顔だったが、勇気をふるってこう尋ねてきた。どうしてあなたはナガサキの原爆について書くの？　僕はそれを英語で説明するのは難しいと答えてから、ずいぶん前から書きたいと思っていたテーマなんだと言い、なぜか罪悪感を覚えてジュリオを見やり、ついには口をつぐんだ。ツキエはわかるわというふうに微笑んでくれた。

僕らをホテルまで送る途中、彼女はボサノバのCDをかけた。ジュリオの知っている歌が流れて、彼女と一緒にポルトガル語で口ずさんだ。そんなふうに車は人影のない町を横切っていった。ジュリオも僕も少し休みたかったが、布団は夜になるまで敷いてもらえないので、ふたりとも畳の上にそのまま寝転がった。彼はいつものようにすぐ眠ってしまったが、こちらはまだ午前中の感動が冷めずに興奮していた。だからタナカさんとの出会いを振り返り、ムーンの言葉を振り返った。あとに残るのは放射能だというあの言葉だ。そして、それは本当だと思った。なぜなら死者たちもまた放射線だからだ。人体は莫大な数の原子で構成されている。大半は水素と酸素と炭素だが、ずっと低い濃度にせよ、ありとあらゆる原子があり、カリウムもリチウムもセシウムもあれば、ウランまである。人体が粉みじんとなったあともそうした原子は存在し続け、不安定な種類の原子は放射線を発し続ける。発せられたアルファ線、ベータ線、ガンマ線、ニュートリノは物質を簡単に通り抜け、それこそ何千年、何万年ものあいだ、宇宙空間に向かって飛んでいく。だから死者たちは確かに放射線なのだ。ほら、だって今この瞬間にも、こうして畳に手を置けば、地面から届くやわらかな振動が、死者たちが放つその熱が、感じられるようじゃないか。

でもそれが本当なら、放射線はかつての自分の記憶を留めているんじゃないだろうか。適切な装置で放出スペクトルを分析したら、そのひとの容姿がわかったり、ひょっとしたらその思いまでわかったりするんじゃないか。もしかしてこれが別の文脈で「魂」と呼ばれるものの正体なのか。仮にそうだとしたら、放射線というかたちでありとあらゆる死者が、昔の死者から今の死者にいたるまで、みんな今も存在しているということにはならないか。コトおばさんもルイおばさんも、マコトもクリスティアンも、まさに今、この床の重なりを突き抜け、この僕さえも通過しているところなんじゃないか。

横になったまま、僕は想像してみた。もしも死者の放射線を遠くから検出できる望遠鏡が軌道に打ち上げられたなら、望遠鏡から届く地球の姿は僕らが見慣れたそれとは違っているはずだ。ただの暗い惑星ではなく、全方位に自ら光を放つ一種の恒星、今は亡き者たちの原子の光を放つ星のように見えるはずだ。僕も透明な放射線に姿を変え、そこにいるところをしばし思い描いてみた。死者たちと一緒に太陽系の外まで、やがて彗星の核となるであろう無数のかけらのあいだを抜けて、猛スピードで飛んでいくところを。そんな空想にすっかり興奮した僕は、ジュリオを起こして教えてやろうかと思った。死者はみんな放射線なんだよ、考えたことあったかい？　そうなんだ。君は知ってたかい？　でも、やめておいた。この魅力的な連想は秘密にしておこう。どうせ彼に教えても、例のごとく科学的根拠に基づいて反論されるだけだ。

それから夕方になって、ジュリオと僕はハママチの飲み屋で冷酒を飲んだ。店には手の指が何本も欠けた男がいて、女の子を紹介しようと言ってきた。最初はなんと言われているのかわからなかったが、やがてジュリオのアプリが英語に訳したところによると、男が飽きることなく繰り返していたのは、マッサージ・ニュー・ワイフという言葉だった。

それから僕はまたジュリオとふたりで、車でフクオカを目指し、そのあとオオサカ行きの列車に乗った。オオサカに着くと、ジュリオがどうしてもフグの刺し身を食べたいと言って聞かなかった。僕は嫌だった。怖くてたまらなかったのだ。だからテトロドトキシン中毒のメカニズムを彼に説明した。内臓がどんなふうに麻痺していき、どんなふうに症状が進行し、死亡率がどれだけ高いかも教えた。こちらの説明が終わると彼は宣言した。よし、問題ない。

それから僕らは機上のひととなった。フライトは果てしなく続くかと思われた。さらにそのあと僕らは空港にいて、次に会う約束もせずに別れた。そんなふうにヨーロッパに戻る復路のどこかで、そう、ジュリオとの旅の最終盤のどこかで、僕はムーンの質問への——シンプルな、とてもシンプルな——答えを見つけた。二日前にあのレストランで彼女に告げることのできなかった答え、それはこうだ。僕は何かで涙を誘われると、必ずそれについて書くんです。

# 謝辞

本書の実現には多くの人々と組織の助言による（時には無意識の）貢献がありました。感謝の意をこめてその一部だけでも以下に列記します（敬称略）。

『コリエレ・デッラ・セーラ』、バルバラ・ステファネッリ、アントニオ・トロイアーノ、ヴェナンツィオ・ポスティッリョーネ、ステファノ・モンテフィオーリ、マルコ・カステルヌオーヴォ。

SISSA大学院、科学コミュニケーション修士課程「フランコ・プラッティコ」、ニコ・ピトレッリ、アンドレア・ガンバッシ、ロベルト・トロッタ、フィリッポ・ジョルジ、ダヴィデ・クレパルディ、パオロ・ガンビーノ。

日本原水爆被害者団体協議会、早川書房、広島市、長崎市、朝日新聞、田中熙巳、田上月恵、小倉桂子、インターネットで被爆体験談を公開されている被爆者のみなさん、飯田亮介。

エイナウディ（感謝すべきひとが多過ぎるので名前は略）、マラテスタ・リテラリー・エージェンシー。
ルドヴィグ・モンティ、ジョヴァンニ・リッコ、フランチェスカ・ピエラントッツィとエヴァ・ジャンノッティ、ロレンツォ・チェッコッティ、ラウラ・テスタヴェルデ、アンドレア・モスコーニ、マウリツィオ・ブラット。

P・G

# 訳者あとがき

本作はイタリア人作家パオロ・ジョルダーノ（一九八二年、トリノ生まれ）が二〇二二年十月にエイナウディ社より発表した小説 *Tasmania* の全訳だ。

『タスマニア』はひとことで言えば、わたしたちが生きるこの奇妙な時代の写し鏡的な小説だ。コロナ禍を経てまだ間もない今しか書けない種類の文学であり、おそらくはジョルダーノにしか書けない希有な作品だと思う。

その理由はのちほど詳述する。

もしもあなたがジョルダーノの小説を初めて読むのであれば、できれば余計な前知識抜きに読み始めてほしい。それは彼の作品をこれまで何度も訳してきた訳者のわたしには二度とあり得ない条件であり、ひとりの本好きとして心から羨ましく思う。

また、もしもあなたが既にジョルダーノの熱心な読者であっても、やはりこの解題は後回しにして、とにかく先に本篇を読んでみてほしい。各国のジョルダーノファンが本作における彼のある文学的選択に新鮮な驚きを覚え、彼の文学が新しい地平に達したことを喜んでいるからで、その驚きをみなさんにも味わっていただきたい。

でも読み進めるうちに（初めて読んだ時のわたし自身がそうであったように）戸惑いを覚え、気になって仕方のない疑問が湧いたならば、いったんこのあとがきに戻って、続きを読んでみるのもいいだろう。おそらくその疑問の答えをわたしは知っているし、説明してみるつもりだ。

なお、ジョルダーノの小説作品としては二〇一八年の『天に焦がれて』（早川書房）以来、四年ぶりとなる『タスマニア』は、イタリアの歴史ある本の情報誌『ラ・レットゥーラ』が選ぶ「二〇二二年の良書ランキング」で首位となったほか、二〇二三年度エルバ島国際文学賞、二〇二三年度アンドレ・マルロー文学賞のフィクション部門を受賞するなど、国内外で既に高い評価を受けている。

物語は二〇一五年十一月のパリで幕を開ける。バタクラン劇場でイスラム過激派によるテロがあってからまだ数日という時期で、町は戒厳状態にある。

主人公はローマ在住のひとりの作家。彼がパリにやってきたのは国連の気候変動会議COP21を新聞特派員として取材するためだが、それは表向きの理由で、本当は妻とのあいだに生じた個人的な問題から目をそらすための逃避行だ。彼は作家としても苦境にあった。第二次大戦末期に広島と長崎に投下された原子爆弾をテーマとした本を書きあぐねていたのだ。

作家は家庭の問題を解消できぬまま、その後の数年間、執筆を口実になかば家出も同然の状態で、パリ、ローマ、トリエステ、その他の町を転々として暮らすことになる。

彼がその道程で出会う友人たち（親権争い中の物理学者、自爆テロ事件を追うフリージャーナリスト、雲を研究する気象学者、禁断の恋に落ちた司祭、研究の末に心の病に冒された宇宙物理学者）もまた、やはり個人的だが切実な問題にそれぞれ直面している。作家は彼らの声に耳を傾け、時に介入も試みるが、基本的に無力な観察者であり続ける。

そんな主人公らのごく個人的な不安の背景には、いつだってもっと重大な世界的危機や新しい社会現象（気候変動、テロ、核の脅威、パンデミック、戦争、#ＭｅＴｏｏ運動、ネット炎上……）の影がちらついており、時おり不意の嵐のように彼らの日常を圧倒する。

はたして主人公らはそれぞれの嵐を無事、乗り切ることができるだろうか。そしてどこかに救いの地を見つけることができるのだろうか。

タイトルにもなっているオーストラリアのタスマニア島は、作中で気象学者のノヴェッリが、このまま地球温暖化が進んだ場合の避難先候補として挙げている地名だ。つまりタスマニアは救いの地の一例であり、ひとつの希望を象徴しているのだろう。しかしそれは同時に、大半の人類にとって、あらゆる意味であまりに遠い場所でもある。だから、わたしたちの誰もが自分なりの「タスマニア」を見つける大切さも訴えるタイトルでもあるのかもしれない。

このように『タスマニア』とは、ひとりの作家の視点から彼とその周囲の人間の物語を数年に渡って追い、断続的にスケッチすることで、現代人の多くが抱える不安の正体を見極め、わたしたちが今どこに立っており、どこに向かいつつあるのかを再確認させてくれる小説だ。

さて、そろそろこの文章の冒頭で匂わせるに留めた、ジョルダーノの「ある文学的選択」について触れねばなるまい。

それはこの作品が彼にとっては初めてのオートフィクション（autofiction）であるということだ。耳慣れない言葉だと思う読者もいるかもしれない。「私小説」と訳されることもある言葉だが、日本で私小説というと、作者自身を主人公とし、極力虚飾を避けた、実話に近い小説であるという定義が一般的ではないだろうか。それに対しオートフィクションは、作者自身または作者に似た人物が主人公となるところまでは私小説と同じで、一見、作者の自伝（autobiography）風だが、あくまでもフィクション（fiction）であり、虚構の物語として提示される点が異なっている。だから「自伝的小説」という訳語がふさわしいように思う。二〇二二年のノーベル文学賞を受賞したフランスの作家、アニー・エルノーもこの文学ジャンルの有名な書き手だ。

ただしフィクションとはいっても、オートフィクションは一般の小説に比べて作者本人の個性や実体験が主人公と物語にずっと強く投影され、虚実が入り交じり、区別がつかなくなるのが当たり前のようだ。そもそもそんな区別をする必要はない、真偽は詮索するだけ野暮だ、という姿勢が読者には要求されているのかもしれない。

『タスマニア』の場合、主人公の作家「僕」の名前はしばらく明かされないし、本作がオートフィクションである旨はどこにも記されていない。しかし、ジョルダーノの作品の熱心な読者であれば、トリノ出身の作家で、元物理学研究者で、今はローマに暮らし、『コリエレ・デッラ・セーラ』紙の寄稿者でもあるという主人公の人物設定が作者のプロフィールと一致することにすぐに気づくはずだ。だからこれは実話なのか、あるいは本人をモデルにしているだけなのか、という疑問が湧くのはある意味、自然なことだ。

こうしたことをくどくどと書いているのは、実は、訳者のわたし自身、このオートフィクションという分野にあまり馴染みがなかったため、初めてこの作品を読んだ時はジョルダーノにそっくりな主人公の行為に何度か驚いてしまったからだ。パオロ君、これは本当の話なのかい、ここまで書いてしまって大丈夫なのかい？　と読んでいる途中から作者に訊いてみたくてたまらなかった。

わたしが混乱した理由はもうひとつある。自分の話ばかりで恐縮だが、今回の作品にわたしは訳者である前に、作中にも登場する被爆者へのインタビューの通訳としてまず関わっていたからだ。

二〇二二年二月頭、わたしはジョルダーノから、今書いている新作のために被爆者を取材したい、できれば科学畑出身の被爆者を探してくれないか、というリクエストを受けた。そして三月、わたしたちは田中熙巳《てるみ》氏と田上月恵氏へのインタビューを行った。一九三二年生まれの田中氏は長崎の原爆の被爆者であり、元東北大学工学部助教授にして日本原水爆被害者団体協議会

（日本被団協）代表委員。一九六九年生まれの田上氏は長崎の被爆者を両親に持つ被爆二世だ。コロナ禍の影響で作者の日本渡航がまだ困難であったため、残念ながらオンラインインタビューとなったが、その後、わたしは作者からインタビューの内容をまとめた原稿を受け取り、両氏に対して事実関係の確認も行った。

だから同年八月にジョルダーノが日本を訪れ、広島と長崎の慰霊式に出席したこともイタリアで *Tasmania* が刊行される前からわたしは知っていた（彼が田中氏へのお土産に何故かキャンドルを買ったことも、非常にラフな格好で慰霊式に出席してしまったことも、田上氏に連れていかれた豆腐懐石がとても美味であったことも）。それで、新作はきっと原爆にまつわるノンフィクションに違いない、と思いこんでしまったのだ。

念のために書けば、両氏へのインタビューの場面も含め、広島・長崎の原爆に関する叙述、引用される被爆証言の数々はフィクションではない。

ところで、相当に内気な性格であることを公の場でたびたび告白し、本質的に自分は引っ込み思案なオタク《ナード》だとまで言うジョルダーノが、なぜ本作に限りオートフィクションというかたちでここまで自分をさらすような真似をしたのか。

その選択には二〇一九年末からの新型コロナウイルスの世界的パンデミックが強く影響した。作者は複数のインタビューでそう明かしている。

彼が本作の執筆に着手した二〇二一年九月当時、パンデミックは既に終息に向かっていたが、ああも強烈な現実に圧倒されたあとでは、純粋なフィクションを書く気にはもうなれなかったのだそうだ。これは多くの作家に共通する感慨だろう。

だが、それと同時にパンデミックはジョルダーノに今までにない自由を与えた。あの災厄を乗り越えた今ならば、もう自分をさらすのが恥ずかしいなどという小さな意識は捨てて、なんだって書くことができる、そう思ったのだそうだ。この思いは本篇の次の言葉にも見てとれる。

なぜならあれから今まで想像を絶する事件が世界でいくつも起きたせいで、僕らはみんなますます生存者《サバイバー》めいてきているからで、そんな生き残りの視点からならばなんでも語れる気がするからだ。

興味深いのは、コロナ禍を生き抜いた体験が執筆の大きな動機となった『タスマニア』だというのに、パンデミックが本格的に猛威を振るった約二年間が物語からすっぽり欠落している点だ。

事実、第二部はイタリアでパンデミックが本格化する直前の二〇二〇年一月に終わり、第三部は緊急事態がほぼ沈静化した二〇二二年の八月に話がいきなり飛んでいる。これは間違いなく意図的な選択だろう。コロナ禍については二〇二〇年のエッセイ集『コロナの時代の僕ら』(早川書房)とその後の新聞記事や講演の場で既に書き尽くし、語り尽くしてしまったからなのだろうか。

にもかかわらず、不思議なことに、本作を初めて読んだ時にわたしが受けた印象は、ジョルダーノは最初のページから最後のページまで終始「コロナの時代」について語っている、あのころのわたしたちの不安と恐怖がここにはすべて描かれている、というものだった。「今まで色々あったよね、覚えているかい？」と彼が語りかける声が聞こえる気さえした。

ジョルダーノはきっと、パンデミックそのものよりも、そこにいたるまでの近年の流れを丁寧に描くことで、彼と同じサバイバーであるわたしたちがあの日々に抱いた不安と恐怖がけっして新しい感情ではなかったことを示そうとしたのだ。

そして「コロナの時代」だけではなく、わたしたちがさらに深刻な「気候変動の時代」をずっと前から生きていること、さらには「核兵器の時代」がまだ終わっていないことも思い出させようとしたのではないだろうか。

だからこそ「僕」は物語の最後に広島と長崎の慰霊式におもむき、過去の悲劇と改めて向きあう覚悟を行動で示したのだ。そこで運よくタナカさんとの邂逅を果たし、深く感動した作家の胸に湧いたのはこんな言葉だった。

ひとはたったひとりの男の子の物語を通じて全人類の運命を嘆くことができる。

大きすぎて漠然としか見えなかった物語をぐっと身近な物語にする感動の力。ジョルダーノはそこに人類の未来への希望を見つけたのかもしれない。

二〇二三年師走
モントットーネ村にて

訳者略歴　イタリア文学翻訳家　イタリア・ペルージャ外国人大学イタリア語コース履修　訳書『コロナの時代の僕ら』『素数たちの孤独』『天に焦がれて』パオロ・ジョルダーノ，『狼の幸せ』パオロ・コニェッティ，『ナポリの物語［全4巻］』エレナ・フェッランテ，『リーマン・トリロジー』ステファノ・マッシーニ（以上早川書房刊）他多数

タスマニア

2024年1月10日　初版印刷
2024年1月15日　初版発行

著者　パオロ・ジョルダーノ

訳者　飯田亮介《いいだりょうすけ》

発行者　早川　浩

発行所　株式会社早川書房
東京都千代田区神田多町2－2
電話　03－3252－3111
振替　00160－3－47799
https://www.hayakawa-online.co.jp

印刷所　株式会社亨有堂印刷所
製本所　大口製本印刷株式会社

Printed and bound in Japan

ISBN978-4-15-210298-0 C0097

JASRAC 出 2309557-301